KB269243

키스를 찾아서

키스를 찾아서

박숙희 장편소설

문이당

작가의 말

아직 키스도 하지 않은 연인들은 서로 약간씩 수줍어하며 얼굴을 붉힌다. 그러다가 처음으로 키스하게 되고, 첫 키스는 종종 첫 섹스로 이어지기도 한다.

첫날밤을 함께 보낸 그들의 얼굴은 누가 봐도 화사하게 빛난다. 지난밤 흥분의 여운이 채 가시지 않아 여전히 부풀어 있는 그들은 자꾸만 서로의 몸에 닿고 싶어 안달이다. 그래서 기어이 두 번째 밤도 함께 보내게 되고, 그 밤을 치르고 나면 그들의 섹스는 이제 일상이 되어 간다. 일상이 되어 버린 섹스에는 느긋한 안정감이 있는 것 같지만 권태가 숨어 있다. 그 횟수가 거듭될수록 권태는 어쩔 수 없이 드러나고, 권태로운 연인들은 섹스는 해도 상대의 얼굴을 유심히 들여다보거나 하지는 않는다. 물론 그들은 종종 키스도 생략한다.

너무 뻔한가?

그러나 사랑 혹은 연애라는 것을 한 번이라도 해본 사람이라면 누구든 이 뻔한 공식에 고개를 끄덕이지 않을 수 없을 것이다. '인간은 태어나서 살다가 죽는다'는 것만큼이나 거역할 수 없는 공식이기 때문이다.

　그런데 가끔 나는 우리의 선택과는 무관한 이런 공식들에 반발하고 싶어진다. 이 소설 또한 그렇다. 결국은 공식에 굴복당하겠지만, 그럼에도 불구하고 한번쯤 반발해 보고 싶은 욕구, 바로 그 욕구로부터 이 소설은 시작되었다.

　'잃어버린 키스를 찾아서.'

　어느 날 나는 키스를 잃어버렸고, 그래서 키스를 찾아 나섰다. 나에게 있어서 키스는 절대 순수 혹은 완전한 사랑을 의미한다. 그러므로 잃어버린 키스를 찾아 나선다는 것은 곧 절대와 완전에 대한 추구였다. 하지만 이미 사라져 버린 키스를 되찾겠다는 것은 잃어버린 시간을 되찾겠다는 시도만큼이나 헛되고 불가능한 일이었다. 당연히 나는 아무것도 찾지 못하고 처음의 출발점으로 되돌아왔다. 허망했다. 그러나 이야기는 남았고, 이야기를 쓰는 동안 더러 즐거웠다.

　이 소설을 읽는 그대가 혹시 또 다른 사랑의 공식이라도 발견했다면 그것은 순전히 덤이다.

2001년 2월

박 숙 희

1

'키스가 사라졌다.'

튀어 오르는 공처럼 불현듯 문장 하나가 나타났다. 이른 아침이었고, 나는 햇살이 눈부신 사무실에서 혼자 커피를 마시던 중이었다. '키스가 사라졌다'는 문장이 솟구치듯 튀어 오른 것은 바로 그때였다.

'키스가 사라졌다.'

예리하고 재빠른 칼날처럼 차갑게 날아든 문장은 문득 나를 일깨우며 열중하게 만들었다. 그리고 곧이어, 뭔가에 열중하게 될 때마다 늘 그랬듯이, 내 마음 깊은 곳에서는 야릇한 욕망이 꿈틀거리기 시작했다. 키스가 사라진 자리의 휑한 틈새는 이빨 빠진 자리의 그것처럼 몹시 허전하면서도 어떤 욕망을 불러일으켰던 것이다.

텅 빈 공백이 불러일으킨 냄새 없는 욕망.

욕망은 문득, 슬그머니 시작되었지만 시간이 흐를수록 점점 더 집요하게 나의 내면에 들러붙었다. 그리고 그 욕망과 함께 모든 것이 명료해졌다.

키스가 사라져 버렸다는 사실을 자각하게 된 것은 오늘 아침이었다. 열흘간의 외국 여행을 다녀온 다음날이라 여독이 채 가시지 않았음에도 불구하고, 나는 여느 때보다 일찍 회사로 나갔다. 회사에 도착한 시각은 8시 30분경이었다. 출근한 사람은 아직 아무도 없었다. 정적이 감도는 이른 아침의 사무실 풍경은 왠지 쓸쓸하고 나른해 보였다. 벌써 5년째 들고 다니는 낡은 핸드백을 책상 위에 내려놓고 자리에 앉아 잠시 한숨을 돌린 다음, 늘 하던 대로 커피메이커의 전원을 꽂았다.

내가 누구보다 일찍 출근하는 이유는 텅 빈 사무실에서 혼자 커피 마시는 기분을 즐기기 위해서이다. 결혼하고 나서부터 혼자만의 공간과 시간이 항상 아쉬웠던 것이다. 그래서 매일 아침 일찍 집을 나섰고, 아무도 없는 사무실에서 정적을 음미하며 마시는 커피는 달콤함, 그 이상이었다.

나는 커피데이커의 전원을 꽂아 놓고 조간신문을 뒤적였다. 잠시 후, 은은한 커피 향이 사무실 가득 진동했다. 커피 향은 내가 한때 즐겨 마셨던 헤이즐넛이었다.

여행을 가기 전에는 모카자바를 마셨던 걸로 기억하는데, 내가 없는 사이 헤이즐넛으로 바꾼 모양이었다. 하루 평균 다섯 잔 이상의 커피를 마시는, 자칭 커피 마니아인 편집부의 이정혜가 바꿔 놓은 게 틀림없었다.

매달 사무실 커피를 바꿔 놓는 이정혜에게 어느새 길들여진 나는,

달이 바뀔 무렵이면 그녀가 새로 소개할 커피가 무엇일까 며칠 전부터 궁금해하며 기다리곤 한다. 이정혜만큼은 아니지만, 커피는 이 세상에서 내가 좋아하는 몇 안 되는 것들 중 하나인 것이다. 그런데 이번 선택은 약간 의외였다. 헤이즐넛커피는 이미 오래전에 유행한, 소위 말해 한물간 커피가 아니던가. 그러나 나로서는 이정혜의 이번 선택이 그다지 나쁘지 않았다. 나에게 있어 헤이즐넛커피는 아련하게 기억 속에 남아 있는 옛 연인 같은 이미지이기 때문이다.

나는 평소에 주로 사용하던 초록색 체크 무늬 잔이 아닌, 은색 민무늬 잔에 커피를 따랐다. 잔 속의 맑은 커피는 여행에서 돌아왔다는 사실을 새삼스레 환기시켜 주었다. 어제 오후에 돌아왔지만, 오늘 아침까지도 나는 완전히 현실감을 되찾지 못한 상태였다. 그런데 은색 커피잔 속에 담긴 익숙한 색깔의 커피를 보자 비로소 제자리로 돌아온 느낌이 들었다.

여행지인 네팔에서도 더러 커피를 마시긴 했다. 하지만 그곳의 커피는 사무실에서 마시던 것과는 완전히 딴판이었다. 겨우 모양을 흉내낸 조악한 잔에 따라 주는 희뿌연 색깔의 커피는 커피라기보다 뒷설거지를 한 물에 가까웠다. 마실 때마다 느끼게 되는 약간은 퇴폐적인 기분이 전혀 나지 않는 희멀건 물을 마시면서, 나는 그것이 커피라고는 한 번도 생각하지 않았다. 그런데 그곳 사람들은 내가 평소 커피를 마실 때 짓는 것과 거의 유사한 표정을 지으며 그 맛을 음미했다.

네팔 여행을 하는 동안 주로 마셨던 희뿌연 색의 커피와 사무실에서 마시는 커피가 전혀 다른 느낌으로 와 닿는 것이 어쩌면 세련된 모양의 잔 때문일지도 모른다는 생각을 하며 나는 커피잔을 들었다.

그때, 오랜만에 싱싱한 아침 햇살이 잔과 부딪쳤다. 햇살에 부딪친 은색 커피잔은 자칫하면 입술을 데겠다 싶을 정도로 화사하게 빛났다. 나는 햇살 때문에 더 뜨거워 보이는 잔을 조심스레 입술에 갖다 대며 한 모금 마셨다. 갑자기 입술이 파르르 떨리면서 '키스가 사라졌다'는 문장이 튀어 오른 것은 바로 그때였다.

'키스가 사라졌다.'

그것은 머리가 아닌 입술에서 튀어나온 것 같았고, 그래서 슬그머니 입술을 만져 보았다. 그러나 입술은 아무것도 모른다는 듯 시치미를 떼며 굳게 닫혀 있었다. 나는 은색 커피잔 속에 담긴, 마셔 주기를 기다리는 커피를 다시 천천히 한 모금 마셨다. 한동안 잊고 있었던 커피의 크레용 맛이 순식간에 입 안에 번졌다. 그 맛을 삼키면서 나는 비로소 '키스가 사라졌다'는 문장의 진원을 알아차렸다. 헤이즐넛커피의 독특한 크레용 맛은 나현우와 처음으로 키스했을 때 그의 입술에서 맛본 바로 그 맛이었고, 바로 그 냄새였다.

내가 헤이즐넛커피를 좋아하게 된 것도 그 무렵부터였을 것이다. 그러나 늘 그렇듯이, 애정이라는 것은 시간이 흐르면서 조금씩 식어 가게 마련이었다. 헤이즐넛커피에 대한 애정 역시 우연히 시작되어 서서히 식어 가다가, 어느 순간부턴가 나도 모르게 더 이상 그것을 마시지 않게 되었을 것이다. 우리의 키스가 그랬던 것처럼.

어쩌면 나는, 나현우와 내가 더 이상 키스하지 않는다는 사실을 진작부터 알고 있었는지도 모른다. 그런데 무엇 때문인지 그 사실을 아는 체하고 싶지 않았던 것이고, 그래서 그것을 무의식의 영역 속에 깊숙이 감춰 놓았을 것이다.

하지만 종종 무의식은 의식보다 더 힘이 세고 위험한 것으로서 의식의 표면을 찢고 튀어 오르기도 하는 법이었다. 특히 여행은 그런 무의식을 건드리고 자극하기 십상이라, 이번 여행에서도 나는 의식의 표면 위를 자주 기웃거리는 여러 가지 무의식들을 보았다.

'키스가 사라졌다'는 내용 역시 여행 도중에 자주 내 뒤통수를 잡아끈 무의식 중의 하나였음이 분명하다. 네팔에 도착한 첫날 밤부터 나는 알 수 없는 누군가와 키스하는 꿈을 꾸었다. 그러므로 헤이즐넛커피와 함께 돌연 무의식에서 의식으로 튀어 오른 이 문장은 열흘간의 네팔 여행에서부터 이미 튀어 오를 준비를 하고 있었던 것이다.

네팔 여행은 외국 여행으로서는 두 번째였다. 3년 전 여름휴가 때 유럽을 다녀온 적이 있는 나는 일상이 몹시 권태롭게 여겨질 때마다 외국 여행을 떠올렸다. 특히, 나현우와 결혼한 지 벌써 1년을 넘긴 요즈음, 어느 때보다 자주 여행을 떠나고 싶었다. 그러던 중 우연찮게 출판사의 일과 맞물려 네팔 여행을 할 기회가 생겼던 것이다.

인기 작가인 소설가 서진태 씨의 네팔 여행기를 기획하면서 나도 합류했으면 하는 생각을 한 건 사실이지만 기대는 하지 않았다. 출판사의 재정 형편을 고려해 볼 때 도무지 안 될 말이었다. 서진태 씨는 물론이고, 사진작가와 가이드의 경비까지 출판사가 떠안아야 하는 상황이라 더 더욱 엄두를 내지 못했다. 그런데 무슨 영문인지 사장은 출판사에 근무한 지 만 5년이 넘는 나에게 포상 휴가 어쩌고 하며 서진태 씨의 네팔 여행에 합류하라고 말했다. 엄격히 말하면

휴가가 아니라 일의 연장이었으나, 나로서는 그런저런 것들을 따질 계제가 아니었다. 하고많은 여행지 중에 유독 네팔이라는 나라를 점 찍어 기획한 것도 내가 가보고 싶은 곳이 바로 그곳이었기 때문이다. 그 무렵 나는 최기철이라는 사진작가의 사진집에서 본 네팔에 잔뜩 매료되어 있었던 것이다.

네팔이라는 나라는 언젠가 가본 적이 있었던 듯 낯설지 않았다. 원시 바다의 흔적을 그대로 간직하고 있는 네팔의 산과 자연은 언뜻 거짓말처럼 여겨졌지만, 이내 나는 그것에 순응하지 않을 수 없었다. 내가 의심하기에는 너무 완벽하고 컸던 것이다. 가난이 널려 있는 거리의 풍경 또한 어디서 본 것처럼 낯설지 않아, 나는 그곳에 도착 하자마자 곧바로 여행자로서의 긴장과 경계심을 풀어 버렸다. 그리 고 아직 삶 이전의 삶을 살고 있는 것 같은 그곳 사람들의 무작정 선 량한 표정과 눈빛은 나로 하여금 종종 자신을 돌아보게 만들었다. 나는 문득문득 멈춰서서 오래 담배를 피우면서 자주 일행들로부터 이탈했다.
그래서 그런지, 여행을 다녀온 나는 아주 멀리 갔다 온 느낌이었 고, 또 떠나서는 안 될 곳으로부터 떠나온 느낌이었다. 여행 도중 슬 쩍슬쩍 나를 스치고 지나간 오래전의 내면, 혹은 오래전의 심연을 그 곳 어디에선가- 찾아봐야 할 것 같기도 했다.
열흘간의 여행을 마치고 서울에 도착한 나는 일행들이 모두 떠나 고 없는 공항 대합실에 한참 망연히 앉아 있었다. 나현우가 기다리고 있을 집과 출판사, 그 어느 곳도 내가 돌아가야 할 곳은 아닌 것 같았 다. 나는 갑자기 낯선 곳에 불시착한 사람처럼 얼떨떨할 뿐이었다.

공항에서 택시를 타고 집에 도착했을 때, 나현우는 외출하고 없었다. 집 안에서는 오래된 먼지 냄새 같기도 하고, 바퀴벌레를 소탕하기 위해 몇 시간 전 연막탄을 터뜨린 것 같기도 한 냄새가 났다. 여행을 떠나기 전, 매일 퇴근해 집으로 돌아왔을 때 제일 먼저 콧속을 파고들던 매캐한 냄새와는 약간 다른 냄새였다. 달라진 집 안의 냄새 때문에 예민해진 나는 탐색의 눈초리로 집 안 구석구석을 둘러보았다.

내 기억이 확실한지 어떤지는 모르겠지만, 집 안의 모든 물건들은 원래 있던 자리에 그 모습 그대로 놓여 있는 것 같았다. 그린색 가죽 소파와 그 앞에 놓인 앉은뱅이탁자 사이의 거리가 원래보다 조금 가까워진 것 말고는 특별히 달라진 건 없어 보였다.

소파에 앉기보다는 바닥에 앉기를 좋아하는 나현우는 소파 다리에 등을 기댄 채 담배를 피우곤 했는데, 그때마다 그는 앞쪽의 탁자를 자기 배 가까이 끌어당기곤 했다. 탁자 위에 놓인 재떨이에 재를 떨 때 소파 다리에 기댄 등을 굳이 움직이지 않고도 담뱃재를 떨 수 있기 때문이었다. 그래서 끌어당겨 놓은 탁자와 소파의 간격은 30센티미터도 채 안 되는 것 같았다. 보기에도 그렇고, 실용적인 측면에서도 그것은 몹시 답답하고 불편한 간격이었다. 나는 그때까지 들고 있던 여행 가방을 거실 한쪽에 내려놓은 다음, 탁자와 소파 사이의 간격을 다시 벌려 놓았다. 1미터 남짓 서로 떼어 놓고 좀 멀찍이 서서 그것들의 미적 거리를 가늠하며 이리저리 살펴보는데, 한동안 잊고 있던 무쇠 주전자가 눈에 띄었다. 몇 개월 전, 인사동 골동품 가게에서 사다 놓은 그것은 오랫동안 나의 관심을 끌지 못한 채 버려져 있어서 그런지 먼지를 뽀얗게 뒤집어쓴 채였다.

시디 장식장 옆에 어정쩡하게 놓여 있는 무쇠 주전자를 나는 오랜만에 들어올려 보았다. 무쇠 주전자는 여전히 기분 좋을 만큼 묵직했다. 부담스러울 정도는 아니고 약간 무거운, 마치 자석이 아래에서 끌어당기는 정도의 무게감은 묘하게 안정적이고 친근했다. 내가 무쇠 주전자를 사게 된 이유도 시각적으로 끌려서라기보다는 들어올려 보고 싶은 욕구에 이끌려서였다. 그래서 나는 그것이 눈에 뜨일 때마다 한 번씩 들어올려 보곤 했다.

달라진 것이 별로 없는 집 안 풍경과 변함없이 묵직한 무쇠 주전자에도 불구하고 나는 여전히 겉도는 기분이었다. 하릴없이 거실을 서성거리는데 담배 생각이 났다. 공항 대합실에서 담배를 피운 이후 벌써 몇 시간째 피우지 않았던 것이다. 담배를 피우기 위해 베란다로 나갔다. 나현우는 집 안 어디에서든 담배를 피우지만 나는 베란다에서만 피운다. 집 안에 담배 냄새가 배는 것이 싫어서이기도 하지만 어쩌면 처음 담배를 배울 때 숨어서 피우던 습관의 연장일지도 모른다. 베란다 한쪽 구석의 작은 탁자 위에는 몇 개비 남은 담배갑과 재떨이가, 여행을 떠나기 전 내가 해놓고 간 그대로 먼지를 뒤집어쓴 채 놓여 있었다. 재떨이에 비벼 꺼놓은 담배꽁초들 중에는 루주가 묻은 것도 두 개 있었는데, 루주 자국에 대한 기억은 얼른 생각나지 않아 언뜻 의혹을 불러일으켰다. 내 집에서 내가 아닌 어떤 여자가 담배를 피웠을지도 모른다는. 하지만 현실에 대해 아직 멀뚱한 상태였던 나는 그것에 대해 더 이상 집착하고 싶지 않았다.

생각과는 달리 담배맛이 나지 않아 한 개비를 못다 피우고 꺼버렸다. 이제부터 뭘 할까 잠시 고민하다가 욕실 안으로 들어갔다. 욕실은 전체적으로 물기를 머금은 채 젖어 있었다. 욕실이 젖어 있다는 것은 나현우가 샤워를 하고 외출한 지 얼마 되지 않았다는 뜻이었다. 오후에 도착할 거라는 사실을 전화로 알렸음에도 불구하고, 나현우가 그 시각에 맞춰 외출한 것은 피치 못할 약속 때문이 아니라 다분히 의도적인 행동이라는 생각을 하지 않을 수 없었다. 내가 여행을 가게 되었다고 말했을 때, 반대는 하지 않았지만 불쾌해하는 기색이 역력했던 나현우였다. 그래서 그는, 내가 도착할 시각에 맞춰 일부러 집을 나섰을 가능성이 컸다.

나현우는 불쾌하고 서운한 감정을 직접적으로 표출하기보다는 오래 곱씹으며 상대를 힘들게 만드는 스타일이었다. 서로 감정이 좋을 때는 지나치게 단순해져 자신을 활짝 드러내기도 하지만, 일단 감정이 틀어지면 여러 겹으로 자신을 무장하고 멀리 달아나 버림으로써 상대를 애태우기 일쑤였다. 인내심이 부족한 나는 나현우의 방식에 번번이 말려들었고, 번번이 참패당했다. 미친 듯이 화를 내며 폭발하는 사람은 언제나 나였고, 냉정하게 지켜보다가 내가 제풀에 지칠 때쯤 부드럽게 달램으로써 그는 승자가 되었다.

이번에도 나현우는 열흘 동안 여행을 갔다 온 게 서운한 나머지 좀 오래 나를 애태울 심산인가 보았다. 밤늦게 돌아와 피치 못할 약속 운운할 것이 뻔하며, 한동안 그런 식의 외출을 계속할 것이다. 그리고 더 지독한 것은, 그럴 때의 그는 완벽하게 자기최면에 빠져 자신의 행동이 나를 괴롭히기 위한 것이라고는 전혀 생각하지 않는다는 점이다. 평소에는 한 달이 넘도록 나가지 않고 집 안에 틀어박혀 글을 쓰던 그가 나와의 사이에서 문제가 발생하면 놀라울 정도로 자주 어쩔 수 없는 약속을 만들어 내곤 하는 것이다. 그렇지만, 이제 나현우의 방식을 어느 정도 파악하고 제법 물까지 든 나는 밤늦게 돌아온 나현우를 태연히 웃는 얼굴로 맞을 수도 있을 것 같았다.

　샤워를 끝내고 잠시 쉰다고 누운 것이 꽤 깊이 잔 모양이었다. 해가 지기 전부터 잠들어 새벽 동이 틀 무렵 비로소 눈을 뜬 나는 아주 짧은 순간 완전한 공백 상태를 경험했다. 갑자기 머릿속이 불을 꺼버린 듯 캄캄하면서 아무것도 생각나지 않았다.
　여기가 어딘지, 내가 누구인지조차 망각한 나는 옆에서 가늘게 코를 골며 잠들어 있는 남자를 보고 흠칫 놀라지 않을 수 없었다. 남자의 얼굴은 처음 보는 사람처럼 낯설었다. 그의 얼굴을 대한 첫 느낌도 그다지 유쾌하지 못했다. 여행 도중 자주 꿈속에 나타나 나와 키스했던 익명의 남자와는 전혀 다른 느낌의 남자였다. 거부감이 들었다. 그래서 얼굴을 돌렸다. 그 순간 희뿌연 어둠 속에서 어슴푸레 모습을 드러내는 격자무늬의 옷장이 눈에 띄었다. 아니 옷장 가운데, 손잡이 쪽에 난 흠집이 눈에 띄었다. 그것을 보자, 갑자기 머릿속이 환해지면서 잃어버렸던 의식이 되돌아왔다. 장롱 손잡이의 상처는 언젠가 내가 나현우의 손목시계를 던지는 바람에 난 것이었다. 나현우와의 말다툼 끝에 참을 수 없이 화가 난 내가 침대 옆 탁자 위에 놓여 있던 그의 손목시계를 집어던진 것이 거기에 가 맞았던 것이다. 그 바람에 시계는 박살났고, 장롱 손잡이에는 깊숙한 흠이 생기고 말았다. 그날 이후, 무엇 때문인지 나는 매일 밤 장롱 손잡이의 그 상처를 오래도록 쳐다보다가 잠이 들곤 했다. 그래서 그런지, 그것을 바라보는 순간 비로소 잠들기 전의 나와 연결될 수 있었다.

평소 나는 늘 깊이 잠들지 못하는 편이었다. 때문에 매일 아침 눈을 뜨는 것과 동시에 곧바로 어제의 나와 연결돼, 스물네 시간 내내 눈을 뜨고 있는 기분이었다. 그런데 오늘 새벽 잠이 깨었을 때는, 그것이 비록 몇 초간의 짧은 순간이라 할지라도, 완전히 텅 비어 버려 아무것도 생각나지 않았다. 꿈도 현실도 아닌, 과거도 현재도 아닌 어떤 공백의 상태에 놓인 나는, 약간의 두려움이 없었던 건 아니지만, 무척 가벼웠고 상쾌했다. 곁에서 자고 있는 낯선 남자의 얼굴을 발견하기 전까지는 말이다.

나현우의 손이 내 가슴을 더듬기 시작한 것은 장롱 손잡이의 상처를 보고 비로소 의식을 되찾은 직후였다. 나는 곁에서 자고 있는 낯선, 그다지 유쾌하지 못한 느낌을 주는 남자가 다름 아닌 나현우임을 곧바로 알아보았다. 그러나 무의식 속에서 이미 한 번 버려졌던 나현우는 여전히 낯선 존재로서 이물스럽게 여겨졌다. 나는 처음 보는 낯선 사람을 대하듯 멀뚱히 그를 쳐다보았고, 그의 손이 내 몸에 닿은 것은 바로 그때였다.

열흘 동안 떨어져 있어서 그랬겠지만, 나현우의 몸은 잠들어 있음에도 불구하고 팽팽하게 부풀어 있었다. 잠결에 뒤척이다가 문득 내 몸에 손이 닿은 그는 익숙한 동작으로 내 젖가슴을 더듬기 시작했다. 나머지 한쪽 손으로는 내 손을 끌어당겨 자신의 사타구니 쪽으로 가져갔다.

평상시에도 그는 종종 내 손을 끌어당겨 자신의 사타구니 쪽으로 가져가곤 했는데, 항상 차가운 내 손이 거기에 닿을 때마다 그는 쾌감이라고 하기에는 좀 심하다 싶을 정도로 부르르 떨었다. 그 경련은 어떤 위험을 내포한 통제할 수 없는 힘, 혹은 통제할 수 없는 욕망처럼 여겨져 늘 섬뜩했다. 내가 보기에 그것은 육체의 전면적인 발작 같았고, 그 발작은 이상하게 나를 위협했던 것이다. 무의식적인 육체의 발작이 어떤 통제로부터 완전히 벗어나 버리면 상상을 초월하는 끔찍한 사태가 벌어질 수도 있는 일이었다. 때문에 나는 나현우의 진저리가 진저리나게 싫었다.

오늘 새벽에도 내 손은 언제나 그렇듯이 차가웠다. 찬 손이 자신의 그것에 닿자 갑자기 진저리를 치며 잠이 깬 나현우가 눈을 번쩍 뜨며 바라보았다. 나를 확인한 그는 내 얼굴을 보자마자 다시 눈을 감으며 돌아누웠다. 나에 대해 아직 흔쾌하지 못하다는 뜻이었다. 유치하다는 생각이 들면서 갑자기 그를 시험해 보고 싶어졌다. 나는, 잔뜩 웅크린 채 돌아누운 나현우를 등 뒤에서 슬그머니 끌어안았다. 딱딱하게 무장하려 들었지만, 그때까지도 나현우의 몸은 어쩔 수 없는 성욕으로 부풀어 있었다.

삼각형 모양을 만들며 솟아오른 팬티 속으로 내가 손을 집어넣었다. 그는 움찔하더니 더 둥글게 몸을 웅크렸다. 그러나 포기하지 않고 계속해서 그의 몸을 유혹했다. 좀 더 과감하게 손을 놀리며 끈질기게 그의 몸을 애무하자, 더 이상 참을 수 없어진 나현우가 갑자기 내 쪽으로 몸을 돌려 서두르기 시작했다. 곧이어, 그는 아직 젖꼭지도 서지 않은 나를 단숨에 정복하고 말았다. 그가 내 몸속을 뚫고 들어왔을 때 저릿한 현기증이 몸 전체를 관통했다. 그것은 쾌감과는 전혀 성질이 다른, 말 그대로의 아찔한 현기증이었다. 그다지 유쾌하지 못한 현실이 또다시 나를 깊숙이 찌르고 들어온 느낌이 들면서 불현듯 서글퍼졌다.

어쩌면 나는 그때 이미 '키스가 사라졌다'는 문장을 어렴풋이 떠올렸는지도 모른다. 내 배 위에서 나현우가 부르르 몸을 떨며 사정했을 때, 여행을 떠나기 전 자주 나를 엄습했던 어떤 상실감이 그 순간 또다시 되살아났던 것이다. 하지만 언제부턴가 내 주변을 맴돌던 정체불명의 상실감이 '키스가 사라졌다'는 문장으로 또렷해진 것은 분명히 다음날 아침의 커피 때문이었다. 나현우와 처음으로 키스했을 때 그의 입술에서 느꼈던 크레용 맛의 바로 그 커피 말이다.

입술과 입술의 접촉.

표면적으로만 따지면 키스라는 행위는 지극히 육체적이다. 그러나 감정 없는 섹스가 가능한 것과는 달리 감정 없는 키스는 불가능하다는 점에서 보면 키스는 육체적이라기보다는 오히려 감정적이다. 또 키스는 그 행위의 구체성에도 불구하고 대단히 상징적이다. 섹스 전의 키스는 곧이어 전개될 섹스를 예고하고 유도한다는 의미에서 일종의 부드러운 통과 의례이며, 섹스가 끝난 후의 키스는 여전히, 그리고 계속해서 상대를 사랑하겠다는 모종의 따뜻한 약속이다. 그러므로 키스가 생략된 채 시작되는 섹스는 너무 뻔뻔하고 노골적이며, 키스로 마무리되지 않는 섹스는 허탈하고 공허할 뿐이다.

그리고 키스 자체는 또 어떤가?

입술과 입술이, 혀와 혀가 격렬하게 부딪치며 얽혀 드는 그것은 어떤 측면에서 보면 또 하나의 완벽한 섹스에 다름 아니다. 따라서 사랑하는 사람들에게 있어서 키스가 사라졌다는 것은 명백한 결락이요 상실인 것이다.

언제부턴가 입술을 꾹 다문 채 전혀 뜨거워지지 않은 손길로 곧바로 본론을 요구하는 나현우의 애무는 애무라기보다는 차라리 은근한 강요에 가깝다. 또 절실함으로부터 비롯되는 과격함조차 결여된 그의 손길은 입맛을 잃은 자가 그래도 때가 되면 먹어 치워야 하는 식사를 대하듯 무성의하고 퉁명스럽다. 그는 지극히 생리적인 욕구를 배출할 뿐인 것이다.

나현우와의 섹스에서 무성의하고 퉁명스럽기는 나 역시 마찬가지다. 아니, 오히려 내 쪽이 훨씬 더하다. 언제부턴가 나는 나현우에 대해 전혀 욕구를 느끼지 못하고 있다. 그가 어떤 제스처를 취했을 때 습관적으로 거기에 반응하긴 하지만, 그건 그야말로 습관적일 뿐이다. 그러므로, 서로에 대한 감정이 시들해질 대로 시들해져 키스도 하지 않는 우리의 섹스는 엄격히 말하면 위선이다.

어쩌다가?

무엇 때문에?

아직도 나는 그와의 빛나는 첫 키스를 생생하게 기억하고, 또 그것을 갈구하고 있는데?

어느 날 문득 사라져 버린 우리의 키스는 다시 돌이킬 수 없는 죽음의 영역으로 들어가 버린 것인가?

사라진 키스가 남긴 공백을 응시하며 내가 진정으로 찾고 싶어하는 것이 무엇인지 나는 알지 못한다. 단지 키스가 사라진 바로 이 자리에서 촘촘히 되짚어 볼 수 있을 뿐이다. 어쩌다가, 무엇 때문에 키스가 사라져 버렸는지를.

잃어버린 키스를 추적하는 것은 그 자체로 또 하나의 욕망이다.

서른이 넘은 나이에 나현우를 만난 나는 그전에 이미 몇 번의 사랑을 경험했다. 그래서, 사랑이라는 것의 속성이 상하기 쉬운 음식처럼 시간이 경과함에 따라 변질될 수밖에 없다는 것쯤은 물론 안다.
인간의 삶 속에 내재되어 있는 어쩔 수 없는 위선과 부조리도. 그런
데, 그럼에도 불구하고, 아주 간혹 발작처럼 고개를 치켜들어 나를
휘저어 놓는 무엇이 있는데, 그것은 나에게 지독스레 담배를 피우게
하고 귀를 후비게 하는 그 무엇이며, 또 느닷없이 길을 잃고 미로를
헤매게 하는 그 무엇이다. 마음 깊은 곳에서 스멀거리다가 갑자기
솟구치는 낭만적인 발작 같은.

2

　다시 생각해 보기로 하자. 나현우를 처음 만났던 그 순간부터.

　처음의 그는 얼마나 강렬하게 나를 사로잡았던 것일까?

　지금은 흔적조차 희미해진 첫 순간의 감정을 다시 떠올리려고 하는 것은 사라져 버린 키스를 되찾기 위해서인가?

　아니다.

　그것보다 나는 왜, 어쩌다가 키스가 사라져 버렸는지를 알고 싶은 것이다. 한때는 제법 열정적으로 키스했던 우리 사이에 도대체 무슨 일이 있었기에…….

　늘 내가 용납할 수 없는 것은 나 자신을 부정하게 만드는 감정의 변질, 바로 그것이다. 그리고 문득 상실감을 유발시키는 어떤 누락들.

　소년의 이미지.

　내가 그에게 매혹되었던 것은 바로 그런 이미지 때문이다. 그리고 그는 아직도 나에게 그런 이미지로 존재한다.

지면을 통해 이미 알고 있던 그를 처음 보게 된 것은 몇 해 전 ㅎ서점에서 개최한 작가와의 대담 자리에서였다. 초가을 토요일이던 그날, 서점에는 그 무렵 세 번째 시집을 출간한 나현우 시인과 독자와의 대담이 오후 세시부터 열릴 것이라는 공고문이 군데군데 나붙어 있었다. 그날 퇴근 후 책을 사러 갔다가 우연히 공고문을 보게 된 나는 가벼운 마음으로 그를 구경하러 갔다. 대담 장소는 서점의 지하층에 마련되어 있는 이벤트 홀이었다.

개인적으로는 나현우의 시를 별로 좋아하지 않았다. 의도적인 게 분명하겠지만, 다듬어지지 않은 날것의 언어를 불쑥불쑥 독자에게 들이대는 거친 방식이 거슬렸기 때문이다. 직설적이고 도발적인 그의 시를 읽으면서 대리 만족을 느끼는 사람들도 더러 있을 것이다. 그러나 나는, 일상에서나 문학작품에서나 자신이 하고 싶은 말을 지나치게 직설적으로 토해내 버리는 부류의 인간들을 싫어하는 편이다. 그들은 몹시 이기적이고 무책임한 인간들이기 쉽다. 누구든 자신이 하고 싶은 말을 있는 그대로 해버리고 싶지 않겠는가. 애써 에둘러 말하고 조심스럽게 구는 것은 쓸데없이 상대를 불편하게 하거나 상처를 입히지 않기 위해서이다. 나 역시 언제나 상대를 의식하는 평범한 인간이고, 그러다 보니 진짜 하고 싶은 말들을 다 하지 못해 때론 폭발하기도 한다. 그렇다 하더라도, 어디까지나 나는 함부로 다 말해 버리는 것이 결코 최선은 아니라고 생각하는 그런 인간이다.

삶의 구체성 혹은 진실 어쩌고 하면서 똥을 똥이라고 망설임 없이 말해 버리는 나현우에게 거부감을 가지면서도, 공고문을 보자마자 대뜸 그를 구경하고 싶다는 생각이 들었다. 섹스 시인이라고 불러도 무방할 정도로 노골적으로 페니스와 바기나를 들먹이고, 자주 도발적인 발언을 해서 사람들의 입방아에 오르내리는 그에 대한 천박한 호기심이 발동한 것일 수도 있었다. 그러나 어쨌든 나는 문학 전문 출판사의 편집자였고, 그 입장에서라도 나현우에 대한 정보를 알아 둘 필요가 있었다.

오후 세시로 정해 놓은 대담 시간이 되려면 아직 10여 분을 더 기다려야 했다. 나는 일찌감치 이벤트 홀로 들어가 맨 앞줄에 자리를 잡고 앉았다. 사진으로는 본 적이 있으나 실제 모습을 보기는 그날이 처음이었으므로 좀 더 가까이서 그를 보고 싶었던 것이다. 홀 뒤쪽에 엉거주춤 앉아 있던 다른 사람들도 대담 시간이 가까워지자 하나 둘씩 앞쪽으로 자리를 옮겼다. 내가 홀 안으로 들어설 때는 20명도 채 안 돼 보였는데, 세시가 지나자 어느새 50명 정도로 불어나 있었다.

나현우가 나타난 것은 세시가 조금 지나서였다. 그는 챙이 긴 모자를 깊숙이 눌러쓴 채 이벤트 홀 안으로 들어섰다. 검정색 잠바와 쑥색 코르덴 바지를 입은 그의 패션 감각은 얼른 보기에도 별로였다. 오래되고 빛이 바랜 잠바와 추레한 코르덴 바지는 초가을에 입기에는 무거워 보였다. 약간 때가 묻은 회색 운동화도 쑥색 바지와는 어울리지 않았다.

단정하고 상큼한 복장을 하고 나타날 거라 생각한 건 아니지만, 때와 장소에 도무지 걸맞지 않은 것 같은 그의 차림새가 왠지 무성의해 보여 시비를 걸고 싶을 정도였다. 서점 측에서 나온 사회자도 나현우의 차림새가 불만스러운지 못마땅한 표정으로 그를 훑어보며 무뚝뚝하게 소개했다. 넥타이를 맨 정장 차림의 사회자는 나현우의 시를 전혀 읽어 보지 않았거나, 혹시 읽어 봤다 하더라도 그다지 좋아하지 않을 사람 같았다.

말이 초가을이지 아직 땀이 흐르는 날씨에도 불구하고, 나현우는 추위에 떠는 사람처럼 잔뜩 웅크린 자세였다. 그리고 그는, 사회자의 입에서 나현우 선생님 어쩌고 하는 호칭이 튀어나올 때마다 더 더욱 몸을 웅크리며 어쩔 줄 몰라 했다. 자신에게 붙이는 선생님이라는 호칭이 황송하다는 뜻인지, 거북하다는 뜻인지 도무지 갈피를 잡을 수가 없었다. 아무튼 그는, 자신의 의지로서가 아니라 누군가의 강압에 의해 마지못해 끌려 나온 사람처럼 굴었다. 그래서 쉽사리 입을 열 것 같지 않았다. 그러나 우려했던 것과는 다르게, 사회자의 소개가 끝나고 자신이 말해야만 하는 상황이 되자, 의외로 수월하게 입을 열었다. 많이 쑥스러워하며 더듬거리긴 했지만.

「이런 자리, 아무리 해도 익숙해지지 않는 자리지만, 이렇게 해야 책이 한 권이라도 더 팔린다고 하니까…… 특별히 할 이야기는 없고, 여러분들의 질문에 대답하는 형식으로 이야기를 풀어 나가는 것이 좋겠는데…….」

지면을 통해 보여진 그는 다분히 공격적이고 도발적인 인간이었다. 그런데 실제 상황에서의 나현우는 몹시 소심하고 수줍음을 많이 타는 모습이었다. 그러나 다시 생각해 보면, 수줍어하는 그의 모습과는 달리 그가 했던 말의 내용은 소심하지도, 수줍어하는 것도 아니었다.

「서점 측에서 정해 놓은 대담 시간은 대략 두 시간 정도 되는 모양이지만, 굳이 두 시간 채울 것 없이…….」

　말을 하던 나현우의 입가가 야릇하게 실룩거리기 시작했다. 아직 모자를 벗지 않은 상태라 입술밖에 보이지 않았는데, 그는 갑자기 터져 나오려는 웃음을 억지로 참고 있는 것처럼 보였다. 뱃속이 온통 웃음으로 가득 들어차 가만히 있어도 저절로 입술이 실룩거려지는 그런 형국이었다. 의외의 행동이었지만, 나는 무엇 때문에 그가 입술을 실룩거리는지 어렴풋이 알 것 같기도 했다. 그리고 그가, 왜 챙이 긴 모자를 깊숙이 눌러쓰고 나타나 고개를 들지 못하는지도. 또 그는 뱃속 가득 들어찬 웃음을 참을 수 없어 입술을 비죽거리다가 간간이 얼굴을 심하게 찡그리며 깊은 한숨을 토해 내기도 했다. 그럴 때마다 그의 웃음은 아주 잠시, 제대로 감금당해 정말 고통스러워하는 것처럼 보였다.

　그는 독자들과의 대담이 본격적으로 시작되고 나서도, 계속해서 모자를 벗지 않았다. 누군가 모자를 벗어 주었으면 좋겠다고 말했는데도, 그는 고집 센 아이처럼 끝까지 모자를 벗지 않았다. 모자를 벗을 수 없는 이유가 독자들의 시선이 부담스러워서라고 하는 그의 말은 분명 진실이었겠지만, 인기 스타가 교묘하게 자신을 감추며 인기 관리를 하는 것 같은 의혹을 불러일으키기도 했다.

　찬찬히, 속속들이 그를 구경하리라 마음먹었던 나는 그의 얼굴을 가리는 모자가 몹시 갑갑하게 여겨졌다. 뿐만이 아니었다. 모자를 눌러쓴 채 고개마저 아래로 푹 떨구고 있어 바로 앞자리에서도 그의 얼굴을 제대로 보기 힘들었다. 나는 모자로는 가려지지 않는 옆얼굴이라도 보려고 오른쪽 가장자리로 옮겨 앉았다. 그러자 그의 한쪽 뺨과 코와 입 등이 비로소 한눈에 들어왔다.

　눈과 입이 코를 중심으로 모여 있는, 아래위에서 동시에 눌러 찌부

러뜨려 놓은 것 같은 그의 옆얼굴에서 내가 본 것은 뭉툭한 히스테리였다. 오래된, 그리고 숙명적인 불안으로부터 비롯된 것 같은 뭉툭한 히스테리는 마치 심술보처럼 그의 옆얼굴에 뭉쳐 있었다. 특히, 튀어나온 광대뼈 부근에 불필요하게 붙어 있는 살점은 ― 어쩌면 근육일지도 모른다 ― 매일 매일 조금씩 두꺼워진 히스테리의 누적 같아 보였다. 그리고 얼굴을 심하게 찡그릴 때마다, 그의 뭉툭한 히스테리는 약간 우스꽝스럽게 눈초리에 달라붙어 희극적이었다. 작품에서처럼 실제로도 그는, 심각할 정도의 히스테리를 묘하게 비틀어 도리어 우스꽝스럽게 만들어 버림으로써 그 효과를 극대화시키는 재주가 있었던 것이다.

아무튼 그날 그가 보여 준 일련의 제스처들은, 자신이 맡은 역할을 미처 해석하지 못한 채 무대 위에 오른 어설픈 배우처럼 아슬아슬해 보였다. 그러나 정작 관객들은 완벽하게 자신의 역을 소화해 내는 배우에게보다 연기와 자의식이 뒤범벅되어 어쩔 줄 몰라 하는 배우에게 때로는 더 시선이 끌리는 법이었다. 작품에서도 진지한 척하면서 종종 엉뚱한 장난기 ― 그의 장난기는 권태로부터 비롯되는 경우가 많았다 ― 를 발휘하던 그가 또 다른 장난을 치고 있는지도 모를 일이었지만, 어쨌든 그의 그런 모습이 싫지 않았다. 그는 내가 애초에 목적한 바대로, 충분한 구경거리로서 나를 만족시켜 주었던 것이다. 웅변가처럼 논리 정연하게 자신의 문학관을 피력하는 시인의 모습은 상상만 해도 재미없고 징그럽지 않은가 말이다. 그래서 나는, 모자를 눌러쓴 채 우물거리는 그를 끝까지 참을성 있게 지켜보았다. 그러다 보니 어느 틈엔가 나도 그의 야릇한 미소에 감염이라도 된 듯 비식비식 웃음이 배어나기 시작했다.

앞에서 나는, 그가 나를 매혹시킨 것은 소년 같은 이미지 때문이라고 말했다. 구체적으로 그의 어떤 모습이 소년의 이미지로 나에게 각인된 것인지는 말하기 어렵지만, 말을 할 때보다 하지 않을 때의 그가 훨씬 더 소년에 가까운 것은 분명하다. 시작은 어눌하게 해도 천천히, 충분히 자신의 논리를 펼쳐 나가는 그의 말솜씨는 언뜻 노회함이 느껴질 정도였다. 그러나 말하지 않을 때의 나현우는 안쓰러울 정도로 기우뚱하고 불안정해 보여 모성애적 본능을 자극했다.

내가 나현우에게 끌리게 된 것도 그런 이유에서일까?

말의 공백이 생길 때마다 그는 몹시 수줍어하는 모습이었고, 어쩔 줄 몰라 하며 자신의 손톱을 물어뜯기도 했다. 특히 독자들의 질문이 갑자기 끊겼을 때 유독 심하게 손톱을 물어뜯었는데, 그것은 충격적이었다. 그의 어디에서 그렇게 과감하고 도발적인 언어가 생성될 수 있었는지 의심스러울 정도였다. 말이 끊어지고, 모든 시선이 자신을 주목하는 공백의 시간에, 어쩔 줄 몰라 하며 손톱을 물어뜯는 그는 시도 때도 없이 섹스 운운하던 도발적인 시인과는 도무지 거리가 먼 어린 소년이었다. 어릴 때 자신의 얼굴을 파묻었던 엄마의 젖무덤 외에는 어느 여인의 젖무덤도 구경해 보지 못한 미숙한 소년이었다. 내가 좀 특별한 감정으로 그를 바라보기 시작한 것도 그때부터였을 것이다.

손톱을 물어뜯는 모습을 목격한 순간부터 나는 그를 하나의 구경거리로 바라보던 다소 냉정한 시선을 슬그머니 거두어들였다. 다분히 편집증적인 나는 타인의 편집증에 대해서도 늘 관심이 많았고, 또 그런 모습을 사랑했다. 무엇엔가 지독하게 몰두하는 인간의 모습에서 종종 신뢰를 느끼곤 했던 것이다. 그리고 나는, 머리끝에서부터 발끝까지 남자로 무장하고 여성을 리드하려고 드는 그런 남자에게 보다 어딘지 연약해 보이는 남자에게 사랑을 느끼는 쪽이었다.

그래서였을까?

나현우가 집요하게 손톱을 물어뜯는 광경을 약간 어이없어하며 바라보던 내 가슴속에 따뜻하고 뭉클한 것이 언뜻 솟구쳤다. 오랜만에 느끼는 감정이었기에 그것에 대해 특별한 의미를 부여하지 않을 수 없었다.

그날 그가 이벤트 홀에서 나갈 때까지, 나는 자리에서 일어나지 않고 계속해서 지켜보았다. 대담이 끝나자, 자리에 앉아 있던 사람들 대부분이 그에게 사인을 받기 위해 일렬로 늘어섰다. 사인을 해주며 조그만 소리로 그들에게 뭐라고 말하는 그는 언제 그랬냐는 듯 30대 남자의 모습으로 되돌아와 있었다. 물론, 야릇하기 짝이 없던 그 미소도 어디로 숨어 버렸는지 자취를 감추고 없었다. 또 그때서야 비로소 절반쯤 고개를 들었는데, 약간의 진지함과 피로가 묻어 있는 그의 옆얼굴은 왠지 모를 친밀감을 불러일으켰다. 나는 그 모습을 바라보면서 무작정 앉아 있었다. 그를 둘러싼 그의 열성팬들―특히 여성 팬들―에게 간간이 질투를 느끼기도 하면서.

이벤트 홀에서 보았던 그의 모습을 떠올리는 일이 잦아지면서, 그의 이미지는 훨씬 더 매혹적인 형태로 내 머릿속에 각인되었다. 그에 대한 감정도 시간이 흐를수록 점점 더 크게 부풀려졌다. 실제로 이벤트 홀에서 느꼈던 감정은 그야말로 아주 미미한, 어쩌면 스쳐 지나가도 좋을 가벼운 것이었다. 그때 나는 가슴이 약간 뭉클해졌을 뿐이었던 것이다. 그런데 시간이 흐르면서 그것이 일종의 추억이 되자, 그때의 미미했던 감정은 마치 살아 움직이는 생물처럼 피와 살을 얻어 자꾸만 나를 부추기며 충동질했다. 늘 그렇듯이, 지나간 시간에 대한 추억은 실제보다 훨씬 더 미화되고 과장된 형태로 사람을 미혹시키는 법이다.

특히 아주 맑게 갠 일요일 오후 편안한 옷차림으로 동네 뒷산을 산책할 때면, 그의 모습이 불쑥불쑥 솟구치듯 눈앞에 나타나 달콤한 현기증을 느끼게 했다. 그래서 나는 자주 주저앉지 않을 수 없었다. 주저앉은 채 위를 올려다보면 하늘이 너무 맑아 후두둑 가슴이 두근거렸고, 그럴 때마다 나현우는 하늘과 함께 아주 가까이 내 곁에 다가와 있었다.

나현우를 만나 봐야겠다고 결심하게 된 것은 이벤트 홀에서 그를 본 지 한 달이 채 안 돼서였다. 나현우의 시집 출간을 핑계삼아 편집자가 필자를 만난다는 명목으로 그에게 연락하기 시작했다. 그러다가 드디어 만나게 되었다. 그에게 연락하기 시작한 지 일주일여 만이었다.

인사동의 학전 카페에서 일대일로 만나게 된 그는 이벤트 홀에서의 그와는 사뭇 달랐다. 마주 앉은 상대의 눈을 지나치게 빤히 쳐다보며 상대가 하는 이야기를 경청하다가, 정확하고 적절한 문장으로 드문드문 자신의 의사를 밝히는 그는 단호해 보였고 30대 남자에 걸맞는 무게감이 느껴졌다. 그리고 가까이서 정면으로 뜯어본 그는 지나친 자의식이 표정에 묻어나는 점만 빼면 지극히 정상적이고 평범해 보였다.

「여러 차례 말씀드렸듯이, 나 선생님의 시집을 저희 출판사에서 출간했으면 하구요.」

아마도 자존심 때문이었겠지만, 나는 그에 대한 개인적인 관심을 최대한 감추며 줄곧 사무적인 투로 말했다. 나현우 역시 나에게 편집자 이상의 어떤 호감 따위는 전혀 갖지 않는 눈치였다.

「얼마 전에 시집 한 권을 새로 묶었기 때문에 지금 당장 드릴 수 있는 원고는 없습니다.」

순간, 뻑뻑하고 건조한 투로 말하며 꼿꼿하게 앉아 있는 나현우의 내면을 찢고 곧바로 그 속으로 들어가 보고 싶은 충동이 일었다. 그러나 나는 조심스럽고 신중하게 약간만 다가갔다.

「혹시 사귀는 사람 있으세요?」

역시 나현우는 내가 생각했던 대로 별로 당황하지 않았다. 단지, 무슨 의미인지 알 수 없는 시선으로 묵묵히 나를 쳐다볼 뿐이었다. 내가 불쑥 던진 말의 깊숙한 의도를 눈치 챈 것 같았지만, 그는 계속해서 나를 쳐다보기만 할 뿐 아무런 대꾸도 하지 않았다. 갑자기 자신이 없어진 나는 당황하지 않을 수 없었다. 이미 다 마셔 버리고 없는 빈 커피잔을 두어 번 들었다 놨다 하며 허둥거렸다. 그런 모습을 물끄러미 지켜보던 나현우가 선심이라도 쓰듯 입을 열었다.

「한 달 전쯤에 당신을 본 적이 있습니다. ㅎ서점의 이벤트 홀에서. 그날 당신은 맨 앞줄에 앉아 줄곧 나를 관찰하고 있더군요. 그러니까 오늘 우리는 두 번째로 만나는 셈인 거죠, 그렇죠?」

그가 나를 알아본 것은 한마디로 충격이었다. 어떻게 해석해야 할지 갈피를 잡을 수 없었다. 많은 사람들 중에 유독 나를 기억한다는 것이 의미심장하기도 했고, 왠지 만만치 않아 보이는 나현우를 상대하는 일이 아무래도 쉽지 않을 것 같아 더 이상 다가가지 말아야겠다는 생각도 들었다. 그런데 그는 언뜻 포기해 버리려고 하는 나를 교묘하게 잡아끌었다.

「나에게 개인적으로 관심이 있는 겁니까?」

모른 체하며 내숭 떨지 않는 것은 일단 마음에 들었다. 그러나 내 속마음을 내 입으로 직접 털어놓게 만든다는 점에서 보면 역시 호락호락하지 않은 상대였다.

노회하다면 노회하다 할 수도 있는 그의 유도에 반발이 일었다. 그래서 오히려 도발적으로 말해 버렸다.

「맞아요. 한 달여 전, 바로 그날부터 줄곧 나현우 당신을 생각했어요.」

노골적인 나의 감정 표현에 그는 긍정도 부정도 아닌 애매모호한 표정을 지으며 이벤트 홀에서처럼 또 손톱을 물어뜯기 시작했다. 그런 그의 모습이 방금 전 나의 반발심을 조금은 누그러뜨려 주었다. 이벤트 홀에서처럼 곤혹스러워하거나 어쩔 줄 몰라 하는 기색은 아니었으나, 손톱을 물어뜯는 그를 보면서 비로소 내가 생각했던 이미지의 나현우를 되찾은 느낌이 들었던 것이다.

될 대로 돼라는 심정으로 내뱉은 말이었지만, 어쩔 수 없이 약간 긴장하며 나현우의 대답을 기다렸다. 잠시 후, 나현우는 나를 쳐다보지는 않고 물어뜯던 손톱을 물끄러미 들여다보며 또박또박 말했다.

「나는 사랑이라는 것을 믿지 않는 사람입니다. 여자를 싫어하는 건 아니지만, 한 번도 여자를 사랑해 본 적이 없어요. 그러니까 나 같은 사람에게 어떤 감정을 기대했다가는 필경 상처를 받고 말 겁니다.」

사랑 따위를 믿지 않는다는 그의 냉소적인 발언은 영원한 사랑 운운하는 비현실적인 낭만주의자의 말만큼이나 진부한 외설이었다.

사랑을 절대적으로 긍정하거나 부정한다는 것은, 아직까지도 산뜻해지지 못하고 무거운 사랑에 결박당해 있는 낡은 방식이라는 점에서는 똑같았다. 낡은 것은 곧 진부한 것이지만, 지나치게 가볍고 산뜻하게 떠도는 오늘의 사랑 앞에서 때로는 낡고 진부한 것이 외설이 될 수도 있었다.

나는 진부한 외설을 늘어놓는 나현우에 대해 오히려 친근감을 느꼈다. 따지고 보면 나 역시 그것에서 아직 벗어나지 못한 낡은 부류이기 때문이었다. 그리고 사랑 따위는 믿지 않는다고 단호하게 말하는 것 또한 지나친 자의식과 소심함 때문임을 나는 간파했다. 그래서 도리어 자신감이 생겼다. 도사린다는 것은 뒤집어 말하면 사랑을 함부로 생각하지 않는다는 뜻이기도 하므로.

「뭐가 그렇게 두려워서 미리부터 빗장을 걸어 잠그는 거죠? 내가 보기에 나현우 씨는 상대가 상처 입을 것을 염려하는 것이 아니라 오히려 자신이 상처 입을까 봐 더 두려워하는 것 같은데…… 아니에요?」

내가 생각하기에도 무례하다 싶었다. 그러나 이미 도발을 시작한 나는 끝까지 밀고 나가야 했다.

「나현우 당신을 사랑합니다. 아니, 사랑하고 싶습니다. 이런 내 감정을 받아들이고 말고는 물론 당신의 자유지만.」

정말이지 그때 나는 처음 만난 자리에서 곧바로 사랑을 고백할 만큼 나현우에게 빠진 상태는 아니었다. 약간 강도 높은 호감 정도랄까. 따라서 그렇게 곧바로 사랑을 고백한 것은, 사랑 따위는 믿지 않는다 운운하는 그의 말에 자극받은 내가 순간적으로 객기를 부린 게 틀림없었다. 그리고 당신을 사랑한다는 식의 직설적이고 선언적인 고백은 사랑 따위를 믿지 않는다는 나현우의 말과 마찬가지로 유치하고 진부한 외설이었다. 좀 더 시간이 흐른 후에, 수줍어하며 조심스럽게 그리고 은유적으로 사랑을 고백했다 하더라도 결국은 마찬가지겠지만, 아무튼 그날 내가 단번에, 직접적으로 당신을 사랑한다어쩌고 한 말은 유치하고 진부한 외설에 도발적인 가벼움까지 곁들인 해프닝이 아닐 수 없었다. 나현우에 대한 내 감정이 정말 무겁고 진지한 것이었다면, 아마도 나는 한마디도 하지 못하고 오로지 긴장한 채 떨고 있어야 마땅했다.

말을 내뱉는 순간 뭔가 잘못 돌아가고 있다는 생각을 하면서도 어정쩡하게 멈출 수도 없었다. 나는 점점 더 당돌하고 도전적인 눈빛으로 나현우의 눈을 빤히 쳐다보았다. 그때, 갑자기 나현우가 일어서며 말했다.

「우리 어디 가서 술 한잔 하죠.」

덕분에 난처한 상황을 모면하게 된 나는 앞서 나가는 나현우를 흔쾌히 따라나섰다.

카페에서 호프집으로 자리를 옮기고 나서부터, 나현우의 태도는 눈에 띄게 달라졌다. 문득 경계심을 허물어 버린 그는 갑자기 말이 많아졌고, 가볍게 들떠 있기까지 했다. 서점의 이벤트 홀에서처럼 야릇하게 비식거리는 미소가 아니라 하하 소리를 내며 환하게 웃기도 했다. 태어날 때부터 양미간을 잔뜩 찌푸린 것 같은 그는 하하 웃을 때도 양미간을 찌푸려 우는 것처럼 보였지만, 어쨌든 기분 좋게 웃을 줄도 알았다. 그러나 내가 막연하게 원했던 나에 대한 특별한 감정 표현 같은 것은 전혀 하지 않았다. 또 그는 내 이야기를 듣고 싶어하기보다는 자신의 이야기를 쏟아 내는 데 더 열중했다. 이런 경우 결정적으로 상대의 마음을 움직일 수 있는 방법을 미처 생각해 보지 않은 나는, 어떤 말 혹은 제스처로 그를 유혹해야 하나 궁리하느라 그의 이야기는 건성으로 들었다. 하지만 간간이 그를 향해 미소지어 주는 것은 잊지 않았다.

「출판사에 들어가 봐야 하는 것 아니에요?」

얼마 전에 본 영화 이야기를 하던 나현우가 느닷없이 나에게 물었다. 시계를 보니 퇴근 시간인 여섯시가 훨씬 넘은 시각이었다. 여섯시가 되기 전에 바로 퇴근하겠다고 전화라도 해주었어야 하는데 나현우에게 마음을 빼앗겨 까맣게 잊고 있었던 것이다. 허를 찔린 기분이었다. 핸드폰이 울린 것은 그때였다.

「한 선배, 지금 어디예요?」

출판사 동료인 정 대리였다.

「으응…… 나 지금 필자 만나고 있어.」

엉거주춤 대답하면서 나는 자리에서 일어나 호프집 바깥으로 나갔다.

「바로 퇴근할 건가요?」

「아무래도 그래야 할 것 같아. 그런데 정 대리는 왜 아직 퇴근 안 했어?」

「정리할 것도 있고, 한 선배도 안 들어오고 해서요.」

「미안해. 진작 전화해 줬어야 하는데…….」

「괜찮아요. 그럼 내일 봐요.」

정 대리가 나에게 특별한 감정을 품고 있다는 것을 진작부터 눈치채고 있었다. 나 역시 정 대리를 좋아하지만 그가 원하는 만큼의 감정은 도무지 생기지 않았다. 대학 후배이기도 한 정 대리는 반듯하고 예의 바른 남자였다. 외모 또한 그럭저럭 준수한 축에 속했다. 그런데도 이성으로서의 매력을 느끼지 못하는 것은 그에게 카리스마가 없기 때문일지도 모른다는 생각을 하며 자리로 돌아왔다.

「누구예요?」

전혀 그럴 것 같지 않던 나현우가, 전화한 상대가 누군지 궁금해하는 것은 의외였다. 나는 대답 대신 눈을 크게 뜨며 나현우를 쳐다보았다.

「아니, 말하고 싶지 않으면 하지 않아도 됩니다. 회사에서 전화 온 게 아닌가 해서…….」

다시 처음으로 되돌아가려고 하는 나현우의 감정을 붙들기 위해 나는 재빨리 말했다.

「맞아요. 회사에서 걸려 온 거예요. 직장 동료가 전화했어요. 바로 퇴근할 거냐고.」

내가 지나치게 정색을 하고 대답하자 그는 약간 소리내어 웃으며 말했다.

「그 사람, 남자죠?」

질투까지는 아니라 해도 나에게 전화한 남자에 대해 그가 신경을 쓴다는 것이 나쁘지 않았다. 나는 야릇한 표정을 지으며 고개를 끄덕였다.

「내 경험으로 볼 때 아마도 그 친구, 지오 씨를 무척 좋아하는 사람일 겁니다.」

나현우의 말에 나는 긍정도 부정도 하지 않았다. 그리고 나현우가 이런 식으로 이야기를 몰고 가는 의도가 무얼까 잠시 생각해 보았다. 이런 이야기쯤은 아무렇지도 않게 할 수 있을 만큼 아직 우리 사이는 아무것도 아니라는 뜻인 것 같기도 하고, 어쩌면 나에 대한 감정의 진도가 조금 더 나아갔다는 뜻인 것 같기도 했다. 나현우의 속내를 알 수 없었던 나는 신중을 기하기 위해 계속 말을 아꼈다.

「나는 사람들에 대해 그다지 호의적인 편은 못 되지만, 좋아하는 사람들은 꽤 있어요. 특히 자기만의 컬러가 분명한 사람을 좋아하죠. 지오 씨도 비교적 자기 색깔을 분명히 드러내는 사람 같은데, 그렇죠?」

「왜 갑자기 그런 생각이 들었어요?」

여전히 나현우의 의도를 간파하지 못한 나는 조심스레 되물었다.

「갑자기가 아니라 처음부터 그렇게 느꼈어요. ㅎ서점의 이벤트 홀에서 나를 관찰하던 그때부터 말이죠. 당돌하다 싶었지만 나빠 보이지는 않았어요. 당돌해 보이는 사람들이 대체로 투명한 법이거든요.」

그래서 나를 사랑하겠다는 것인지 말겠다는 것인지, 무엇보다도 그것이 궁금했다. 그런데 나현우는 계속 우회했다. 지나치게 직설적이고 과격한 언어로 독자들의 마음을 후련하게 하기도 하고 불편하게 하기도 하는 나현우의 시와는 대조적인 어법이었다.

「순수한 남자일수록 한지오 씨 같은 타입을 좋아하죠.」

「그래서? 그래서 나 같은 타입이 마음에 든다는 뜻인가요, 아니면 그렇지 않다는 뜻인가요?」

결국 나는 더 이상 참지 못하고 또 도발했다. 유치한 도발이었다. 갑자기 분위기가 어색해졌고, 얼굴이 화끈거렸다.

「이 정도면 내 마음이 웬만큼 전달되었다고 생각했는데, 아닌가요? 굳이 말로써 뭔가를 못 박아 둔다는 거, 우습지 않아요?」

물론 그렇다. 말로써 약속을 하고 맹세를 하는 것만큼이나 허황된 일도 없다. 그럼에도 나는 종종 말에 집착한다. 게으름 때문일 것이다. 분명하지 않은 제스처 또는 뉘앙스로 표현하는 상대의 마음을 알아차리기 위해서는 일단 영리해야 하고 무엇보다 섬세해야 한다. 게다가, 섬세한 감각은 만만치 않은 노고와 인내심을 필요로 한다. 그런 점에서 나는 게으른 편이고 오래 참지 못한다. 말로써 한 맹세와 약속이 내일 당장 소용없어진다 하더라도 지금 이 순간 빨리 명쾌해짐으로써 편해지고 싶은 것이다. 깨진 맹세와 약속의 경우는 특히 더 그렇다. 이런 경우 오래·뜸을 들이며 우회하는 것은 서서히 사람을 죽이는 것만큼이나 잔인한 짓이다. 사람을 죽일 때는 단칼에 빨리 죽여 주는 것이 오히려 죽는 사람에게는 낫다.

「시를 쓰는 방식과는 상당히 다른 방식이네요.」

비아냥거리고 싶은 마음은 추호도 없었다. 그런데 나현우는 내 말을 비아냥거림으로 들었는지 약간 긴장하는 눈치였다.

「무슨 뜻이에요?」

「현우 씨의 시는 좀 심하다 싶을 정도로 노골적이잖아요. 그런데 실제 상황에서는 그렇지 않은 것 같아서요. 어느 쪽이 당신과 더 가까운가요?」

「글쎄요……. 둘 다 내 모습이겠지만, 시로써 표현되는 것이 바라는 마음이라면 현실에서의 내 모습은 바라는 마음과는 달리 굳어 있는 몸쯤 되겠죠.」

바라는 마음, 그리고 바라는 마음과는 달리 굳어 있는 몸. 그럴듯한 해석이었다. 인간의 근원적인 불행 역시 몸과 마음의 문제에 있

을 것이었다. 나현우의 입에서는 소위 내가 바라던 바의 명료한 말
이 끝까지 나와 주지 않았지만 나는 더 이상 연연해하지 않았다. 진
작부터 그는 내 마음에 들었고, 어쨌든 우리의 관계는 시작되었던 것
이다.

　오후 네시에 만나 자정이 가깝도록 함께 시간을 보내는 동안 나는
줄곧 나현우에게 사로잡혀 있었다. 몇 시간 간격으로 화장실에 갈
때마다 잊지 않고 화장을 고치곤 했다. 그런데 나현우는 내가 긴장
하는 것만큼 긴장하지 않는 것 같았다. 포크로 골뱅이무침을 떠먹다
가 입가에 고추장이 벌겋게 묻어도 그는 개의치 않았다. 또 ㅎ서점
의 이벤트 홀에서처럼 간혹 손톱을 물어뜯기도 했다. 그러나 나는
다소 어수룩하고 방심한 그가 오히려 더 사랑스러웠다.
　특히 '기획'을 '기흭'으로 발음하는 나현우의 버릇은 그날 내가 발
견하게 된 여러 모습 중에서도 유난히 사랑스러웠다. 그것은 마치
완벽한 조화 속의 파격처럼 매혹적이었다. '계획'은 '계획'으로 발음
하면서 유독 '기획'만은 '기흭'으로 발음하는 모습은, 내가 처음 그에
게서 엿보았던 고집스러운 소년의 이미지와도 딱 맞아떨어지는 그
런 것이었다. 그래서 나는, 그가 '기획'을 '기흭'이라고 발음할 때마다
그의 말을 똑같이 흉내내며 그를 놀렸다. 그러자 내가 자신을 놀리
고 있다는 사실을 나중에서야 눈치 챈 그는 또다시 '기획'을 발음해
야 하는 순간이 오자 더 이상 말을 잇지 못한 채 얼굴을 붉히고 말았
다. 아무리 노력해도 '기획'을 '기흭'으로밖에 발음할 수 없는 불치의
버릇이 무의식의 고집으로부터 비롯된 것인지 아니면 단순한 발음
상의 문제인지 알 수 없지만, 아무튼 나는 그의 '기흭'이 사랑스러웠

다. 그리고 자꾸만 듣다 보니, 어쩌면 '기획'보다 '기힉'이 훨씬 더 정확하고 적절한 발음일지도 모른다는 생각마저 들었다.

그날 나현우와 헤어져 집으로 돌아오는 길에, 나현우에 대한 내 감정이 진정한 사랑일까 하는 의문이 불현듯 들기도 했다. 그러나 새로 시작된 사랑으로 들뜬 나는 어쩌면 진실일지도 모르는 의문에 더 이상 귀 기울이지 않았다.

3

예상과는 달리, 나현우는 우리가 만난 지 3일이 넘도록 아무런 연락도 취하지 않았다. 내가 사랑을 고백한 것에 대해 이렇다 할 대답을 한 건 아니었으나, 며칠 전의 태도로 보아 그는 내 사랑을 받아들였음에 분명했다. 그는 가볍게 들떠 마치 어린애처럼 자신을 열어 보이지 않았던가. 그래서 나는, 우리가 헤어지고 난 다음날 아침 곧바로 나현우로부터 어떤 연락이 오리라 믿어 의심치 않았다. 그런데 그는 사흘이 넘도록 아무런 소식이 없었던 것이다. 물론, 내 쪽에서 먼저 연락을 취할 수도 있었다. 그러나 새삼스레 소심해진 나는 나현우가 먼저 찾아 주기를 바라며 오로지 기다렸다. 다분히 도발적으로 사랑을 고백할 때와는 정반대로 여성으로서의 수동성이 다시 고개를 치켜든 데다가, 아직 나현우가 자신의 감정을 분명한 말로 표현하지 않았다는 것도 마음에 걸려서였다.

나현우로부터 연락이 없는 사흘 동안, 나는 아무것도 하지 못하고 전화기 옆에만 붙어 있었다. 자리를 비우고 없는 사이에 그로부터 연락이 올지도 모른다는 생각 때문에 어렵게 잡아 놓은 필자들과의 만남도 연기하지 않을 수 없었다. 심지어는 몇 시간 동안 화장실조차 가지 않고 자리를 지키는 바람에 엉덩이와 다리가 저리다 못해 마비되는 느낌마저 들 정도였다. 그에게 핸드폰 번호를 미처 알려 주지 않았던 것이 못내 후회스러웠다.

그래도 첫째 날은 제법 달콤한 기분으로 나현우의 전화를 기다렸다. 사무실의 전화벨이 울릴 때마다 나현우로부터 걸려 온 전화일 거라는 생각에 가슴이 두근거렸다. 그리고 나현우가 아니라는 걸 확인하고 나서도 그다지 오래 실망하지 않았다. 수화기를 내려놓는 순간 또다시 기대로 마음이 부풀어 올라 실망하고 있을 겨를도 없었던 것이다.

그런데 이틀째로 접어들자 슬슬 불안하고 초조해지면서 마음의 갈피를 잡을 수가 없었다. 전화벨 소리도 전날과는 다르게 날카로워져, 전화벨이 울릴 때마다 나도 모르게 깜짝깜짝 놀라기 일쑤였다. 전화를 받고 싶은 마음과 받기 싫은 마음이 서로 싸우기 시작했지만, 결국 나는 세 번도 울리기 전에 전화를 받았고 번번이 실망해야 했다. 그래서 퇴근 무렵에는 누구라도 가까이 오면 베일 정도로 신경이 예민해져 있었다.

거의 날밤을 새우고 사흘째를 맞이한 나는 악성 변비에 걸린 사람처럼 온몸이 퉁퉁 부어 흉측해 보였다. 전화를 기다리는 이틀 동안 제대로 먹지 않았는데도 뱃속은 가스가 가득 차 부글거렸고, 얼굴은 시도 때도 없이 달아올라 보는 사람들을 당황하게 만들었다. 특히 오래 전화를 끊지 않고 통화를 하려고 드는 사람들에 대해서는 분노와 적개심이 불같이 일어 전화를 끊고 나면 눈앞이 아뜩해질 지경이었다. 바로 그 시각, 나현우가 전화했을지도 모른다는 생각을 하면 방금 전 전화했던 그 사람을 평생 용서할 수 없을 것 같았다. 나는 사랑을 시작해 보기도 전에 사랑의 고통에 허덕이고 있었던 것이다.

나현우로부터 전화가 걸려 온 것은 나흘째 되는 날이었다.
3일 동안 오로지 나현우의 전화를 기다리느라 지칠 대로 지쳐 버린 나는, 나흘째 되는 그날은 거의 포기한 상태였다. 처음 만난 자리에서 곧바로 당신을 사랑하노라고 말한 나의 도발적인 표현이 결국은 말도 안 되는 해프닝에 불과한 것이었음을, 그리고 며칠 전 그날 내 고백에 이은 나현우의 유쾌한 반응 또한 별다른 의미가 없는 일종의 친절에 불과한 것이었음을 인정하지 않을 수 없었다. 그래서 나흘째 되는 날 아침의 기분은 한마디로 엉망이었다. 만 3일 동안 완전한 착각에 빠진 채 옴짝달싹하지 못하고 전화를 기다렸던 자신의 모습이 생각하면 할수록 한심스러웠다. 그런데 바로 그날, 나현우로부터 전화가 왔다.
오후 세시경 전화벨이 울렸을 때, 나는 푹 꺼진 목소리로 전화를 받았다. 그 전화가 나현우로부터 걸려 온 전화일지도 모른다는 생각을 전혀 하지 않았던 것이다. 전날까지만 해도 나는 매번 전화벨이 울릴 때마다 그를 떠올리며 두근거리는 심정으로 수화기를 들곤 했다. 어디 그뿐인가. 전화벨이 울릴 때마다 나도 모르게 심장이 쿵쾅거리며 뛰는 통에 가슴에 손을 얹고 잠시 진정시킨 다음에야 비로소 수화기를 들 수 있었다.
그리고 나는, 그 와중에도 목소리를 가다듬으며 제일 먼저 그에게

해줄 첫마디 때문에 고민했다. '오랜만이군요' 내지는 '그동안 잘 지
냈어요' 따위의 상투적이고 건조한 인사가 아닌, 뭔가 의미심장한 첫
마디를 그에게 건네고 싶었던 것이다. 그런데 하루 사이에 포기하는
쪽으로 기울어져 버린 나는 나흘째 되는 날 오후 세시경, 정작 나현
우로부터 전화가 걸려 왔을 때는 긴장은커녕 졸음이 잔뜩 묻은 목소
리로 전화를 받았다. 그때, 나는 밀려오는 잠을 도저히 참지 못해 졸
고 있던 중이었다. 며칠 동안 나현우에 대한 생각으로 밤잠을 설친
탓에 점심 식사 후부터 줄곧 졸음이 밀려왔던 것이다.

「네, 한빛출판삽니다.」

「…….」

졸음이 잔뜩 낀 목소리로 전화를 받자, 상대는 한동안 아무 말이
없었다. 순간, 전화를 건 사람이 나현우일지도 모른다는 생각이 머릿
속을 스치면서 정신이 번쩍 들었다. 사흘을 꼬박 나현우의 전화를
기다리다가 지쳐 나가떨어진 상태였지만, 그때까지도 나는 계속해
서 나현우를 기다리고 있었던 모양이었다.

「안녕하세요. 한지오 씨 맞죠?」

역시 나현우였다.

나현우의 목소리를 듣자마자 무슨 일인지 가슴 한가운데가 물컹
해지면서 뜨거운 덩어리가 울컥 치밀어 올랐다. 갑자기 기분이 나빠
지면서 아무 말도 하고 싶지 않았다. 그런 내 기분을 예상하고 있었
던 듯, 나현우는 내가 말할 때까지 조용히 기다렸다. 나현우의 배려
와 여유에 더 기분이 나빠진 나는 딱딱하게 말했다.

「아, 네…… 접니다.」

깍듯하고 사무적인 말투였지만, 목소리는 어쩔 수 없이 젖은 채 흔

들렸다. 나로서는 상상조차 할 수 없었던 멜랑콜리한 반응에 스스로도 놀라지 않을 수 없었다.

너무 쉽게 무너지는 연인은 결코 매력적일 수 없다는 사실을 다시 한 번 상기하면서 나는 냉정해지려고 노력했다. 그러나 나현우는 단단하게 재무장하려고 준비하는 나를 또다시 흔들어 놓았다.

「지난번 헤어지고 나서 바로 전화하려고 했는데, 갑자기 일이 생겨서 지방에 다녀오느라고 전화 못했습니다. 오늘 퇴근 후에 시간 있어요?」

그는 내 마음속을 낱낱이 들여다본 사람처럼 그간의 의혹을 말끔히 씻어 주었다. 그것도 단순 명료하게.

그의 정직성과 세심한 배려에 잠시 마음이 흔들렸다. 하지만 곧바로 의심하지 않을 수 없었다. 종종 프로들이 그런 식으로 여자의 마음을 들었다 놨다 하지 않던가 말이다. 오래 애를 태우다가 상대가 체념할 즈음에 나타나 활짝 팔을 벌려 상대를 감동시키는 그런.

만만치 않은 상대를 만났다는 생각이 또다시 고개를 치켜들었고, 새로 시작한 사랑의 게임에서 아무래도 불리한 위치에 놓인 것 같은 느낌도 들었다. 아니, 어쩌면 나현우는 그냥 보이는 그대로의 인간인지도 몰랐다. 트릭 같은 것은 쓸 줄 모르는, 순간순간 진실한 인간 말이다. 그리고 제법 섬세하고 예리한.

게임의 초반에서부터 오리무중에 빠져 버린 나는 약속 시간을 기다리는 동안 기분이 날아오를 듯 가벼워지기도 했다가 금세 불쾌해지기도 했다. 쓸데없는 것들을 너무 많이 알고 있는 것이 문제라면 문제였다. 어차피 나는 나현우를 만나러 나갈 것이고, 그렇다면 복잡하게 생각할 필요도 없는 것이다. 상대를 정확하게 파악하지 못했을 때의 최선은 그냥 내 방식대로, 내 마음이 가는 대로 해버리면 그만이었다.

　나는 의도적으로 약속 시간보다 10여 분 늦게 약속 장소로 나갔다. 왠지 그래야 할 것 같아서였다.
　카페로 들어서자, 출입문 쪽에서 얼마 떨어지지 않은 테이블에 자리를 잡고 앉아 있는 나현우의 옆모습이 눈에 들어왔다. 불현듯 가슴이 뛰는가 싶더니 현기증과 함께 온몸의 힘이 쭉 빠지며 주저앉고 싶었다. 뜻밖의 무력감이었다.
　창밖을 내다보는 나현우의 옆모습은 흑백 사진의 한 장면처럼 적요했다. 눈에 보이지 않는 무언가를 응시하는 듯한 그의 표정에는 깊은 슬픔과 안타까움이 묻어 있었다. 비밀스러운 순간을 훔쳐본 느낌이 들면서 자잘한 소름이 팔뚝에 돋기 시작했다. 나현우의 한 장면은 너무 아름다워 보였던 것이다. 쉽사리 감동하지 않고, 아름다운 것을 아름답게 느끼는 데 인색한 편인 나에게는 낯선 감정이었다.
　무심한 모습으로 창밖을 내다보는 그는 과연 무슨 생각을 하고 있을까 궁금해하며 맞은편 자리에 앉았다. 혼자만의 세계에 빠져 있던 나현우가 미처 상념을 거두지 못한 눈빛으로 나를 쳐다보았다. 만나러 오는 내내, 아니 몇 시간 전 약속을 정한 그때부터 줄곧 나현우만을 생각했던 나는 그의 어정쩡한 눈빛을 보고 약간 실망하지 않을 수 없었다. 그 눈빛에는 절실한 마음으로 나를 기다린 흔적이 조금도 묻어 있지 않았던 것이다. 나는 잠시 잊고 있던 냉소를 다시 떠올리며 마음을 단도리했다.
　내가 자리에 앉자마자 기다렸다는 듯 냉수 한 컵을 가져온 종업원

에게 인삼차를 주문했다. 나이 든 중년 남자들이나 가끔 찾는 인삼
차를 주문해서 의아했는지, 종업원은 「인삼차요?」 하고 다시 확인하
면서 내 얼굴을 쳐다보았다. 왜 갑자기 커피가 인삼차로 바뀐 것인
지 스스로도 황당했지만, 종업원의 눈을 똑바로 쳐다보며 고개를 크
게 끄덕였다.

　나는 종업원이 갖다 준 인삼차에 일회용 설탕 한 봉지를 다 털어
넣은 다음, 찻숟가락으로 휘휘 저어 훌쩍 한 모금 마셨다. 그때까지
내가 하는 양을 말없이 지켜보던 나현우가 잠바 안주머니에서 담배
와 라이터를 꺼냈다. 담배는 흰 바탕에 초록색 띠를 두른 88 멘솔이
었다. 담배를 보는 순간 비틀려 있던 기분이 거짓말처럼 개운해졌
다. 나현우가 나와 똑같은 담배를 피운다는 사실 때문이었다. 그러
나 지난번 만났을 때 몇 번씩이나 망설이다가 결국 담배를 피우지
못했던 기억을 떠올리자 다시 기분이 나빠졌다. 그날, 나현우와의 첫
만남에서 긴장한 나머지 미처 담배를 피울 여유가 없었음에도 중간
에 몇 번 담배 생각이 난 건 사실이었다. 그런데 무엇 때문인지 망설
였고, 그래서 결국은 피우지 않았다. 아마, 나현우가 담배 피우는 여
자를 싫어할지도 모른다는 우려 때문이었을 것이다. 아니라고 말하
고 싶지만, 나는 꽤 자주 그런 식으로 비굴했다.

　「지난번 만났을 때는 담배를 피우지 않았잖아요?」

　시선을 계속해서 담배에 둔 채 내가 물었다.

　「그때는 감기 때문에 목이 심하게 부어 자제하던 중이었어요.」

　담배 연기를 길게 내뿜던 나현우는 아직도 목이 불편한지 담배를
들지 않은 한쪽 손으로 목 주변을 어루만졌다. 나현우의 담뱃갑 쪽
으로 손을 뻗다가 마음이 바뀐 나는 핸드백 속의 내 담배를 꺼냈다.

물론 88 멘솔이었다. 그러나 나현우는, 내가 자신이 피우는 담배와 똑같은 담배를 피운다는 사실에 대해 아무런 반응도 보이지 않았다.

나는 나현우를 잔뜩 의식하며 어색하게 담배를 입에 물었다. 그때 나현우가 자리에서 조금 일어나 내 쪽으로 몸을 숙이며 불을 붙여주었다. 그 바람에 나현우와 나의 손끝이 닿을 듯 말 듯 스쳤다. 순간 나는 성감대에 자극을 받기라도 한 것처럼 꿈쩍 놀랐고, 아주 짧게 전율했다.

전율은 짧았으나 강한 번개가 몸속을 관통하고 지나간 것 같은 느낌이었다. 나는 짐짓 그런 기색을 감추며 무뚝뚝한 표정을 지은 채 담배 연기를 깊숙이 빨아들였다. 그러나 짧은 스침에도 올올이 일어나 경련을 일으키며 나현우를 열망하는 내 몸은 그의 동작 하나하나를 예민하게 느끼기 시작했다. 특히, 자주 입술에 손을 대며 입주변을 만지작거리는 나현우의 습관은 나로 하여금 야릇한 기분에 휩싸이게 만들었다. 그것이 마치 뭔가를 암시하기 위한, 혹은 나를 갈구하는 그의 무의식적인 욕망처럼 내 눈에 비쳤기 때문이었다. 또 그는 두어 번쯤 자세를 고쳐 앉으며 문득문득 나를 바라보기도 했는데, 그때도 나는 온 신경을 곤두세운 채 그의 몸짓과 시선 속에 숨겨져 있을지도 모를 은밀한 암시를 찾아내기 위해 전전긍긍했다. 나에게는 그의 행동 하나하나가 모두 나를 욕망하는 의미와 기호 들로 여겨졌던 것이다.

「지금, 추워요? 손이 떨리고 있잖아요.」

마지막 담배 연기를 내뱉으며 재떨이에 담배를 눌러 끄던 나현우가 염려하는 눈빛으로 나를 쳐다보았다.

아직 더운 날씨에도 불구하고 재떨이에 담뱃재를 떨어내는 내 손은 떨고 있었다. 나는 결코 들키고 싶지 않은 비밀을 들켜 버린 사람처럼 수치스러웠고, 또 자존심이 상했다. 문득 그의 육체를 느낀 나는 어떤 기대와 흥분으로 나도 모르게 떨고 있었던 것이다.

「가끔 그래요. 수전증이 있거든요.」

계속되는 긴장감으로 지치기도 한 나는 자포자기한 심정으로 퉁명스럽게 내뱉었다. 물론 수전증 따위는 앓아 본 적도 없었다. 그러나 나현우는 내가 하는 말을 곧이곧대로 믿었는지 약간 심란해하는 표정을 지어 보였다. 그러다가 이내 그럴 수도 있겠다는 뜻으로 두어 번 고개를 끄덕이더니, 갑자기 생각난 듯 손톱을 물어뜯으며 말했다.

「오늘 기분이 좀 그래요. 요 며칠 사이 안 좋은 일이 있었거든요.」

나현우의 얼굴은 우울해 보였다.

「아주 친한 고향 친구가 많이 아파요. 고향에 갔다 온 것도 그래서예요.」

나현우의 아픈 친구를 걱정해 줘야 할지, 아니면 친구가 아픈 것을 가슴 아파하는 나현우를 위로해 줘야 할지 얼른 판단이 서지 않았다. 잠시 고민하다가 물었다.

「손톱 물어뜯는 버릇, 언제부터 그런 거예요?」

친구 때문에 우울해하는 나현우의 기분을 바꾸려면 이야기를 다른 쪽으로 돌릴 필요가 있었다.

「잘 모르겠어요. 그냥…… 나도 모르게…….」

「지금은 아니지만, 나도 꽤 오랫동안 손가락을 빨았어요. 엄지손가락에 굳은살이 박일 정도로 말이죠. 사람들은 그런 나를 두고 애정 결핍 때문이라고 말하더군요. 그런데 정작 나는 누구보다도 충분히 엄마의 사랑을 받고 자란 편이거든요. 아니, 지나친 사랑 때문에 오히려 힘들었죠.」

엄마의 지나친 집착을 떠올리며 약간 우울해진 나는 또 담배 한 개비를 꺼내 물었다.

「이런 습관을 두고 애정 결핍 운운하는 것은 단순하기 짝이 없는 분석이죠. 내가 종종 손톱을 물어뜯는 것은 부담스러운 손 때문이에요. 어릴 때부터 손이 늘 부담스러웠거든요. 어떤 목적을 위해 움직이고 있을 때는 상관없지만, 그렇지 않을 때는 덜렁거리며 붙어 있는 두 손을 어떻게 해야 할지 곤란했던 적이 한두 번이 아니었어요. 특히 사람을 만날 때는 아무것도 하지 않고 있는 두 손에 대해 노이로제에 걸릴 정도로 신경이 쓰여요. 담배를 피우는 것도 마찬가지예요. 순수한 흡연 욕구보다는 처치 곤란인 손을 어쩌지 못해 담배를 피우는 경우가 더 많거든요.」

독특한 발상이었다.

담배를 피우고 손톱을 물어뜯는 이유가 빈둥거리며 놀고 있는 처치 곤란한 손 때문일 수도 있다는 사실은 프로이트도 미처 생각지 못했을 것이다. 하지만 거추장스럽게 덜렁거리는 손을 어쩌지 못해 담배를 피우고 손톱을 물어뜯게 됐다는 그의 분석은 애정 결핍 어쩌고 하는 분석보다 훨씬 설득력이 있었다. 적어도 나에게는 그랬다.

나현우가 또 담배를 피우려고 탁자 위에 놓인 담뱃갑으로 손을 뻗었을 때, 의외로 투박한 그의 손이 내 시선을 끌었다. 그리고 바로 그 순간, 그의 손에 무작정 닿고 싶은 충동이 불같이 일었다.

「마음 같아서는 오늘 지오 씨와 술 한잔 하며 늦게까지 이야기하고 싶었는데…… 컨디션이 영 안 좋네요. 오늘은 그만 헤어지고 다음에 또 만나죠, 우리.」

그의 손을 훔쳐보며 그에게 닿고 싶은 욕망에 사로잡혀 있던 나는 갑자기 자리에서 일어서려고 하는 나현우의 말에 실망하지 않을 수 없었다. 무엇을 기대했는지는 알 수 없지만, 그날 나현우를 만나는 내내 나는 뭔가를 기대했던 것이다. 그리고 나흘 만에 나현우의 전화를 받고 너무 들뜬 나머지 그와 헤어질 순간까지는 미처 계산에 넣지 않았기 때문에, 갑작스레 닥친 이별이 당황스럽기만 했다.

대부분의 경우 나는 상대가 그만 일어서자고 말할 때까지 자리에 앉아 있다가 느닷없이 헤어지는 순간을 맞이하곤 했다. 그때마다, 단호하게 헤어질 순간을 결정하지 못한 자신이 주책 맞게 여겨졌다. 그래서 다음번에는 반드시 내가 먼저 그만 일어서자고 말하리라 결심했다. 그러나 다음에도 역시 맥 놓고 앉아 있다가 헤어지자고 말할 순간을 놓치기 일쑤였다. 그런 걸 보면, 아마 나는 미련이 많은 인간인지도 몰랐다.

내가 핸드백을 챙기는 동안, 나현우는 먼저 자리에서 일어나 카운터 쪽으로 향했다. 성큼성큼 걸어가는 그의 뒷모습에는 나와 일찍 헤어지게 된 서운함 같은 것은 전혀 묻어 있지 않았다. 냉정하고 여유 있어 보이는 나현우의 뒤통수를 쳐다보면서, 시종 바보 같고 허술했던 자신을 질책했다. 거리로 나와 나현우와 헤어지게 되었을 때, 또 연락하자고 말하는 그의 말이 채 끝나기도 전에 돌아섰다. 하지만 마음은 여전히 나현우에게 머물러 있어 자꾸만 돌아보고 싶었다. 그래서 그런지, 걸음걸이가 이상하게 꼬이며 제대로 걸어지지 않았다.

택시를 타고 방금 전 나현우와 헤어졌던 장소 앞을 지나가면서 혹시나 하고 그를 찾아보았지만, 어느새 사라져 버리고 없었다. 그제서야 비로소 나현우와 헤어진 나는 집으로 가는 동안 내내 마음이 불편하고 어수선했다. 그날 나현우의 눈에 비친 내 모습은 과연 어땠을까 걱정되었고, 만나서 헤어질 때까지의 순간순간들이 무작위로 떠올라 심란했다. 아직 편집이 안 된 거친 필름이 머릿속에서 쉴 새 없이 돌아가는 느낌이었다.

아무리 술에 취해도 본능적으로 자신의 집을 찾아가는 술꾼처럼 정신없이 집으로 돌아와 소파에 몸을 던지고 나서야 비로소 '나'를 떠올렸다. 나현우를 만나면서부터 헤어질 때까지, 아니 나현우의 전화를 받고부터 까맣게 잊고 있었던 '나'였다. 몇 시간 동안이나 나에게 버려졌던 '나'는 꽤 오래 주변을 맴돌며 겉돌다가 천천히 조금씩 내 속으로 스며들었다.

잠이 든 것은 새벽 무렵이었을 것이다. 그때 언뜻 나현우의 얼굴을 떠올려 보았지만, 전혀 생각나지 않았다. 그리고 그날 밤 꿈속에서도 나는 그의 얼굴을 보지 못했다.

4

'사랑에 빠진.'

나는 이 문구에 내포된 지나친 열정과 끝없는 욕구 불만을 끔찍이 싫어한다. 사랑에 빠져 오로지 상대를 갈망하며 기다리다가, 급기야 는 정신분열 증세까지 드러내고 마는 그런 상태를 더러 경험해 봤기 때문에 더 그렇다. 그래서 나는 될 수 있으면 사랑에 빠지지 않기를 바란다. 그런데 매번 사랑은 그런 내 의지와는 상관없이 나에게 다 가온다. 아니, 어쩌면 사랑이 나에게 다가오는 것이 아니라 내가 먼 저 새로운 사랑을 갈구하고 있었던 것인지도 모른다. ᄒ서점의 이벤 트 홀에서 나현우를 처음 보았던 그날, 아니 그전부터, 나는 공허한 마음을 추스르지 못한 채 어슬렁거리며 새로운 사랑을 찾아 헤매고 있었던 건지도 모른다. 그 무렵 따로 만나는 남자가 없었던 나는 늘 허전했고, 자주 외로웠던 것이다. 아무튼 나는 사랑에 빠져 허우적 대는 것을 결코 원치 않았지만, 또 사랑에 빠진 모양이었다.

나현우로부터 다시 연락이 온 것은 이틀 만이었다.

오전 열시경, 출판사로 걸려 온 그의 전화 목소리는 평소보다 무겁게 가라앉아 있었다.

「나 지금 대전에 가야 해요. 친구가…….」

많이 아프다던 고향 친구에게 무슨 일이 생긴 듯했다. 하지만 그 친구에게 무슨 일이 생긴 것을 염려하는 마음보다 나현우가 자신의 행선지를 나에게 알리고 있다는 사실, 그것에만 마음이 쏠렸다. 고향에 내려가기 때문에 당분간 연락하지 못할 거라고 전화했다는 것은 우리 사이가 그만큼 가까워졌다는 뜻이었다. 그렇다면 나는 며칠 동안 못 볼지도 모를 그를 배웅하러 역으로 나가야만 할 것이다.

「기차로 갈 거예요?」

「글쎄요…… 그건 왜요?」

다시 원점으로 돌아온 느낌.

나현우는 너무 쉽게 가슴을 활짝 열고 다가오는 것 같다가도 어느 순간 갑자기 처음으로 되돌아가 나를 당황하게 만들었다. 나현우의 예기치 않은 반응에 또다시 움츠러든 나는 허둥거리지 않을 수 없었다.

「그냥…… 배웅이라도 나갈까 하고…….」

하다가 울컥 자존심이 상했다. 그냥 그대로 전화를 끊어 버리고 싶었다. 그와 동시에 여태까지 나현우에게 쏟아 놓았던 의미 있는 말과 행동 들도 모두 철회하고 싶었다. 사랑의 감정만 철회해 버리면, 이렇듯 느닷없는 수치심과 어리석음으로 누추해질 일도 없을 터였다. 하지만 언제나 사랑은 감정의 바닥이 완전히 드러날 때까지 지속되는 법이었다. 점점 치렁치렁해지고 무거워지는 감정을 질질 끌고 가다가 완전히 지쳐서 쓰러질 때까지 말이다.

　한번 손을 덴 불구덩이에 또다시 손을 디미는 것은 분명 미련하고 어리석은 짓일 것이다. 그래서 더러 현명한 사람들은 단 한 번의 시행착오만으로도 훌쩍 비약해 좀 더 다른 차원의 인생을 설계하기도 하는 모양이다. 그런데 나는 똑같은 시행착오를 번번이 반복한다. 예컨대 한번 길을 잃었던 바로 그 장소에서 또다시 길을 잃기 일쑤였고, 항상 부딪쳐 무릎이 멍드는 바로 그 책상 모서리에 또다시 부딪친다.

　그것은 사랑에 있어서도 마찬가지다. 악랄하고 누추한 사랑의 속성을 뻔히 알면서도 나는 매번 사랑이 찾아올 때마다 처음처럼 설레고 흔들렸으며, 너무 쉽게 사랑에 빠졌다. 시작하는 그 순간부터 이미 파국을 예고하는 사랑 앞에서도 계속해서 무엇인가를 기대하는 나는 갈가리 찢겨 너덜너덜해질 때까지 그 사랑을 놓지 못한다. 완전하고 빈틈없는 사랑에 대한 기대를 포기하지 못하는 나는 지금 내 곁에 있는 사랑이 완전하지 못하기 때문에 더 더욱 집착하고, 또 완전한 사랑에 대한 기대 때문에 또다시 새로운 사랑을 시작한다. 그것은 현재의 삶이 완전하지 못하기 때문에 거기에 집착할 수밖에 없고, 한 번도 완전한 삶을 살아 보지 못했기 때문에 계속 살아 봐야 하는 것과 마찬가지다. 그런 식의 아이러니컬한 반복은 내가 갈구하는 완전하고 절대적인 사랑을 진정으로 만날 수 있을 때까지 계속될 것이다. 내가 욕망하는 것은 언제라도 가능한 것이 아니라 늘 불가능하게 여겨지는 바로 그런 것이므로.

말을 하다가 말고 가만히 있는데, 나현우가 흔들리는 나를 또다시 붙들었다.

「시간이 되면 서울역으로 나와요. 그러잖아도 지오 씨에게 주고 싶은 게 있었는데, 잘됐네요.」

평소 같았으면 벌써 나현우를 냉정하게 분석했을 것이다. 그런데 그에게 특별한 감정을 가지게 되면서부터 도리어 눈이 멀어 버린 나는 번번이 그런 그 앞에서 속수무책이었다. 모른다는 것은 곧 불안이었고, 그래서 나는 끊임없이 나현우에 대해 불안해했다. 나현우의 말 한마디, 행동 하나에 금세 기분이 좋아지기도 하고, 또 나빠지기도 했다.

「몇 시 기차를 탈 거예요?」

나는 나현우의 말 한마디에 갑자기 기분이 좋아져 당장 달려 나갈 기세로 물었다.

「오후 한시 기차를 탈 건데……. 열두시까지 서울역으로 나올 수 있겠어요?」

물론 나는 흔쾌히 나갈 수 있다고 말했다. 너무 헤프게 구는 게 아닌가 하는 생각이 들었지만, 공연히 밀고 당기면서 줄다리기를 할 마음은 추호도 없었다. 사랑의 줄다리기라는 것도 따지고 보면 그만한 노력과 성의를 필요로 하는 일이 아니던가. 그런 점에서 나는 게으른 편이었고, 그래서 될 수 있으면 빨리 결론에 도달하고 싶었다. 확실한 연인 사이가 되거나, 아니면 아예 남남이거나.

서울역으로 향하는 택시 안에서 나는 시종 손목시계를 들여다보았고, 한편으로는 화장을 고치느라 정신이 없었다. 나현우를 만나면서부터 부쩍 화장에 신경을 쓰다 보니 점점 화장이 짙어져, 만나는 사람마다 한마디씩 할 정도였다.

흔들리는 택시 안에서 립 라인을 그려서 그런지 입술 선이 과장되다 못해 우스꽝스러워 보였다. 크리넥스 티슈로 닦아 내고 다시 그릴까 생각하는데 어느새 차가 역 앞에 도착했다. 그제서야 택시 기사를 의식한 내가 멋쩍어하며 택시비를 내밀었다. 기사는 한심해하는 표정을 노골적으로 드러내며 퉁명스럽게 거스름돈을 건넸다. 손에 들고 있던 루주와 거스름돈을 핸드백 속에 아무렇게나 쑤셔 넣고, 허둥지둥 택시에서 내려섰다. 그때 댕그렁 소리를 내며 백 원짜리 하나가 발 밑에 떨어졌다. 그것을 줍겠다고 몸을 숙이는데, 택시는 그새를 못 참고 시커먼 연기를 내 얼굴에 뱉어 내고는 요란한 굉음과 함께 사라졌다.

아무래도 잘못된 것 같은 화장이 계속 신경 쓰였지만, 시계가 이미 12시 15분을 가리키고 있었기 때문에 서둘러 약속 장소로 뛰어갔다. 나현우는 경부선 개찰구 앞쪽의 의자에 앉아 신문을 보고 있었다. 가쁜 숨을 몰아쉬며 내가 미소짓자, 그가 일어서면서 어색한 표정으로 말했다.

「지오 씨 이빨에…….」

아직 식사 전이라 고춧가루 따위가 이에 끼였을 리 없었다. 그래서 나현우의 지적은 아랑곳하지 않고 여전히 그를 향해 미소지었다. 그러다가 불현듯 입술을 떠올렸다. 아까 택시 안에서 마지막으로 확인했던 과장된 입술 화장이 그의 눈에도 이상하게 비친 게 틀림없다 싶었던 것이다. 나는 한쪽 손으로 입을 가리며 뾰로통한 목소리로 쏘아붙였다.

「뭐가 잘못되기라도 했어요?」

「그게 아니라 지오 씨의 이빨에 뭐가 묻어서…….」

그제야 돌아서서 손거울로 확인한 나는 아연실색하지 않을 수 없었다. 시뻘건 루주가 피처럼 이에 묻어 있었던 것이다. 얼굴이 화끈거리며 달아오르기 시작했다. 난감해하는 내 태도에 오히려 당황한 나현우가 슬그머니 고개를 돌리며 식당이 있는 쪽으로 발걸음을 옮겼다. 나는 뒤따라가면서 이에 묻은 루주 자국을 부지런히 지웠다. 손수건으로 급하게 지우다 보니 윗입술까지 건드려 그러잖아도 신경 쓰이던 입술 화장이 더 엉망이 되고 말았다. 순간, 자주 나를 위태롭게 만드는 히스테리가 또 고개를 쳐들었다. 나는 불온한 히스테리를 지우듯 손수건으로 입술 전체를 벅벅 문질러 버렸다. 그때, 앞서 가던 나현우가 갑자기 돌아서더니 말했다.

「아직 점심 안 했죠? 뭘 먹을까요, 우리?」

김밥과 우동을 주문해 놓고 기다리는 동안 그와 나 사이에는 어색한 침묵이 가로놓였다. 아직 서로에 대해 익숙하지 않은 우리는 그런 상황에서 자연스럽게 나눌 수 있는 너무 무겁지도, 가볍지도 않은 대화의 소재를 찾지 못했다. 그래서 나는 전혀 목이 마르지 않는데도 앞에 놓인 물만 계속해서 마셨고, 그는 공연히 두리번거리며 바쁘게 오가는 사람들에게 눈길을 던졌다. 다행히 시킨 음식이 금세 나왔다. 침묵하고 있던 우리는 오직 먹기 위해 만난 사람들처럼 서둘러 먹기 시작했다.

「친구에게 무슨 안 좋은 일이라도 생겼나요?」

우동 그릇을 거의 다 비울 때까지 한마디도 하지 않는 나현우에게 내가 먼저 말을 걸었다. 조금 남은 국물을 마저 마시려고 그릇을 들

던 나현우의 얼굴에 언뜻 어두운 그림자가 스쳐 지나갔다. 그러나
이내 무덤덤해진 그는 그릇을 입으로 가져가며 말했다.

「아마 죽었을 겁니다. 며칠 전 고향에 내려갔을 때, 그때도 자살을
시도했었죠. 다행히 가족들이 일찍 발견하는 바람에 살려 놓았는
데, 며칠 만에 또 일을 저지른 거예요. 병원으로 실려 갔다는 소식
만 전해 들었지만, 아마 이번이 마지막인 것 같아요. 지난번에 봤
을 때 이미 삶을 포기한 상태였거든요. 더 이상 세상을 살아갈 수
있는 놈이 아니더라구요.」

나는 무엇 때문에 그의 친구가 끊임없이 자살을 시도하는지 굳이
묻지 않았다. 나 역시 자살하고 싶은 충동에 휩싸여 본 적이 더러 있
었으므로.

어중간하게 친구 얘기를 꺼내는 통에 입맛이 사라졌는지, 나현우
는 김밥엔 손도 대지 않은 채 앉은자리에서 담배 두 개비를 연거푸
피우고 나서 자리에서 일어섰다. 한시 기차를 타려면 아직 20분 정
도 시간이 있었다. 하지만 나현우와 나는 일찌감치 개찰구 쪽으로
향했다.

개찰구 안으로 들어갈 때까지 함께 있겠다는 내 등을 떠밀며 나현
우가 나에게 건넨 것은 디스켓이었다.

「책으로 묶을 수 있는 분량은 못 되지만 한번 읽어 봐요. 어차피
그쪽 출판사에서 내야 하니까 편집자가 미리 읽어 보는 것도 괜찮
겠다 싶어서…….」

개인적인 차원에서가 아니라 작가가 편집자에게 건네는 원고라는
식으로 말은 하지만, 특별히 나에게 자신의 시를 보여 주고 싶어하는
걸로 받아들였다. 어차피 그의 책은 내년쯤 출간하는 걸로 예정되어

있었기 때문이다.

나현우와 헤어져 출판사로 돌아온 나는 자리에 앉자마자 그가 건네준 디스켓의 내용을 컴퓨터에 띄워 보았다. 단순한 독자였을 때의 나는 그의 시를 느긋하게 감상하면서 한편으로는 신랄한 비판도 서슴지 않았다. 그런데 나현우를 사랑하게 된 나는 마치 사냥개처럼 코를 킁킁거리며 그가 쓴 단어 하나하나의 냄새를 맡는 데 골몰했다. 그의 내면이 비교적 정직하게 드러나는 그의 시를 통해 그에 대해 하나도 빠짐없이 알고 싶었고, 또 무엇보다도 나는 그의 시에서 나를 향한 그의 사랑을 확인하고 싶었던 것이다.

나를 사랑하노라고 아직 말하지 않은 그가 어쩌면 시를 통해 은유적으로 사랑을 고백할지도 모른다는 기대와 흥분으로 시를 읽는 내 내 가슴이 심하게 뛰었다. 특히, 사랑 혹은 그녀 어쩌고 하는 단어가 튀어나오기라도 하면 그 부분을 몇 번이고 계속해서 읽었다. 그가 자신의 시 속에 살짝 숨겨 놓았을지도 모를 나에 대한 사랑을 찾기 위해서였다. 눈이 빨개질 정도로 찾고 또 찾았지만 모호한 암시와 상징으로 가득 찬 나현우의 시는 점점 더 나를 미궁 속으로 밀어 넣었고, 그의 시를 읽으면 읽을수록 그와 더 멀어지는 느낌이 들었다. 시를 통해 좀 더 깊이 그를 이해하기는커녕, 그는 오히려 더 예측 불허의 사람으로 나로부터 달아나는 그런 식이었다. 그리고 나현우는 예전의 시집들에서처럼 여전히 섹스에 관심이 많았는데, 그의 시에서 언급되는 섹스는 무슨 일인지 나를 불안하게 만들었다.

몇 시간 동안 눈이 빠지도록 뭔가를 찾아 헤맸음에도 내가 원하는 것은 아무것도 찾아내지 못했다. 나는 나현우라는 비밀을 알아내기

위해 지난번에 사다 놓은 그의 최근 시집까지 다시 꺼내 보았다. 그
것들은 나를 만나기 전에 씌어진 시들이었기 때문에 조금은 담담한
마음으로 읽을 수 있었다. 시집 뒤쪽에 덧붙은 평론가의 해설도 나
현우의 시 세계를 이해하는 데 어느 정도 도움을 주었다. 그중에서
도 특히, 나현우의 순진한 역설을 지적한 다음 구절을 보면서 나는
고개를 끄덕이지 않을 수 없었다.

'씹고 있던 껌을 한길 가에 뱉어 버리듯 시를 뱉어 내는 그는 언뜻
무례하고 방만해 보인다. 기성의 제도와 권위를 향해 거침없이 가래
침을 뱉어 주는 그는, 자신이 강요당하는 것은 물론이고 누구를 강요
할 생각도 없는 자유주의자처럼 보이지만, 알고 보면 속임수다. 그는
자기가 이미 마련해 놓은 어떤 정답을 교묘한 방식으로 세상을 향해
주장할 뿐이다. 그러므로 그는, 세상이라는 커다란 권력을 부정하면
서 한편으로는 또 하나의 권력을 꿈꾸고 있는 것이다. 순진한 역설
이라고나 할까.'

나현우를 대할 때마다 불쑥불쑥 솟구치던, 정체를 알 수 없는 반발
심도 그가 꿈꾸는 또 하나의 권력을 향한 반발심이었던가 하는 생각
이 들었다. 그러나 따지고 보면 우리는 누구나 한 가지쯤 주장하고
싶은 것이 있고, 또 그렇기 때문에 세상에서 버틸 수 있는 게 아닐까
하는 생각도 들었다. 그것이 비록 무기력하기 짝이 없는 순진한 주
장이라 하더라도 말이다.

나현우가 대전으로 내려가면서 넘겨준 디스켓 때문에 새삼스레
그의 시집들을 탐독하게 된 내 머릿속은 나현우가 뱉어 낸 언어들로
가득 차 어지러웠다. 그리고 시를 통해 드러난 그의 내면과 실제 모

습이 많이 다른 것도 내 마음을 교란시켰다. 시인으로서의 나현우가 끊임없는 수식으로 점철되는 형용사적인 인물이라면, 현실에서의 나현우는 그나마 명사적이었다.

논리적으로 딱 맞아떨어지지 않는 것에 대해 늘 불편함을 느끼는 나는 형용사적인 나현우보다 명사적인 나현우를 이해하는 것이 오히려 쉬웠다. 그래서 형용사적인 그에 대해서는 아는 체하고 싶지 않았다. 형용사적인 그는 도무지 그 재료를 짐작할 수 없는 죽과 같았고, 그 시를 읽는 나는 구수한 죽 냄새에 문득 유혹당해 죽 속에 빠져 허우적거리는 파리 같은 기분이었던 것이다.

죽 속에 빠진 파리의 운명은 상상만 해도 끔찍했다. 내가 사랑하는 나현우는 나현우 그 자체가 아니라 내가 사랑하고 싶은 나현우이면 그만이었다. 그러므로 나는 계속 눈이 먼 상태로, 내가 보고 싶은 나현우만을 보는 것이 오히려 나을지도 몰랐다.

그가 서울에 없다.

　그런 서울은 온통 비어 허전했고, 떠도는 슬픔으로 가득했다. 나현우가 서울을 떠나고 없는 동안, 나는 영양분을 공급받지 못해 시들어 가는 식물처럼 축 처져 있었다. 오직 그에 대한 갈망만이 더욱더 집요하고 강렬하게 나를 달궈 놓았지만, 그것은 앙상하고 무기력한 욕망일 뿐이었다.

　대학 동창인 강희를 만나야겠다고 생각한 것은 나현우가 서울을 비운 지 사흘째 되던 날이었다. 나와 함께 철학과를 졸업한 강희는 대학을 졸업하던 그해에 신춘문예로 등단한 소설가였다. 내가 강희를 만나야겠다고 생각한 이유는 소설가인 그녀가 나현우에 대한 이야기를 늘어놓기에 가장 적합한 친구라는 생각이 들어서였다. 나현우가 없는 서울을 견디기 위해서는 그에 대해 실컷 이야기할 수 있는 친구가 필요했던 것이다.

열 평 남짓되는 아파트에서 혼자 사는 강희는 오랜만에 만나자고 전화한 나를 자신의 집으로 불러들였다. 장편 소설을 쓰는 중이라 그런지 핼쑥한 낯빛이 마치 앓고 있는 사람처럼 보였다. 연애 소설을 주로 쓰면서도 실제로는 좀체 사랑에 빠지지 않는 그녀가 나에게서 어떤 낌새를 눈치 챘는지, 들어서자마자 물었다.

「너 무슨 일 생겼구나, 그렇지?」

그러잖아도 바로 그 얘기를 하고 싶어 찾아갔지만, 나는 짐짓 딴청을 피웠다.

「왜? 내 얼굴에 뭐가 씌어 있기라도 하니?」

부스스한 머리카락을 뒤로 쓸어 넘기며 커피를 준비하던 강희가 약간 짓궂은 눈초리로 나를 쳐다보면서 말했다.

「그래. 네 얼굴에 씌어 있어. ‘나, 사랑에 빠졌어’라고.」

「구체적으로 어떤데?」

「뭐랄까…… 이상한 열기에 들떠 있는 것 같으면서도 촉촉해 보여. 오로지 한곳으로만 향하는 순수한 욕망 같은 것도 느껴지고……. 정화된 느낌이랄까. 분명하게 표현하긴 어려운데, 아무튼 그래. 누가 봐도 넌 사랑에 빠진 여자처럼 보여.」

강희의 말을 들으면서 나는 맞은편 벽에 걸린 거울 속의 내 모습을 유심히 바라보았다. 그러나 거울 속의 여자는 몹시 초췌하고 건조한 눈빛으로 자신을 낯설게 바라볼 뿐이었다. 소위 말하는 사랑에 빠진 여자의 모습이 바로 이런 거라면, 사랑은 역시 축복이 아니라 형벌이었다. 멀쩡한 나무를 한순간에 말라 비틀어지게 만드는 잔인하고도 혹독한 형벌 말이다.

「도대체 누구야? 호락호락하지 않은 너를 사랑에 빠지게 만든 남자가?」

나는 강희가 묻고 있는 남자, 즉 나현우를 떠올리며 심드렁하게 내뱉었다.

「아직도 손톱을 물어뜯는 좀 덜떨어진 남자야.」

내 마음속을 가득 채우는 나현우의 이미지는 손톱을 물어뜯는 것까지도 포함해 거의 완벽에 가깝게 미화되어 있었다. 그런데 정작 강희에게는 그를 비하하는 식으로 말을 했다. 하지만 강희는 그 비하 속에 담긴 역설을 이미 눈치 챈 모양이었다.

「일단은 평범하지 않다는 얘긴데…… 혹시 글 쓰는 남자 아냐?」

내가 사랑하는 남자가 시인이라는 것은 이야기의 제일 마지막쯤에 슬쩍 알리고 싶었다. 그리고 그 남자가 바로 강희도 알 만한 시인 나현우라는 것은 끝내 말하지 않을 작정이었다. 아무리 친한 친구라고 해도, 아직 그의 이름까지 밝힐 단계는 아니라는 생각이 들어서였다. 그런데 눈치 빠른 강희는 내가 몇 마디 하기도 전에 내 속을 꿰뚫어 당황하게 만들었다.

「왜? 글 쓰는 남자 중에 손톱 물어뜯는 남자라도 있디?」

나는 슬쩍 한발을 빼며 도리어 물어보았다.

「그래서라기보다는, 네가 출판사에 근무하니까 만나게 되는 사람들이 주로 글 쓰는 사람들일 거라 짐작해서 그런 거지.」

강희의 말마따나 그것은 아주 단순한 추리로도 생각해 낼 수 있는 질문이었다.

「맞아. 시 쓰는 사람이야.」

머쓱해진 내가 순순히 털어놓자 무슨 생각에선지 강희는 그의 이름은 묻지 않았다. 정작 강희가 그의 이름을 묻지 않으니까, 그가 바로 너도 알 만한 나현우라는 것을 말해 주고 싶어 입이 근질거렸다. 그러나 내 입으로 직접 이름을 밝히기에는 왠지 내키지 않아, 강희 스스로 눈치 챌 수 있도록 은근슬쩍 이야기를 흘렸다.

「얼마 전에 세 번째 시집을 발표했어.」

맹세코, 한 번도 그런 생각을 해본 건 아니었다. 그런데 아마도 나는 거의 무의식적으로 그를 자랑하고 싶었던 모양이었다. 일반 사람들에게는 어떨지 모르지만 문단에서는 제법 알려진 나현우의 연인이 바로 나라는 것을.

예술가를 사랑함으로써 마치 자신도 그 대열에 포함되는 것으로 착각하는 여인들의 천박한 과시욕이 내 속에도 은밀히 도사리고 있었던가. 출판사에 근무하게 되면서 작가들에게 종종 실망하지 않을 수 없었지만, 그럼에도 불구하고 나는 은근히 그들을 부러워했고 언젠가는 나도 글을 쓰리라 마음먹기도 했던 것이다.

그렇다면, 내가 나현우를 사랑하게 된 것도 그가 시인이기 때문이었을까?

상념에 잠긴 듯한 시인의 모습은 나현우의 전체를 신비하게 감싸고 있는 아우라 같은 것이었고, 그 아우라가 없었더라면 나현우는 평범하기 짝이 없는 보통 남자에 불과할 것이었다. 모든 사람이 자신의 사랑만은 특별한 것으로 생각하듯이, 나 역시 나에게 찾아든 사랑이 평범하기보다는 특별하기를 원했다. 따라서 내가 사랑하게 된 나현우는 누구나 만날 수 있는 보통 남자가 아닌 특별한 사람이어야 했다. 아니, 이미 나는 그를 특별한 사람으로 믿고 있었다. 나현우를 만나게 되면서부터 나는, 다른 사람들 앞에서 문득 나현우를 떠올릴 때마다 공연히 으쓱해지는 기분이 들기도 했던 것이다. 그것은 나현우가 평범한 남자가 아닌 시인이기 때문이었다. 갑자기 유치하다는 생각이 들었고, 그래서 오히려 서둘러 말해 버렸다.

「사실은 나현우야. 아직 이렇다 하게 진전된 관계가 아니라서 이름까지 말하기가 좀 그랬어.」

「알아들었어. 소문내지 않을 테니까 걱정 마. 그리고 설사 소문이 난들 어떠니? 스타들도 아닌데. 그건 그렇고, 나현우라면 나도 좀 아는데 말야. 그 사람…… 아냐, 그냥 관두자.」

같은 문인으로 활동하는 강희는 나현우에 대해 뭘 좀 아는 게 있는 것 같았다. 그런데 무슨 일인지 이야기를 꺼내다 말고 입을 다물어 버렸다. 아마도 내가 들어서 유쾌해할 이야기는 아닌 듯싶었다.

「무슨 이야긴데 그래?」

그냥 넘어갈까 싶기도 했지만, 아무래도 궁금증을 참을 수 없었다. 내가 물러서지 않을 기세로 다그치자, 강희는 나현우와 내가 아직은 여지가 있는 사이라고 여겼는지 오래 버티지 않고 말을 꺼냈다.

「그게 말야…… 언젠가 술자리에서 우연히 합석을 한 적이 있었거든. 지면으로는 익히 알고 있었지만, 직접 보게 된 건 그날이 처음이었어. 그런데 그날 나현우 그 사람, 술에 많이 취했더라구. 그럴 자리가 아니었는데 말야. 취해서 그런지 계속 아슬아슬하게 행동을 하는 거야. 말하는 것도 그렇고. 그러더니 결국은 실수를 하더라구.」

강희는 하고 싶지 않은 이야기를 하는 듯한 표정을 역력히 드러내며 잠시 말을 중단했다. 그러나 호기심과 의혹으로 점점 달아오른 나는 조급한 마음을 감추지 못하고 다그쳤다.

「더 구체적으로 얘기해 봐.」

「너 하는 거 보니까 나현우에 대한 감정이 심상치 않은 것 같은
데……. 그래 좋아. 어차피 너도 알 건 알아야 하니까. 그날 술자
리에 누가 있었냐 하면, 너도 알 거야, 김현진이라고. 시 쓰는 여자
있잖아. 아마 나현우가 그 여자를 좋아했던 모양이야. 정확한 내
막은 잘 모르겠지만 내가 보기에는 그랬어. 나현우가 일방적으로
그녀에게 시비를 걸더라구. 그게 바로 관심의 표현 아니겠어. 그
런데 그 관심의 표현이라는 게 좀 그렇더란 거야. 김현진이 쓴 시
를 조목조목 나열하면서 따지고 드는 거야. 물론 김현진의 시가
나현우 마음에 안 들 수도 있어. 나도 김현진의 시는 그다지 좋아
하지 않으니까. 하지만 함께 작품 활동을 하는 사람이 그런 식으
로 시비를 거는 것은 아무래도 실례를 넘어선 행동처럼 보였어.
그리고 상대방에 대한 관심을 그런 식으로 표현한다는 것도 유치
하잖아. 그날 내 눈에 비친 나현우는 유아적 단계를 아직 벗어나
지 못한 어린아이 같았어. 너한텐 미안한 말이지만 말야. 아무튼
나현우의 시를 꽤 좋아했던 나로서는 그날 일로 실망하지 않을 수
없었지. 막판에는 김현진의 뺨까지 올려붙이며 판을 깨놓더라구.
게다가 여자 관계가 복잡하다는 소문도 심심찮게 들리고.」
　여자와 관련된 문제일 거라는 짐작은 했지만, 강희가 들려준 이야
기는 짐작보다 훨씬 나쁜 쪽이었다. 특히 마지막에 덧붙인 여자 관
계가 복잡하다는 소문은 나로서는 도저히 믿기 어려운, 아니 믿고 싶
지 않은 부분이었다. 여러 사람이 모인 술자리에서 그가 벌인 일은
그렇다 치더라도, 여자 관계가 복잡하다는 소문은 막 시작된 사랑으
로 들뜬 나에겐 치명적인 것이었다. 나는 할 말을 잊은 채 담배를 입
에 물었고, 강희도 난감한지 그런 내 모습을 쳐다보기만 할 뿐 더 이

상 아무 말도 하지 않았다.

　사실 내가 강희를 찾아간 것은 강희에게 나현우에 관한 이야기를 듣기 위해서가 아니었다. 그것보다는, 나현우에 대해 짐작할 수 있는 강희에게 나현우를, 그리고 나현우와 나를 실컷 이야기하고 싶어서였다. 그를 처음 보았을 때, 그와 내가 만났을 때 그가 나에게 했던 말과 제스처 들을 다시 달콤하게 상기하면서 말이다.
　요컨대 나는 아무리 생각하고 또 생각해도 싫증나지 않는 장면과 대사 들을 내가 아닌 누군가에게 이야기하고 싶었던 것이다. 또 나는 누군가와 그것들을 이야기하며 나현우가 없는 서울을 견디고 싶었던 것이다. 그런데 나현우에 대한 이야기를 미처 꺼내기도 전에, 그를 둘러싼 에피소드와 소문이 먼저 내 입을 막아 버리고 말았다. 이야기 상대로 강희를 선택한 것이 아무래도 잘못이었다. 나현우를 전혀 모르는, 아무리 이야기해도 내가 말하는 그가 시인 나현우임을 짐작할 수 없는 친구에게였다면 차라리 밤새도록 이야기할 수 있었을 것이다. 더러 과장하고 살을 붙이기도 하면서 말이다.
　「약간 의외다. 나현우 그 사람, 네 스타일이 아닌 것 같은데…….」
　내 표정이 너무 무겁고 심각해 보였는지 한동안 잠자코 있던 강희가 내 기분을 살피며 조심스레 말을 건넸다. 여자 관계 운운하는 강희의 말에 완전히 의욕을 상실해 버린 나는 더 이상 아무런 말도 하고 싶지 않았다. 그러나 아무 잘못도 없는 강희를 너무 불편하게 만들어서는 안 되겠다는 생각에 우울한 기분을 간신히 추스르며 대꾸했다.
　「내 스타일이 어떤 것 같은데?」

「외모나 마음가짐이 모두 반듯하고 원칙적인 사람, 요컨대 모범생 스타일이 너한테 어울릴 거라 생각했지. 사람이고 물건이고 흐트러진 꼴은 도저히 못 보는 게 바로 너라는 애잖아. 지금도 기억나는데, 너 나랑 같은 방 쓸 때 매일 책상에 앉을 때마다 정리하는 거 보고 내가 질렸다는 거 아냐. 어디 그뿐이었니. 멀쩡하게 제자리에 잘 놓인 물건들도 번번이 만지작거리며 똑바로 놓여 있나 확인하는 그 이상한 결벽증은 또 어쩌고. 그러는 너를 보고 있으면 공연히 나까지 이상해지는 기분이었어. 나는 너무 반듯하게 정돈된 것보다 적당히 어질러진 상태가 더 편하거든. 너, 요즘도 그러고 사니?」

그런 적이 있었다.

대학 시절 강희와 함께 지냈던 그 무렵, 나의 결벽증은 극에 달해 있었다. 결벽증이란 터무니없는 아집의 또 다른 이름이라고 말할 수 있는데, 20대 초반의 맹목적인 에너지와 결합된 나의 아집이 엉뚱하게도 그런 식의 결벽증으로 표출되었던 것이다. 그리고 아직도 그것으로부터 완전히 자유롭지 못한 나는 뭔가에 집착하면 끝을 보려 들었다. 나현우에게 향하는 내 감정 역시, 나현우라는 대상과는 상관없이 스스로가 만들어낸 감정에 무작정 빠져드는 그런 것일지도 몰랐다. 언뜻 내 속에서 발생한, 결코 흔치 않은 감정을 끝까지 밀어붙여 보고 싶은 그런.

「너는 어때? 사랑하는 사람 없어?」

자유분방한 강희에겐 내가 생각하는 사랑 따위는 어울리지 않아 보였지만, 번번이 연애 소설을 발표하는 걸로 보아 어쩌면 그녀도 사랑이라는 것을 더러 해봤거나 하고 있을지도 모른다는 생각이 들었다.

「물론 있지. 하지만 너처럼 한 남자만 열렬히 사랑하는 그런 식의 사랑은 아냐. 한 남자에게만 목매기엔 세상에 괜찮은 남자들이 너무 많거든. 어쩌면 그 반대일 수도 있고. 아무튼 한 남자만을, 혹은 한 여자만을 사랑해야 한다는 말도 안 되는 논리에 집착하는 사람들, 정말 재미없어. 나로서는 이해하기도 어렵고. 너도 생각해 봐라. 평생 동안 한 남자만 사랑해야 한다는 거, 그거 끔찍한 고문 아니니? 자연스럽게 흐르는 감정을 억압하고 구속하는 것도 죄악이라고 생각해, 난. 그런 차원에서 보면 나현우의 복잡한 여자 관계, 충분히 이해할 수 있어. 단지 네가 그런 나현우를 사랑한다는 게 염려스러울 뿐이지. 넌 분명히 절대 순수 어쩌고 하면서 오로지 나현우만을 사랑할 거 아냐?」

강희의 사랑론에 대해 나는 찬성하고 싶지도, 그렇다고 반대하고 싶지도 않았다. 그녀의 말대로, 어쩌면 인간은 늘 새로운 대상과 새로운 쾌락을 쫓는 그런 존재일지도 모른다. 그렇지만 오로지 나현우를 향한 갈망으로 꽉 차 있는 자신을 스스로도 어쩔 도리가 없었다. 강희의 그럴듯한 사랑론도, 나현우에 대한 그다지 달갑지 않은 소문도, 나현우를 향해 달아오르는 내 열정을 조금도 식히지 못했던 것이다. 비록 그 열정이 순전히 내가 만들어 낸 환상에 불과하다 할지라도 말이다.

강희를 만나고 온 날 밤, 나는 꿈을 꾸었다. 꿈속에서 나현우는 뭇 여자들에 둘러싸여 손톱을 물어뜯고 있었는데, 그 여자들 중에는 강희도 끼여 있었다.

6

　나현우는 대전으로 내려간 지 일주일 만에 서울로 돌아왔다.

　내가 약속한 카페로 들어섰을 때, 나현우는 출입문 쪽의 공중전화 부스 안에서 누군가와 통화하고 있었다. 나는 입구 가까이, 그가 정면으로 바라보이는 자리에 앉아 그를 지켜보았다. 간단하게 끝낼 전화가 아닌지, 부스의 한쪽 면에 비스듬히 기댄 자세로 전화하는 그는 간간이 미소를 지으며 한쪽 손으로 턱을 쓰다듬기도 하고, 고개를 뒤로 조금 젖히면서 손으로 머리카락을 쓸어 넘기기도 했다. 피로한 기색은 역력했지만, 친구의 죽음을 겪고 온 사람 같지 않게 평온해 보여 좀 어색했다.

　일주일 동안 친구의 장례를 치르고 돌아와 몹시 지쳐 있을 것인데도 나현우의 입술은 상당히 오래, 그리고 끊임없이 움직였다. 그런 나현우를 약간 어처구니없어하며 쳐다보던 나는 불현듯 엉뚱한 상상에 빠져 들었다.

'내가 만약 오늘 죽는다면…….'

그래도 그는 지금처럼 누군가에게 전화해 나른한 수다를 늘어놓으며 간간이 자신의 턱을 쓰다듬거나 손으로 머리카락을 쓸어 넘길 것이다. 조금은 권태롭고 에로틱한 포즈로 고개를 슬쩍 젖히기도 하면서 말이다. 또 그는 늘 하던 대로 자신의 방에 틀어박혀 시를 쓸 것이고, 가끔 여럿이 모인 술자리에 나가 어느 여자인가를 붙들고 시비 아닌 시비를 걸기도 할 것이다. 그리고 누군가의 입방아에 오르내리다가, 어느 날 문득 기습적으로 다가온 사랑을 새롭게 시작하기도 할 것이다.

그러므로 나는 그에게 있어서 아무것도 아니다.

내가 만약 죽게 된다 하더라도 하나도 달라질 게 없을 나현우를 상상하자 갑자기 오싹한 한기가 엄습하면서 한 남자의 얼굴이 떠올랐다. 정 모라는 이름의 그 남자와는 이태 전 잠시 사귀다가 헤어졌는데, 얼마 전 길에서 우연히 만난 그의 친구에게서 그가 교통사고로 죽었다는 소식을 들었다. 그 순간, 물론 놀라움을 감출 수 없었다. 그러나 30분도 채 안 돼 정 모라는 남자의 죽음을 깨끗이 잊어버렸고, 나는 그날 이후 한 번도 그를 떠올리지 않았다. 잠시 동안이긴 하지만 아마도 한때 그 남자를 사랑했을 것이다, 분명히. 그리고 얇고 차가웠던 그의 손을 더러 잡기도 했을 것이다. 그런데도 그가 죽었다는 소식을 듣고 불과 30분 정도만 그를 애도했을 뿐이었다. 따라서 내 기억 속에서, 아니 내 감정 속에서 쓰레기처럼 버려지고 만 그와 마찬가지로 나 역시 언젠가는 나현우에게 버려질 것이다. 그것은 너무 끔찍하고 서글픈 자각이었다.

내가 그를 지켜본 지 10분 정도 지나서야 통화를 끝낸 나현우가
비로소 나를 발견했는지 약간 미안해하는 표정을 지으며 자리로 와
앉았다. 전화를 할 때와는 달리 다시 진지하고 심각해졌고 자리에
앉자마자 담배부터 입에 물었다. 그가 피우는 담배는 여전히 88 멘
솔이었다.

「친구는 어떻게?」

굳이 나현우가 아니더라도, 상대와 마주 앉았을 때 종종 맞닥뜨리
게 되는 침묵의 상태를 몹시 불편해하는 내가 또 먼저 말을 건넸다.

「물에 빠져 죽었어요. 정말 끔찍하더라구요. 늦게 발견해서 그런
지 시신이 물에 퉁퉁 불어 형체를 알아보기 힘들 정도였어요. 왜
하필이면 물에 빠져 죽을 생각을 했는지…….」

자살의 방식에 관해서라면 나도 생각해 본 적이 있다.

약을 먹거나 혹은 물에 빠지거나, 그것도 아니면 동맥을 끊거나 권
총 한 방으로 단숨에 머리를 날려 버리는 방식도 있을 것이다. 그런
데 어떤 방식을 택하더라도 끔찍하기는 마찬가지이다. 아무튼 자살
을 생각할 때마다 죽음 자체에 대한 두려움보다 자살을 실행에 옮기
는 과정에 대한 두려움이 더 크게 와 닿았다. 그래서 나는 아마도 자
살하지 못할 것이다.

「내가 준 원고 읽어 봤어요?」

그의 시를 나는 읽어 보았는가?

그가 건네준 것은 시가 아니라 애매한 기호들로 가득한 사랑의 편
지였다. 그것을 해독하느라 전전긍긍한 나는 그의 시에 대해서는 할
말이 아무것도 없었다.

「읽어 보긴 했는데…….」

「어때요? 그쪽 출판사에서 출간하는 데 별 무리가 없겠어요?」

그는 또 저만치 멀어져, 나를 연인이 아닌 출판사의 편집자로 대했다.

「그것보다…… 현우 씨의 시에 자주 등장하는 익명의 그녀는 실제 인물을 염두에 두고 쓴 거예요?」

애송이 독자들이나 던질 법한 유치한 질문이었다. 번번이 그 앞에서 자존심의 옷을 벗고, 결국에는 속살까지 드러내고 마는 자신이 또다시 수치스러웠다.

「그럴 수도 있고, 아닐 수도 있어요. 나의 그녀는 관념이면서 또한 실재이기도 하거든요.」

내가 사랑에 빠지지만 않았더라도, 제법 말이 통하는 편집자로서 나현우와 함께 그의 시를 논할 수도 있었을 것이다. 그러나 사랑이라는 함정에 빠져 버린 나는 애매하기 짝이 없는 그의 말에 오로지 상처받고 고통스러워할 뿐이었다. 그가 시에서 자주 운운한 그녀가 분명 내가 아니라는 그 사실만이 나에겐 중요할 따름이었다. 내가 그날 취하지 않을 수 없었던 것도 그래서였을 것이다.

술집으로 자리를 옮겨 이런저런 이야기를 나누었지만, 아직 그의 완전한 연인이 아니라는 사실에 상심한 나는 그가 하는 다른 말들에 귀를 기울일 여유가 없었다. 그런데 자신의 시를 말하다가 문득문득 죽은 친구 이야기도 하던 그가 갑자기 고개를 들고 나를 빤히 쳐다보았다. 그의 두 눈에 물기가 어른거렸다. 울고 있었던 것이다. 하지만 나는 그가 어떤 맥락 속에서 눈물을 내비치게 된 것인지 전혀 이해할 수 없었다. 내 감정에 취해 연거푸 술을 들이켜느라 그가 주절주절 늘어놓는 이야기를 촘촘히 귀담아듣지 못했기 때문이었다. 그

런데도 나는 그의 눈물을 보는 순간 무작정, 전적으로 그를 이해할
수 있을 것 같았다. 아니, 전폭적으로 그를 받아들일 수 있을 것 같았
다. 그와 똑같이 내 눈에서도 눈물이 그렁거렸고, 바로 그날 밤 우리
는 처음으로 키스했다.
　그렇다면 우리가 키스하게 된 것은 눈물 때문이었을까?

　첫 키스를 한 그때, 나는 늘 동경해 마지않던 감정의 절정을 분명
히 경험했다. 그것은 육체와 정신, 혹은 그와 내가 완전히 하나가 된
순간이었다. 입술과 입술이, 혀와 혀가 뒤얽히던 순간의 그 또렷한
일체감. 그리고 돌연한 암전. 그 어둠 속에서 나는 생의 귀중한 비밀
을 엿보았다.
　정확한지 어떤지는 확실치 않지만, 나현우와의 첫 키스와 관련된
기억은 대강 이렇다.
　나현우가 일주일 만에 대전에서 올라온 그날, 우리는 밤늦게까지
술을 마셨다. 밤 열두시경 술집에서 나와, 그 무렵 내가 세 들어 살던
이층 방이 올려다보이는 어두운 골목길 입구의 작은 카페에서 함께
커피를 마셨다. 카페에서 나온 것은 새벽 1시 30분쯤이었고, 내 만
류에도 불구하고 기어코 나를 바래다주겠다며 내가 사는 집 앞까지
따라온 그가 불 꺼진 내 방을 올려다보며 이렇게 물었다.
「컴컴한 방에 혼자 들어갈 때 외롭지 않아요?」
　그의 질문은 유치하고 상투적이었다. 그것은 영화나 드라마 같은
데서 남자가 여자를 유혹하려고 할 때 흔히 시작하는 대사와 비슷했
다. 그 순간의 표정 역시 어디서 베끼기라도 한 듯 낯익었다. 그리고
그의 목소리에 밴 눅눅한 습기, 그 습기는 방금 전까지만 해도 적당

한 거리를 유지하면서 감정을 드러내지 않던 그와는 다르게 끈적하게 나를 휘감았다. 그러나 나로 말하자면, 밤늦은 시각에 집으로 들어가 익숙한 어둠을 더듬으며 전등의 스위치를 켤 때마다 오히려 은밀한 흥분을 느끼는 쪽이었다. 고독감은 몹시 춥지만 동시에 싸늘한 쾌감이기도 했던 것이다. 그래서 짧게 부정했다.

「전혀.」

짧은 내 대답이 끝나기도 전에 그가 왈칵 나를 끌어안았다. 그리고 키스했다. 그때 나는 조금 몸을 비틀며 다분히 의례적인 거부의 몸짓을 하기도 했던 것 같다. 그러나 나현우를 처음 봤을 때부터 이미 그를 열렬히 원하고 있던 내 몸은 이내 정직해졌다. 그래서 나는 탐탁지 못한 도입부를 빌려 시작된 그의 키스를 순순히 받아들였다. 순간, 갑자기 무능해진 나의 이성이 잠시 정신을 잃었다. 아니, 깨어 있는 한 늘 나를 지배하던 무수한 생각들로부터 완벽하게 해방되었다, 몇 초 동안. 세상은 온통 감감했고, 새벽 공기는 한없이 달콤했다. 크레용 맛이 나는 그의 입술에서는 기분 좋은 냄새가 풍겼다. 방금 전 카페에서 마신 헤이즐넛커피의 맛과 향이었다.

잠시 후, 조심스럽고 부드럽게 내 입술 주변을 정탐하던 그의 입술과 혀가 팽팽한 욕망의 덩어리가 되어 입 안을 뚫고 들어왔다. 문득 정신이 들면서 어떤 생각이 끼어들기도 했지만, 몸 전체를 관류하는 달콤하고 아찔한 현기증이 이내 모든 것을 압도해 버리고 말았다. 감히 말하건대, 그것은 완전하고 황홀한 쾌감이었다.

나현우와의 첫 키스를 이렇듯 짧고 거칠게 요약해 버리기에는 아쉬운 감이 없지 않다. 많은 부분이 생략되었고, 또 달아나 버렸다. 그는, 그날 밤 처음으로 내 방을 방문하게 되었다.

우리는 방 안으로 들어서자마자 또다시 키스했다. 골목길에서와는 달리 제법 거친 키스였고, 키스를 하면서 우리의 손들은 바쁘게 서로의 몸을 더듬으며 상대의 옷을 벗기는 데 열중했다.

성급히 알몸이 된 우리는 그때까지와는 다르게, 다분히 동물적인 자세로 서로를 모욕하고 모욕당하기 시작했다. 허겁지겁 서로의 몸을 핥아 대며 가쁜 숨을 몰아쉬다가, 급기야는 처절한 격투라도 벌이듯 상대의 몸을 함부로 다루는 행위. 그것은 골목길에서의 달콤하고 황홀했던 키스에 비하면 결코 아름답지 못한 행위였다.

나를 벽 쪽으로 밀어붙인 그는 입으로는 키스를 하면서 두 손으로는 나의 젖가슴과 아래를 동시에 더듬었다. 그러다가 그는 내가 입고 있던 티셔츠와 브래지어를 통째로 재빠르게 벗겨 버렸다. 출렁하면서 자신의 눈앞에 펼쳐진 내 두 가슴을 놀란 듯 잠시 바라보던 그는 입 안 가득 한쪽을 물었다. 갑자기 질식하지 않을까 염려스러웠다. 그러나 이미 젖을 대로 젖어 버린 나는 그의 질식사를 염려하는 것보다 그의 바지를 벗기는 일이 더 급했다.

그가 입고 있는 바지의 단추와 지퍼는 쉽사리 열리지 않았다. 나는 뜯어내듯 그것들을 열어젖혔다. 팽팽하게 부풀어 있던 그의 것이 내가 바지를 벗기자마자 기다렸다는 듯 튀어나왔다. 아직 팬티가 남아 있었지만 그는 내 손을 기다리지 않고 자신이 직접 벗어 버렸다. 그리고 내 팬티는 발로 끌어내렸다. 성급해진 우리는 침대 쪽으로 갈 시간조차 없이 벽에 기대선 자세로 합해졌다. 내 몸 안으로 깊숙이 들어온 그의 성기는 마치 요술 방망이처럼 모양과 크기를 바꿔 가며 여기저기를 노크했다. 그가 내 방들을 두드리는 사이 나는 두 번 정도 숨이 멎는 것 같았고, 수도 없이 소리 질렀다.

어떻게 치러졌는지도 모르게 한 번의 섹스가 끝났을 때, 우리는 꽤 오랫동안 각자 널브러진 채 침대에 누워 있었다. 땀으로 번들거리는 나현우의 몸을 보면서 나는 그의 몸이 의외로 평범하고 왜소하다는 생각을 했다. 그 몸은 내 머릿속에 각인되어 있는 그의 이미지와는 전혀 맞지 않아 낯설어 보였고, 또 실망스러웠다. 내가 그의 육체를 갈망했던 것은, 나를 사로잡았던 그만의 비밀과 신비가 바로 그의 육체 속 어딘가에 숨어 있을지도 모른다는 생각 때문이었다. 그러나 그의 육체는 너무 평범하고 시시해서 그 어디에도 신비한 비밀을 따로 감추고 있을 것 같지 않았다. 종종 물어뜯던 그의 손톱도 부옇게 색이 바랜 데다가, 조잡하게 뜯겨 있어 조금도 사랑스럽지 않았다.

그 순간, 현실적인 감각을 되찾은 나는 벌거벗은 몸을 가리기 위해 방바닥에 팽개쳐져 있는 옷을 집어 들었다. 내가 옷을 입는 것을 물끄러미 바라보고만 있던 나현우가 또다시 내 몸을 끌어당겼다.

두 번째 섹스 때, 내 목에서는 지나치게 크고 과장된 신음 소리가 자주 흘러나왔다. 골목길에서의 첫 키스가 신선한 흥분이라면, 곧이어 시작된 첫번째 섹스는 격렬한 흥분이라 이름 붙일 수 있을 것이다. 그리고 두 번째 섹스 때, 나는 약간은 위선적으로 흥분을 가장했다, 분명히. 목 안에서 솟구쳐 나오는 낯설기 짝이 없는 신음 소리가 내 귀에 들릴 때마다 문득 눈을 뜨고 나현우의 얼굴을 쳐다보았다. 양미간을 찌푸린 채 눈을 감고 있는 나현우는 무언가에 골몰하며 열심히 움직였다. 그런 모습을 훔쳐보면서, 나는 딴생각을 했다. 그는 몇 명의 여자와 이런 식으로 잠자리를 해봤을까, 그리고 그는 어떤 식으로 섹스하는 여자를 좋아하는 것일까 따위의.

7

다음날 아침 눈을 떴을 때, 나현우는 여전히 벌거벗은 채 내 곁에 잠들어 있었다. 낯선 방에서 태연하게 잠든 모습은 어제까지 내가 알던 나현우와는 많이 달라 보였다. 갑자기, 너무 가까이 내 곁에 다가와 버린 그를 내려다보면서 나른한 충만감과 불안을 동시에 느꼈다.

커피를 마시기 위해 잔을 준비하는데, 달그락거리는 소리에 잠이 깼는지 나현우가 등 뒤로 다가와 양손으로 부드럽게 내 젖가슴을 감싸 안았다. 첫날밤을 함께 보낸 연인들이 흔히 하는 익숙하고 상투적인 아침 인사였다. 지나치게 친숙하게 구는 나현우에게 불현듯 의혹을 느낀 내가 말했다.

「많이 해본 솜씨네요.」

순간, 순식간에 싸늘해진 나현우의 두 손이 아래로 툭 떨어졌다. 실수했다는 생각이 들어 긴장하고 돌아보았다. 그러나 이미 표정이 굳어져 버린 나현우는 그 즉시 옷을 챙겨 입기 시작했다.

「그냥 농담으로 해본 소린데…….」

갑작스레 발생한 사태를 어떻게 수습해야 할지 몰라 내가 허둥거리면서 얼버무리자, 어느새 옷을 다 입은 나현우가 정색을 하며 말했다.

「그런 식의 비아냥거림, 정말 싫습니다. 그리고 방금 지오 씨가 한 말은 지오 씨에 대한 내 감정을 모욕하는 말처럼 들리는데…… 지오 씨, 그런 사람이었어요?」

「그게 아니라…….」

코너에 몰린 나는 궁여지책으로 또다시 변명을 늘어놓았다.

「사실은…… 현우 씨에 관한 이상한 소문 때문에…….」

그때 어째서 강희의 말이 떠올랐는지 모른다. 며칠 전 강희를 만났을 때 들었던 나현우에 관한 소문을 갑자기 떠올린 나는 엉겁결에 해서는 안 될 말을 해버리고 말았던 것이다. 아니다. 어쩌면 나는 대전에서 올라온 나현우를 만나는 내내 강희의 말을 생각하고 있었는지도 모른다. 그래서 나현우가 익숙한 동작으로 나를 끌어안자 그에 대한 의혹과 불신이 불쑥 그런 식으로 표출된 것일 것이다. 그리고 나현우와 하룻밤을 보낸 다음, 그에 대한 긴장과 조심스러움이 나도 모르게 사라져 버려 너무 쉽게 함부로 말했던 것이다.

「이상한 소문이라뇨?」

눈을 똑바로 뜨고 추궁하는 나현우의 기세가 심상치 않았다. 대충 얼버무리며 넘어갈 수 있는 상황이 아니라는 것을 직감적으로 알아차렸다. 자포자기한 심정으로 모든 걸 털어놓았다.

「며칠 전에 친구를 만났어요. 글 쓰는 친군데, 얘기 끝에 현우 씨가 거론되었어요. 그때 친구가 하는 말이 현우 씨의 여자 관계가 복잡하다고……」

나현우의 얼굴이 눈에 띄게 일그러지기 시작했다. 어디서부터, 무엇이 잘못되었는가? 하필이면 첫날밤을 보낸 아침에?

「무슨 근거로 그런 소문이 나도는지는 모르겠지만 여자 관계가 복잡하다는 거, 별로 유쾌하지 못한 소문이군요. 지오 씨를 처음 만났을 때도 얘기했듯이, 나는 사랑이라는 걸 믿지 않는 놈입니다. 그렇다고 해서, 여자를 싫어하거나 혐오한다는 뜻은 아니에요. 아니, 오히려 나는 여자에 대해 상당히 관심이 많은 편이죠. 그래서 알고 있는 여자도 많고, 만나는 여자들도 많아요. 하지만 그건 다양한 형태의 관계들일 뿐이에요. 그 상대가 여자라고 해서 특별할 것이 없다는 얘기죠. 그런 걸 두고 여자 관계가 복잡하느니 어쩌느니 말하는 것은 좀 웃기는 얘기 아닌가요? 그렇게 따지면, 나는 남자 관계는 더 더욱 복잡한 사람이라고 말할 수 있을 겁니다.」

내가 느끼는 의혹의 핵심이 무엇인지 결코 모르지 않을 나현우는 그런 식으로 문제를 비켜 갔다. 그러나 나는 더 이상 나현우를 몰아붙일 수 없었다. 아무리 하룻밤을 함께 보낸 사이라 하더라도 아직 우리는 많이 서먹했고, 그래서 서로에 대해 어느 정도의 예의는 갖추어야 했던 것이다. 그리고 무엇보다도 나는 애매한 소문 때문에 오랜만에 다가온 사랑을 잃고 싶지는 않았다.

그날 저녁에 다시 만나기로 약속하고 우리는 전철역 앞에서 헤어졌다. 나현우는 버스를 타고 자신의 집으로 갔다. 전철을 타자, 누적된 피로가 한꺼번에 몰려왔다. 하지만 특별한 밤과 아침을 보내고 좀 얼얼한 상태였기 때문에 눈꺼풀이 무겁게 내려앉는데도 머릿속은 오히려 말똥말똥했다.

　자리에 앉은 사람들은 서 있는 사람들과 눈이 마주치는 것이 부담
스러운지 대부분 졸거나 눈을 감고 있었다. 나는 그들의 얼굴을 물
끄러미 내려다보며 머릿속으로는 밤사이 있었던 일들을 다시 떠올
렸다.

　아침에 떠올린 전날 밤은 음탕하고 질척했다. 갑자기 온몸에 자잘
한 소름이 돋으며 몸이 오그라드는 느낌이 들었다. 그때, 앉아서 멍
하니 앞쪽을 응시하던 남자와 눈이 마주쳤다. 나도 모르게 얼굴이
달아올라 슬그머니 고개를 돌렸다.

　나는 평소보다 조금 늦게 사무실에 도착했다. 커피 타임을 이미
끝냈는지 모두들 제자리에서 일을 하고 있었다. 이번 주 커피 당번
인 정 대리만이 동료들이 마신 커피잔을 정리하다가, 사무실로 들어
서는 나를 보고 반색하며 한마디 던졌다.

「한 선배, 오늘 어디 아파요? 아침 커피를 다 생략하고. 그러고 보
　니 안색이 영 안 좋아 보이는데…… 괜찮아요?」

　항상 적당한 거리를 유지하면서 말없이 나를 챙겨 주는 정 대리가
그날따라 가슴 뭉클하게 했다. 정 대리를 처다보며 괜찮다는 뜻으로
고개를 끄덕이다가 새삼스럽게 이런 생각을 했다. 정 대리를 사랑할
수도 있을 텐데 왜 하필이면 나현우인가?

　두 명의 필자로부터 걸려 온 전화를 받고, 전날 작성하다 만 신문
광고 카피를 완성하고 나니 어느새 점심 시간이었다. 입 안이 깔깔
한 게 도무지 식욕이 나지 않았다. 임신 초기의 입덧처럼 속까지 메

슥거렸다. 질리도록 단 음식이라면 좀 먹을 수도 있을 것 같았다.

단것을 좋아하지 않는 나는 사탕이나 초콜릿 등을 거의 먹지 않는 편인데, 아주 간혹 설탕으로 범벅이 된 도넛이나 양갱 같은 것이 먹고 싶어질 때가 있었다. 정작 입에 대면 한 개를 채 먹지 못하는 경우가 대부분이지만, 진저리를 칠 만큼 단 음식을 먹으면서 나는 정체불명의 맹렬한 욕구를 잠시 진정시키곤 했다. 담배가 부드러운 위안이라면, 지독히 단 음식은 순간적인 극약 처방 같은 것이라 말할 수도 있을 것이다.

점심 메뉴를 샤브샤브로 정한 동료 직원들이 함께 가자고 말했다. 그러나 나는 혼자 윈첼 도넛 가게로 향했다. 밀가루 같은 설탕이 하얗게 묻은 도넛 두 개를 접시에 담아 자리를 찾던 나는 구석 쪽에서 혼자 빵을 먹고 있는 남자의 옆 자리에 가 앉았다.

대여섯 개는 족히 되어 보이는 빵을 앞에 놓고 열심히 먹고 있는 남자는 몹시 뚱뚱했다. 조금만 움직여도 온몸의 살이 출렁거릴 정도였다. 남자는 도넛의 하얀 가루가 군데군데 묻은 입을 천천히, 부드럽게 움직이다가 언뜻 나를 쳐다보았다. 남자의 시선이 내 얼굴에 와 닿는 것을 느끼는 순간, 갑자기 속이 울렁거리면서 도넛을 먹고 싶은 생각이 싹 없어졌다. 나는 손도 대지 않은 도넛을 그대로 두고 바깥으로 나와 버렸다.

사무실로 돌아와 커피를 마시는데, 살찐 남자의 모습이 계속해서 눈앞에 출렁거려 어지러웠다. 설탕 범벅이 된 도넛을 먹다 보면 어느 순간 찾아드는, 뭐라 표현하기 힘든 어지럼증과 비슷했다. 그때의 현기증은 어떤 위험을 예고하는 경계선처럼 아슬아슬하면서도 은근히 유혹적이었다. 그 경계선만 넘어 버리면 내가 여태껏 경험해 보지 못한 어떤 세계를 맛볼 수도 있을 것 같았다. 그러나 나는 한 번도 넘어서 보지 못했다. 그래서 경계선 너머의 세계는 나에겐 언제나 미지의 것이었다. 그런데 도넛 가게에서 본 살찐 남자가 문득 나에게 그 세계를 보여 주었다. 그는 관능을 넘어선 관능이었고, 허무를 넘어선 허무였다. 남자의 모습은 포근한 이불처럼 안정감이 있었지만, 나는 쉽사리 그의 세계에 동의할 수 없었다. 아니, 심한 거부감이 일었다. 미끄럽게 윤기 흐르는 살찐 남자의 세계는 너무 물컹하고 푹신해서 일단 발을 들여놓으면 도저히 빠져나올 수 없는 늪처럼 여겨졌다. 그러나 간혹 나는 그 늪에 발을 들여놓고 싶은 충동을 느끼기도 했다. 무조건적으로 받아들여 영원히 삼켜 버리고 마는 그 세계에 말이다. 소위 말하는 지적이고 자의식이 강한 인간들의 세계가 혐오스러울 때 특히 그랬다.

생각이 많은 인간들은 예기치 못한 순간에 불쑥 예민하게 굴면서 상대와 자신을 긴장시킨다. 생각이 많은 인간들의 또 하나의 특징은 자신의 감정에 확신을 가지지 못한다는 점이다. 때문에 그들은 자기도 모르게 흘러나와 버린 감정에 대해 곧잘 곤혹스러워한다. 깜짝 놀라거나 몹시 복잡해진 표정을 지으면서, 바로 직전 자신이 드러낸 감정을 부정해 버리는 것이다. 나현우 역시 생각이 많은 남자였다. 그래서 그는 자신이 내게 보여 준 사랑의 표현을 자주 번복했다.

전날 밤에도 나현우는 양다리를 걸치고 있는 불경스러운 애인처럼 행동했다. 섹스를 하는 동안은 완전히 나에게 몰두하는 모습이다가 섹스가 끝나면 그는 방금 전과는 달리 어느 정도의 간격을 유지하고 싶어했다. 양미간을 찌푸린 채 눈을 감고 담배를 피우는 그의 모습은, 방금 전의 섹스 때문에 심란해하는 것처럼 보였다. 그리고 불경스러운 애인은 잠결에도 갈등했다.

두 차례에 걸친 섹스가 끝났을 때의 시각은 새벽 세시경이었다. 그때 나현우는 자신의 집으로 돌아갈까 어쩔까 망설이다가 내 방에서 잠이 들었다. 나는 거의 잠을 자지 않았고, 나현우는 밤새 뒤척이면서 간간이 잠에 빠져 들었다.

잠결에 불현듯 나현우의 손이 내 손을 잡았다. 그는 제법 세게 내 손을 움켜쥐었다. 미처 예상하지 않았던 다정함이 한순간 내 마음을 흔들어 놓았다. 그의 손에 한쪽 손을 붙들린 나는 우리 사이가 영원하기를 잠시 꿈꾸어 보기도 했다. 그런데 그의 다음 행동은 잠시 동안이나마 달콤했던 내 꿈에 찬물을 끼얹었다. 그가 갑자기 낯선 이물질을 털어 내듯 차갑게 내 손을 털어 버렸던 것이다. 나는 당황하며 나현우의 얼굴을 쳐다보았다. 다행히 그는 잠들어 있었다. 만약 나현우가 의식이 있는 상태에서 그렇게 행동했다면, 아마도 나는 그를 용서하지 않았을지도 모른다. 무의식의 상태에서 저지른 행동이 오히려 의미심장할 수도 있지만, 거기까지 생각하고 싶지는 않았다.

나현우와 만나기로 한 서점에 약속 시간보다 일찍 도착한 나는 제법 느긋한 심정으로 책들을 둘러보기 시작했다. 곧 만나게 될 연인을 기다리며 서점 안을 어슬렁거리는 기분은 쾌적하고 달콤했다. 어제까지만 해도 몹시 긴장된 상태로 그를 만나러 나갔던 것에 비하면 여유가 많이 생긴 셈이었다. 그 여유라는 것이 하룻밤의 정사 때문인지 어떤지는 모르지만, 아무튼 그를 기다리며 책을 뒤적이는 나는 편안하고 행복했다. 그래서 그런지, 내 의식은 맑게 갠 가을 하늘처럼 투명하게 빛나 언뜻언뜻 눈에 띄는 책 속의 문장들이 어느 때보다 선명하게 머리와 가슴에 와 꽂혔다. 어딘가에 꼭꼭 숨어 좀체 그 모습을 드러내지 않던 창조적이고 발랄한 에너지도 불쑥불쑥 솟구치며 튀어 올라 나를 가볍게 흥분시켰다. 내 속에서는 시와 음악이 무작정 흘러넘쳤고, 그것에 스스로 취한 나는 달콤한 기분을 한껏 만끽했다.

나현우를 기다리고 있다는 사실을 잠시 망각할 정도로 스스로에게 취해 있던 내가 시계를 들여다보게 된 것은 7시 30분경이었다. 상기된 표정으로 책을 들여다보는 나에게 누군가 몇 시냐고 물어 왔고, 손목시계를 들여다보며 7시 30분이라고 말해 주다가 그제서야 비로소 그가 아직도 오지 않았음을 깨달았다. 그러자 갑자기 내 기분은 한순간에 지옥으로 떨어져 버리고 말았다. 내 상식으로, 상대가 30분이 넘도록 약속 장소에 나타나지 않는다는 것은 곧 약속을 펑크내겠다는 의미였다.

나현우가 아직까지 오지 않는 것에 대해 추측할 수 있는 것은 두 가지였는데, 그 둘 다 나로서는 상상하고 싶지도 않은 최악의 경우였다. 약속 장소로 오던 도중 불의의 사고를 당했거나 지난밤을 함께 보낸 이후 나에 대해 시큰둥해져 더 이상 만나고 싶지 않은 그런 경우가 아니라면, 30분이 넘도록 나타나지 않을 리 없었다. 게다가 그의 집은 서점에서 10분 남짓밖에 안 되는 가까운 거리가 아니던가.

아득한 절망감이 밀려오면서 맥이 풀렸다. 특히 두 번째 가능성에 더 짙은 혐의를 두게 되면서부터는 분노와 수치심 때문에 온몸이 불덩어리처럼 타올랐다. 그런데 바로 그때, 나현우가 서점 안으로 들어섰다. 약속 시간보다 30분씩이나 늦었다는 사실을 전혀 자각하지 못한 태연한 얼굴을 하고.

나는 피가 거꾸로 솟구치다 못해 얼어붙어 버렸다. 그는 내가 전혀 예상치 못했던 세 번째 경우, 즉 간밤의 정사로 나에 대해 태만해진 나머지 약속 시간을 훨씬 넘긴 시각에 어슬렁거리며 나타난 것이었다. 그렇게 확신한 나는 분노가 극에 달해 몸을 떨지 않을 수 없었다.

「좀 늦었죠?」

그는 태연한 얼굴만큼 당연하게 말했다.

살면서 한 번도 물리적인 폭력을 행사해 보지 못한 나는 그런 순간의 분노를 어떤 식으로 표출해야 할지 알 수 없었다. 더러 누군가의 얼굴을 때려 봤더라면, 아마 나현우의 뺨을 소리나게 올려붙인 다음 서점을 박차고 나갔을 것이다. 그리고 다시는 그를 보지 않았을 것이다.

「왜 그래요?」

정말 그는 아무것도 감지하지 못했더란 말인가.

참을 수 없는 분노 때문에 파르르 떠는 나를 빤히 들여다보는 그의 눈은 완벽하게 비어 있었다. 그는 오로지 의아해할 뿐이었다. 비어 있는 그의 눈에 또 한 번 절망한 나는 말없이 등을 돌린 채 서점에서 나왔다. 그는 계속해서 영문을 몰라 하며 엉거주춤 내 뒤를 따라나왔다. 그냥 가겠다는 내 손을 억지로 붙들어 근처의 카페로 데리고 들어가 자리에 앉자마자 다시 물었다.

「도대체 왜 그러는 거예요?」

진지하게 묻는 표정과 행동에 과장이나 가식의 흔적은 없었다.

「늦게 와서 화가 난 거예요?」

그는 비로소 사태를 파악한 모양이었다. 그러나 별로 미안해하는 것 같지는 않아 보였다. 오히려 아무것도 아닌 일로 지나치게 구는 내 태도를 이해할 수 없다는 눈치였다.

「우리 이제 그만 만나요.」

내가 사랑하는 것만큼 그는 나를 사랑하지 않는다고 결론 내린 나는 그만 헤어지자고 말했다.

불리한 게임에서의 최선은 일찌감치 손을 들어 버리거나, 아예 판을 깨버리는 것이다. 더러 사람들은 지는 게임을 통해 인생을 배우기도 하는 법이라고 말하는 모양이지만, 그런 식의 처절하고 쓰디쓴 경험을 통해 무엇을 얼마나 건질 수 있을지 나로서는 회의적이었다. 패배한 자가 남긴 교훈은 아무리 좋게 말한다 하더라도 결국은 자기 합리화였다. 나는 이미 누추해진 사랑을 지속시켜야 할 필요를 느끼지 못했고, 그럴 만한 인내심과 끈기도 없었다.

「진심이에요?」

사태의 심각성을 감지한 나현우가 눈을 내리깐 채 침울한 목소리로 물었다. 사랑이라는 것을 믿지 않는다는 그는 무수한 이별을 경험해 봤는지, 너무 쉽게 이별을 받아들일 채비를 하는 듯했다. 내가 한마디만 더 보태면, 1초도 안 돼 서로에게 등을 보이며 각자의 길을 가게 될 것 같은 분위기였다. 역시 나현우는 내가 마음속에 품고 있는 칼보다 더 예리하고 냉정한 칼을 가진 인간이었다.

「삼십 분씩이나 늦은 이유가 뭐예요?」

그러한 칼날 앞에서 문득 전의를 상실한 내가 약간 누그러진 목소리로 물었다. 끊어지기 직전의 줄을 슬그머니 늦추며 갑자기 태도를 바꾸고 있는 자신에게 배반감을 느꼈다.

시시각각 변하는 변덕스러운 감정을 무엇보다 싫어하는 나는 치명적인 손해를 무릅쓰고라도 한 가지 감정을 고수하는 쪽이다. 그런데 사랑의 문제 앞에서는 자주 가면을 바꿔 쓰고 등장하는 연극배우처럼 종잡을 수 없는 인물이 되었고, 때로는 형편없는 인격파탄자로 추락하기도 했다.

특히 나현우처럼 유연하지 못하고 고집스러운 상대를 만난 경우는 더 그랬다. 부드럽고 녹록한 상대라면 나현우가 맡고 있는 역할을 내가 대신 맡았을 것이다. 그러나 나현우는 결코 다루기 쉬운 인간이 아니었다. 때문에 여러 가지 가면을 바꿔 쓰는 연극배우와 인격파탄자의 역을 내가 담당해야만 할 모양이었다.

「막 나오려고 하는데 전화가 왔어요. 통화가 길어지는 바람에 늦었어요.」

그럴듯한 변명이었다. 그러나 변명은 아무리 좋게 말해도 어디까지나 변명이었다. 나를 향한 갈망이 더 컸다면, 비록 그 전화가 그의 일생을 바꿔 놓을 수도 있는 중요한 것이었다 하더라도 먼저 나에게로 달려왔을 것이다. 내가 원하는 사랑은 그런 거였다. 심지어는 목숨을 내거는 일까지도 불사할 수 있는 그런 사랑 말이다.

또 한 가지 용납하기 어려운 것은 30분이나 늦게 나타난 그가 여유작작한 모습으로 서점 안에 들어섰다는 사실이다. 정말 피치 못할 사정으로 늦을 수밖에 없었다면, 가슴을 졸이며 숨이 턱에 닿도록 달려왔어야 했다. 그런데 그는 태연한 얼굴로 아무렇지도 않은 듯 어슬렁거리며 나타나, 좀 늦었다고 말했던 것이다.

「현우 씨는 왜 날 만나는 거죠?」

나는 풀었던 줄을 다시 잡아당겼다. 이번 참에 그의 입에서 사랑한다는 말이 튀어나와 주기를 기대하면서 말이다.

「왜 내가 지오 씨를 만나는가…… 글쎄요. 지오 씨는 그걸 한마디

로 표현할 수 있다고 생각해요? 사랑하기 때문에? 그렇게 말한다
고 해서 특별히 달라지는 게 있나요? 내뱉는 순간 시체가 되어 버
리고 마는 것이 말 아닌가요? 중요한 것은 지금 우리가 함께 있다
는 사실과 이 순간의 감정, 이것뿐이라고 생각해요.」
「그렇다면 시는 왜 쓰는 거죠? 현우 씨의 말대로라면, 언어로써 표
현되는 시 또한 쓰는 순간 시체가 되어 버리고 마는 그런 거 아닌
가요?」
「그건 좀 다른 문제예요. 내가 시를 쓰는 것은 말로는 표현되지 못
하고 순간순간 달아나 버리는 것들, 혹은 종종 생략되는 것들, 바
로 그런 것들을 붙잡아 보고 싶어서예요. 어차피 불가능하겠지만,
불가능하기 때문에 도전해 보고 싶은…… 굳이 말하자면 그런 거
겠죠.」
「지금 현우 씨가 나에게 느끼는 감정은 도대체 어떤 거예요?」
「글쎄요. 함께 있고 싶어서 만나러 나왔고, 갑작스러운 지오 씨의
태도에 잠시 당황하긴 했지만, 지금은 지오 씨를 안고 싶어요. 그
외에 지오 씨에 대해 느끼는 좀 더 미세한 감정들이 있긴 하지
만…… 어쨌든 그렇게밖에 말할 수가 없군요.」
안고 싶은 욕구.
그렇다.
나 역시 나현우를 만나면서 줄곧 그런 욕구를 느끼고 있었다. 늦
게 나타난 나현우를 원망하면서도, 그리고 그의 무관심에 절망하면
서도 속에서는 나현우를 안고 싶은 욕구가 강렬하게 꿈틀거리고 있
었던 것이다. 여러 가지 감정 중에 그것만이 유일하게, 처음부터 끝
까지 흔들리지 않았다.

그날 밤 나현우는 또 내 방에서 잤다.

시간 약속을 지키지 않은 나현우의 태만과 성의 없음이 마음에 걸리긴 했지만, 그와 사랑을 나누고 싶은 욕구는 그 모든 것을 덮어 버리고도 남을 정도로 강렬했다. 그리고 나현우 역시, 나와의 육체적인 사랑을 무엇보다도 원했던 것이다.

그날 밤 내 방에 들어선 나현우는 첫날밤과는 달리 느긋하게 굴었다. 내가 커피를 준비하는 동안, 그는 집 안 여기저기를 둘러보았다.

집은 비교적 깨끗이 정돈된 상태였다. 나현우를 만나기 시작하면서부터 여느 때보다 더 청소에 신경을 썼던 것이다. 나현우가 언젠가는 내 집에 오게 되리라는 것을 막연히 짐작하고 있었기 때문이었다. 그래서 그가 대전에 가고 없는 며칠 동안 그를 의식해 몇 가지 가구와 소품 등을 새로 장만하기도 했다. 시디와 비디오테이프 등을 정리해 넣을 수 있는 장식장을 새로 샀고, 비어 있던 침대 옆 자리에는 작은 탁자 하나와 나무 의자 두 개를 들여놓았다. 그리고 비록 모사화이긴 하지만 모네와 샤갈의 그림 두 점을 사서 침실과 거실 벽에 걸어 놓았으며, 새것 같지 않은 카키색 체크 무늬 잠옷도 한 벌 사 두었다. 하지만 새 잠옷은 한 번도 입지 않은 채 아직 장롱 속에 들어 있는 상태였다. 지난밤 함께 밤을 보내면서는 미처 입을 기회가 없었던 것이다.

집 안의 묵은 때는 물론이고 화장실도 구석구석 윤이 나도록 청소해 놓았기 때문에, 나현우가 둘러보는 것에 별로 신경이 쓰이지 않았다. 집 안의 인테리어에도 그런대로 자신이 있었다. 필요한 물건을 살 때, 내가 제일 먼저 보는 것은 기능성이지만 디자인과 색에 대한 안목도 그다지 뒤처지지 않아 가구들은 나름대로 조화를 이루었다.

그런데 나현우가 책장 앞에 서서 책들을 뒤적일 때는 약간 긴장되었다. 그의 독서 취향이 나와는 아무래도 다를 것 같아서였다. 내가 나현우의 시를 썩 좋아하지 않는 걸로 보면 틀림없이 그럴 것이다. 과연 나현우는 책장 앞에 오래 머물지 않았고, 내 책들에 대해서는 한마디도 언급하지 않았다. 오히려 그는 시디와 비디오테이프에 관심을 보이며 그것들을 하나하나 꺼내 보았다.

「안토니오니 감독을 좋아하나 보죠?」

수십 개나 되는 비디오테이프들 중 하필이면 그것에 관심을 보이는 것은 아주 좋은 징조였다. 나는 들뜬 목소리로 반색했다.

「국내에 출시된 안토니오니 감독의 비디오는 빼놓지 않고 다 봤어요. 특히 〈정사〉는 내가 가장 아끼는 작품이에요.」

「이 사람의 작품은 나도 좋아합니다.」

내가 좋아하는 것을 그도 좋아한다!

그 사실 하나로 나는 우리의 만남이 결코 우연이 아닌 운명적인 만남임에 틀림없다고 생각했다. 아니, 그렇게 믿고 싶었다. 사랑의 감정과 사랑의 대상 중 어느 것이 먼저인가에 대해 늘 의문을 품어 왔지만, 가능한 한 '누구라도 상관없는'이 아닌 '바로 나현우여야 한다'는 쪽으로 결론을 내리고 싶었던 것이다. 상대가 누구라도 상관없다는 식의 사랑은 너무 삭막하지 않은가 말이다. 그러므로 나현우와 내가 똑같이 안토니오니 감독을 좋아한다는 사실은 나에게 특별한 의미가 아닐 수 없었다.

우리는 커피를 마시면서 〈정사〉를 함께 보기로 했다. 오래된 필름이었기 때문에 화면 상태와 음질이 형편없었다. 그래서 그런지, 안나

와 산드로가 대낮에 벌이는 정사 장면은 진지하게 치러야만 하는 의
식처럼 딱딱해 보였다. 특히, 언뜻언뜻 내비치는 안나의 건조하고 메
마른 눈빛은 그들 관계의 파국을 결정적으로 예고했는데, 나현우의
손이 내 가슴을 열고 들어온 것은 바로 그때였다.

　비록 정사 장면이기는 하지만, 그것은 관객에게 육체적인 흥분을
불러일으킬 만한 그림들은 결코 아니었다. 오히려 철학적인 사색에
빠져 들게 하는 그런 장면이었다. 정념보다 훨씬 강렬한 안나의 어떤
욕구, 즉 지긋지긋한 권태로부터 벗어나 서늘하고 충격적인 일탈을
감행하고 싶어하는 듯 보이는 안나의 눈빛이 벌거벗은 남녀의 육체
보다 더 강렬하게 화면을 채우고 있었던 것이다. 그런데 그런 장면을
보면서 나현우는 육체적인 욕구를 느꼈던 모양이었다. 그것은 나 역
시 마찬가지였다. 좀 정직하게 말하면, 나는 안나가 산드로의 방에
들어설 때부터 가슴이 두근거렸고, 산드로가 열려 있던 창문을 닫고
커튼을 내릴 때는 이미 아랫도리가 조금씩 젖기 시작했던 것이다.

　내 젖가슴을 거칠게 움켜쥐던 그의 손은 이내 아래쪽으로 향했다.
그의 뜨거운 손이 거침없이 팬티 안으로 들어왔고, 곧이어 그는 내
몸 위로 올라왔다. 그리고 키스했다.

　그렇다.

　첫날밤과는 달리 나현우는 먼저 내 젖가슴과 아래를 공격한 다음
비로소 키스했다. 첫날밤처럼 부드럽고 달콤한 키스로부터 섹스를
시작한 게 아니었던 것이다.

　대뜸 격렬하게 입술을 부딪치다가 서둘러 내 입 안으로 달려들어
온 그의 혀는 키스의 본래 의미, 그러니까 사랑의 감정이 넘쳐흘러
저절로 더듬게 되는, 섹스 전의 부드러운 예고와는 전혀 다른 성욕의

덩어리였다. 첫날밤 키스에서 느꼈던 부드러운 입술은 사라져 버리고 돌덩어리처럼 딱딱하고 거친 혀가 두 번째 밤의 키스를 주도했다. 오로지 밀고 들어오는 그의 혀를 받아들이면서 나는 한편으로는 황홀했고 다른 한편으로는 상실감을 느꼈다. 하지만 그 상실감은 눈치 채지 못할 만큼 가벼운 것이어서, 그때 나는 우리 사이에 키스가 완전히 사라져 버리는 날이 올 수도 있다는 사실을 전혀 예감하지 못했다. 그리고 그날 나현우는 뜻하지 않은 친절을 나에게 베풀었는데, 눈에 띄게 다정하게 구는 그에게 감동한 나는 앞으로 닥칠지도 모를 불행 따위는 생각도 하고 싶지 않았던 것이다.

섹스를 하는 도중에 두 번 정도 눈을 뜨고 텔레비전 화면을 쳐다보았던 것 같다. 안나가 승용차에 기대서서 담배를 피우는 장면을 보았고, 두 사람이 함께 차를 타고 어딘가를 향해 달리는 장면도 보았다. 우리가 섹스를 끝냈을 때도 영화는 여전히 진행 중이었다. 스토리보다는 장면 장면의 섬세한 뉘앙스에 초점을 맞춰 보아야만 제대로 감상할 수 있는 영화를 보면서 섹스를 한다는 것은 영화에 대한 모독이었다. 우리는 섹스를 끝내고 나서도 영화에 몰두할 생각은 하지 않고 산만하게 굴었다. 알몸으로 담배 한 개비를 절반쯤 피우고 난 나현우가 먼저 욕실로 들어갔고, 나는 담배를 손에 든 채 잠시 텔레비전에 시선을 고정시키다가 금세 일어서서 욕실 쪽으로 다가가 안을 향해 소리쳤다.
「샤워 중인가요? 필요한 게 있으면 얘기해요!」
타닥거리며 욕실 바닥에 떨어지는 샤워기의 물소리는 경쾌하면서도 에로틱했다.

　욕실 안에서는 떨어지는 물소리 외에 아무 소리도 들리지 않았다. 물소리 때문에 내가 하는 말을 못 들었나 보다 생각하며 다시 텔레비전이 있는 쪽으로 가려고 하는데 벌컥 욕실 문이 열렸다. 뜨거운 김과 함께 나현우의 젖은 얼굴이 불쑥 튀어나왔다.

「들어오지 않을래?」

　벌거벗은 채 말하는 나현우의 목소리는 다정하게 젖어 있었다. 예기치 않았던 상황이라 당황하고 있는 나를 그가 왈칵 끌어당겼다. 그 바람에 넘어지듯 그의 품에 안기게 되었다. 그의 온몸에서 익숙한 오이향이 물씬 풍겼다. 시원한 오이 냄새를 좋아하는 나는 오이향 비누를 주로 썼다. 그는 내가 매일 매일 사용하는 비누로 자신의 몸 구석구석을 닦은 모양이었다. 그에게서 나는 오이향은 내 몸에서 맡던 냄새와는 약간 다른 것 같았다. 시원함보다는 달큰한 느낌이 더 강했다. 어쨌든 나쁘지 않았다. 나는 그의 몸 냄새와 비누 냄새가 묘하게 뒤섞인 그만의 향기를 음미하며 그의 어깨쯤에 코를 살짝 갖다 댔다. 그때 다시 샤워기에서 물이 쏟아져 나오기 시작했다. 느닷없이 젖어 버린 내가 어쩔 줄 몰라 하고 있는데, 샤워기 물의 온도를 조절하던 나현우가 말했다.

「당신을 씻어 줄게.」

　어릴 때 엄마에게 말고는 내 몸을 다른 사람에게 내맡긴 적이 없었던 나는 깜짝 놀라지 않을 수 없었다. 그래서 몸을 움츠렸지만, 나현우는 막무가내로 내 몸을 열어 거품이 하얗게 인 타월로 구석구석 문질렀다. 간지러우면서도 시원했다. 처음 1분 정도 어색해하던 내 몸은 이내 적응이 됐는지 편안하고 부드러운 상태로 이완되었다. 한 번도 느껴 본 적이 없는 감미롭고 황홀한 기분에 푹 잠겨 버린 나는 잠시 무의식 상태에 빠져 들기도 했다. 그러다가 문득 까닭을 알 수 없는 불안에 휩싸이기도 했는데, 그 순간 이런 생각을 했던 것 같다.

'이렇게 사랑받아도 될 만큼 내가 괜찮은 여자인가?'

자신이 없었다. 그러나 나현우는 여전히 내 몸을 닦아 주는 데 열중하고 있었다. 별로 괜찮지 않은 여자의 몸을 열심히 닦아 주는 남자도 어쩌면 별 볼일 없는 남자일지도 모른다는 생각이 불현듯 들었고, 그러자 나현우가 몹시 왜소해 보였다. 발까지 깨끗이 닦아 주는 걸로 마무리한 나현우가 고개를 들어 나를 쳐다보았다. 그의 표정은 진지했고 만족스러워 보였다. 여자의 몸을 닦아 주고 난 남자를 한 번도 본 적이 없어 알 수 없었지만, 방금 전 나현우가 지어 보인 표정은 마음에 들었다. 마치 노동을 끝낸 사람 같은 그의 얼굴에는 쓸데없는 욕망 따위는 전혀 묻어 있지 않았던 것이다.

뜻하지 않았던 나현우의 친절함과 다정함으로 급속하게 가까워진 우리는 욕실에서 나와 서로의 몸을 말려 주면서 마침내 반말로 장난까지 하기 시작했다.

8

그날 이후 우리는 거의 매일 밤을 함께 보냈다.

날마다 계속되는 섹스에 중독된 내 몸은 나현우와 떨어져 있는 낮 시간에도 가볍게 흥분된 채 부풀어 있었다. 머릿속은 개미가 슬금거리며 기어 다니는 것처럼 자주 간지러웠고, 문득 속이 울렁거리기도 했다. 그럴 때마다 아주 차갑고 시원한 얼음이 생각났지만, 논리적인 의식을 마비시켜 버리는 뿌옇고 나른한 상태가 그다지 싫지는 않았다.

매일 밤 내 방에서 이루어진 섹스는 시간이 흐를수록 점점 더 과감해지고 다양해졌다. 특히 우리는, 소위 말하는 여성 상위의 체위로 섹스했을 때 가장 쾌감을 느낄 수 있었다. 오로지 감정만으로도 달아오를 수 있던 단계가 지나고 섹스 자체의 쾌락에 몰두하기 시작하면서부터, 나는 나현우의 몸 아래에 깔려 수동적으로 그를 받아들이는 자세에 도무지 만족할 수 없었다. 뭔지 모르게 갑갑하게 여겨졌고, 더 적극적으로 몸을 움직이고 싶었던 것이다. 그리고 그 역시, 내가 그의 몸 위에서 적극적으로 움직이며 자신의 몸 전체를 애무해 주는 방식을 좋아했다. 하지만 내 몸 아래 깔려 있다는 사실이 자존심 상하는지, 가끔 그는 자신의 몸 위로 올라가려는 나를 저지하며 내 몸을 세게 찍어 누르기도 했다. 아마도 그는 지나치게 적극적으로 몸을 움직이는 나를 음란한 여자라고 여기는 모양이었다. 음란한 여자는 남자를 흥분시키지만 때로는 위협이 될 수도 있다는 뭐 그런 염려 때문이었겠지만, 그의 정직한 몸은 정숙한 여자보다 음란한 피가 흐르는 여자를 좋아하는 게 분명했다.

그런 이중성은 나 역시 마찬가지였다. 나를 다루는 나현우의 테크닉이 과감하고 도발적일수록 쾌감의 강도는 높아졌지만, 행위가 끝나고 나면 왠지 석연치 않았다. 특히, 환하게 불을 밝히고 거울을 보면서 섹스하기를 즐기는 나현우의 방식은 아무래도 처음 시도해 보는 것 같지 않게 익숙했는데, 그럴 때마다 나는 마른침을 삼키며 그의 방식에 빠져 들면서도 한편으로는 그를 의심하지 않을 수 없었다. 김현진 등의 여자와도 그런 식으로 즐겼을 거라는 생각이 들었고, 쾌락에 탐닉하는 그는 어쩌면 순수한 사랑을 지키기에는 너무 속된 인간일지 모른다는 생각도 들었다.

'섹스는 곧 사랑'이라는 진부하기 짝이 없는 등식에 연연할 만큼 나는 순진한 인간이 아니다. 그럼에도 나현우가 내 몸을 열고 들어올 때마다 사랑에 대해 생각했다. 그가 나를 진정으로 사랑하는가, 혹은 우리의 사랑은 영원할 것인가에 대해서 말이다. 실체도 확실하지 않은 사랑에 끊임없이 집착하는 자신을 지긋지긋해하면서도 쉽사리 고치지 못했다.

내가 체크한 바에 의하면, 우리의 사랑은 우리가 만난 횟수와 정확하게 반비례했다. 특히, 섹스를 끝낸 후의 잠자리는 우리의 사랑이 시간이 흐를수록 점점 식어 가고 있다는 사실을 가장 극명하게 보여 주었다.

처음엔 섹스를 끝낸 후 서로의 몸을 끌어안은 채 잠들곤 했다. 또, 처음 우리는 벌거벗은 채 그대로 잠들기 일쑤였는데, 아무것도 걸치지 않은 나현우의 몸에서 풍기는 살내와 꺼칠한 감촉은 잠결에 또다시 성욕을 불러일으키기도 했다. 그런데 언제부턴가 우리는 옷을 입고 자기 시작했고, 잠시 의례적으로 팔베개를 한 채 붙어 있다가 이내 불편해하며 떨어져 자는 데도 익숙해졌다. 또, 언제부턴가 우리는 상대의 숨소리와 뒤척거림 때문에 잠을 설치다가 슬그머니 등을 돌린 채 잠들곤 했으며, 언제부턴가는 피곤하다는 말을 서로에게 하기 시작했다.

거의 두 달 동안 매일 출근하다시피 내 방을 찾던 나현우는 석 달째로 접어들자 이틀에 한 번꼴로 내 방에 왔다. 그러다가 점점 사흘에 한 번, 혹은 일주일에 한 번 정도로 줄여 갔고, 그의 입에서는 바쁘다는 말이 자주 튀어나왔다. 원고를 써야 하기 때문에, 또는 만날 사람이 있어서라고 말하며 내 방에 찾아오는 횟수를 줄여 가다가 어느 날부턴가는 더 이상 내 방에서 자고 가지 않았다. 두어 시간 머물며 볼일을 끝내고 담배 몇 개비를 피운 다음, 늦은 시각에도 굳이 자기 집으로 갔다. 일어서면서 그는, 잠자리가 바뀌면 깊이 잠들 수 없어서라고 이유를 설명했다. 섹스만 하고 잠은 같이 자지 않겠다는 나현우의 말은 마치 창녀에게나 던지는 말처럼 불쾌하게 들렸다. 그러나 나현우와 함께 잠드는 것이 불편하기는 나 역시 마찬가지였기 때문에 그를 구태여 붙들지 않았다.

아랫배에 불쾌한 이물감을 느끼게 된 것은 나현우가 내 방을 드나들기 시작한 지 9개월 정도 되었을 때였다. 아침마다 비교적 규칙적으로 볼일을 보기 때문에 배는 항상 통통 소리가 날 정도로 깨끗이 비어 늘 상쾌했다. 아침에 눈을 뜨자마자 진한 커피 한 잔과 함께 담배 두 개비를 피워야만 화장실에 갈 수 있는 별로 좋지 못한 습관이 있긴 했지만. 그런데 이날 아침따라 화장실에 다녀왔는데도 도무지 개운치 않았다. 달걀만 한 이물질이 뱃속에 들어차 있는 것만 같았다. 실제로 배를 만져 보니 뭔가 딱딱한 것이 손에 잡히는 것 같기도 했다. 그러나 그때까지도 나는 전혀 눈치 채지 못했다. 생리 주기가 약간 불규칙했으므로 그달의 생리가 조금 늦어지는 것에 대해서도 특별히 신경 쓰지 않았던 것이다.

그날 오후 내내 심상치 않은 구토 증세에 시달리면서 비로소 임신이 아닐까 생각한 나는 평소보다 서둘러 퇴근해 가까운 산부인과로 향했다.

산부인과의 풍경은 한마디로 거북스러웠다. 불룩한 배를 내민 채 대기실 소파에 앉아 잡지를 뒤적이는 임산부들은 어쩐지 사람 같아 보이지 않았다. 둥그렇게 부풀어 오른 배를 아무렇지도 않게 내밀고 있는 그녀들은 하나같이 멍해 보였고, 중요한 뭔가를 포기해 버린 사람들 같았다. 특히, 착 달라붙는 보드라운 원피스 위로 또렷하게 드러난 임산부의 배꼽은 왠지 아슬아슬해 보여 현기증이 날 정도였다. 한 인간의 몸을 지켜 주는 자물쇠와도 같은 배꼽이 자물쇠로서의 역할을 포기하고 함부로 위험스럽게 노출되어 있는 느낌이었다. 나 역시 그들처럼 언젠가는 저런 모습으로 이 자리에 앉아 있게 되

리라는 생각을 하자, 스멀거리며 목구멍만 간지럽히던 불쾌한 구토
증세가 갑자기 심해져 실제로 헛구역질이 나왔다. 무테 안경을 낀
중년의 의사는 내가 자리에 앉자마자 기혼이냐고 물었다. 법적으로
따지면 나는 아직 미혼이었지만, 일상적인 나현우와의 성생활로 볼
때 기혼자라 할 수도 있었다. 그래서 얼른 대답하지 못하고 미적거
렸다. 그러자 그런 환자를 수도 없이 상대해 보았을 산부인과 의사
는 머뭇거리는 내 대답을 기다리지도 않고 일회용 비닐장갑을 손에
끼며 침대 위에 누우라고 말했다. 침대 아래쪽에는 정체를 알 수 없
는 얼룩들이 군데군데 묻어 있었다. 불결한 생각이 들어 엉거주춤
내키지 않는 동작으로 침대 위로 올라갔다. 어설픈 내 동작이 못마
땅했는지 의사는 나를 쳐다보지도 않고 차갑게 말했다.
「벗고 올라가세요.」
아무렇지도 않게 팬티를 벗으라고 명령하는 그의 말투에는 짜증
과 무시가 역력히 배어 있었다. 나는 이중으로 모욕감을 느끼며 팬
티를 끌어내렸다.
비닐장갑을 낀 의사의 손은 너무 빨리, 예고도 없이 내 자궁 속으
로 들어왔다. 그 속에서 무슨 짓을 하는지 함부로 이리저리 손을 놀
리던 그가 이내 손을 빼낸 다음, 장갑을 벗으며 말했다.
「임신입니다.」
축하합니다 따위의 말을 덧붙이지 않는 걸로 보아, 아마도 그는 내
가 소위 말하는 기혼이 아니라 미혼임을 눈치 챈 모양이었다.

산부인과 문을 나서면서 제일 먼저 떠올린 것은 담배였다. 임신을
했기 때문에 더 이상 피워서는 안 되는 줄 알면서도 욕구가 어느 때

보다 더 간절했다.

집으로 돌아오자마자 마지막이라는 심정으로 담배를 피웠다. 죄책감 때문인지 담배맛이 전 같지 않았다. 도무지 만족스럽지 않아 더 피우고 싶었지만, 한 개비로 끝을 내고 담뱃갑을 치워 버렸다. 그리고 엄마가 된다는 것의 의미를 곰곰이 생각해 보았다. 엄마로부터 전화가 걸려 온 것은 바로 그때였다.

밥은 잘 먹고 다니냐부터 시작된 엄마의 염려는 늘상 하는 레퍼토리에서 크게 벗어나지 않았다. 듣는 사람의 가슴을 서늘하게 만드는 잦은 한숨 소리도 며칠 전과 똑같았다. 게다가, 요즘 들어 부쩍 마음이 약해진 엄마는 별것 아닌 이야기 도중에도 자주 울먹거려 내 마음을 아프게 하기 일쑤였는데, 그날도 텔레비전 뉴스에서 본 외로운 노인의 죽음을 이야기하면서 또 목이 메고 있었다. 그런 엄마의 목소리를 듣고 있다가 불현듯 뱃속의 아이를 떠올린 나는, 항상 비관적이고 자기 연민에 빠져 있는 엄마가 나를 잉태했을 때는 어땠을까 생각했다.

「나를 가졌을 때 엄마는 어떤 기분이었어?」

엉뚱한 질문에 엄마는 오래전의 감정이 잘 생각나지 않는다는 투로 말했다.

「글쎄다……. 당연히 기뻤겠지. 약간 우울했던 것 같기도 하고.」

「왜 우울했어?」

「왜 그랬는지는 모르겠지만, 그냥 그랬던 것 같아. 특히, 네가 딸이라는 것을 확인했을 때는 나도 모르게 눈물이 나더라. 여자로서의 나는 늘 불행했거든. 그래서 네가 여자로 태어난 것이 가슴 아팠던 것 같아.」

언제 집에 들를 거냐는 마지막 말을 빼먹지 않고 챙기는 엄마에게 조만간 가겠다 말하고 전화를 끊었다.

나는 집 안이 벌써 어스레해졌음에도 불을 켜지 않은 채 어둠 속에 앉아 있었다. 커다란 슬픔이 밀려왔고, 나는 그 슬픔을 거부하지 않았다. 엄마가 된다는 것이 어쩌면 이런 어둠과 슬픔에 익숙해지는 것이 아닐까 생각하면서.

나현우로부터 전화가 걸려 온 것은 밤 열시 무렵이었다. 그날까지 끝내야 할 원고가 있어서 들르지 못한다더니 무슨 일인지 그 시각에 오겠다고 말했다. 취한 것 같은 나현우는 들어서자마자 다짜고짜 나를 껴안았다. 뱃속의 아이를 의식해서 그런지 성욕을 전혀 느낄 수 없었던 나는 뻣뻣하게 그의 품에 안겼다.

「싫어?」

종종 내 기분을 귀신같이 알아차리는 그는 술 냄새를 물씬 풍기며 물었다.

「그냥, 몸이 좀 안 좋아.」

나는 임신했다는 사실을 선뜻 알리고 싶지 않았다. 뱃속에 든 아이의 아빠는 분명 나현우였지만, 왠지 그와는 상관없는 일처럼 여겨졌던 것이다.

내켜 하지 않는 내 기분을 존중해 주기로 마음먹었는지, 나현우가 나에게서 떨어져 소파 쪽으로 향했다. 소파에 등을 기댄 채 담배를 피워 무는 표정이 어딘지 허전해 보였다. 잡지사에 넘겨야 한다던 원고를 끝내고 나서 그런 것 같기도 하고, 뭔가 다른 일이 있는 것 같기도 했다. 여느 때 같았으면 얼른 짐작되지 않는 그 일이 뭘까 신경이 쓰였을 것이다. 그러나 그날은 전혀 아는 체하고 싶지 않았다. 나현우의 기분이나 상태를 살피는 일 말고도 나에게는 생각할 게 많았기 때문이다.

그날 밤 나현우는 한 번 더 나를 껴안으며 자신의 성욕을 표시했다. 그런데 내 몸은 여전히 그에 동하지 않았다. 나현우의 육체를 거부한 것은 그가 내 방에 드나든 이후 처음 있는 일이었다. 나현우는 못마땅한 기분을 감추지 못한 채 돌아섰고, 나는 그런 그에게 끝내 아무 말도 하지 않았다. 언젠가는 말하게 되겠지만, 그날만은 혼자 아이에 대해 생각하고 싶었다.

9

　열흘이 넘도록 임신한 사실을 나현우에게 알리지 않았다. 아이를 낳을 것인가 말 것인가 계속 고민하고 있었기 때문이다. 내 몸 속에 둥지를 튼 또 하나의 생명이 반갑기보다는 부담스러웠다. 여태까지도 그다지 자유롭지 못한 인생이었지만, 새로 태어나게 될 생명에 발목 잡히게 되면 그야말로 인생은 끝장날 것 같았다. 무엇을 향한, 혹은 무엇을 위한 자유인지는 모르겠으나 아무튼 그랬다.

　나는 완전하고 절대적인 사랑을 추구하면서, 다른 한편으로는 자유롭고 싶었다. 내가 생각하는 완전한 사랑과 자유는 동시에 공유할 수 없는 성질의 것들이었고, 내 인생이 항상 어렵고 복잡해지는 것도 그래서일 것이다. 사랑과 자유 사이에서 자주 나는 가랑이가 찢어졌다. 그럼에도 나는 나의 모순을 있는 그대로 인정하기 싫었다. 인정한다는 것은 곧 수정하겠다는 의미인데, 쉽사리 나를 수정할 자신이 없었다. 그래서 아이를 유산시킬 수밖에 없는 구실을 나현우에게서 찾기로 했다. 아버지가, 혹은 남편이 될 자격이 없는 나현우의 치명적인 단점을 찾아냄으로써 그 모든 책임을 그에게로 떠넘기고자 하는 심산이었을 것이다.

그런 생각으로 관찰하기 시작하자, 나현우는 하나에서부터 열까지 자격 미달의 아버지였다. 몇 푼 안 되는 원고료와 인세로 최저 생활을 하는 그는 한마디로 경제력이 없는 인간이었다. 그리고 지나치게 자기 세계에만 빠져 있어 균형 감각도 없는 데다가, 무엇보다도 그는 진정으로 타인을 사랑할 준비가 아직 되어 있지 않은 사람인 것 같았다. 나는 적을 공격하기 위해 호시탐탐 기회를 노리는 사람처럼 나현우의 치명적인 단점을 찾아내는 데 전전긍긍했다. 그러다 보니, 아이는 물론이고 나현우마저도 버릴 수 있을 것 같았다. 나는 자주 트집을 잡거나 퉁명스럽게 굴었고, 나현우와의 잠자리도 될 수 있으면 피하려고 애썼다.

산부인과에 들러 사흘 뒤인 토요일 오후로 수술 스케줄을 잡아 놓고 온 그날 밤, 나현우는 잔뜩 취한 상태로 나를 찾아왔다. 그 무렵 계속 냉랭하게 구는 나 때문에 고민하는 게 분명했음에도 그는 끝까지 내색하려고 들지 않았다. 나현우의 지나친 자존심을 지켜보면서, 수술을 받기로 한 내 결심이 역시 옳았다는 생각을 하지 않을 수 없었다. 아니, 어쩌면 그날 밤 나현우의 진정한 사랑을 어느 때보다 절실하게 확인하고 싶었는지도 모른다. 수술 스케줄을 잡아 놓고 병원 문을 나서던 순간, 문득 마음이 약해지면서 나현우가 그리웠던 것이다. 또 그때 언뜻 이런 그림을 떠올린 것 같기도 하다. 쾌청한 날, 불룩한 배를 내밀고 나현우와 함께 한가로이 공원을 산책하는 그런 그림. 그러나 이내, 우리에게 있어서 그런 그림은 도무지 어울리지 않는다는 결론을 내렸다. 아무리 생각해 봐도, 나현우 곁에서 그렇듯 평온해질 수 있을 것 같지 않았다.

내가 무엇 때문에 갑자기 냉정하게 구는지 한 번도 물어본 적이 없는 나현우는 그날 밤에도 역시 아무것도 묻지 않았다. 조금씩 화가 나기 시작했고, 술 냄새를 심하게 풍기며 내 몸에 손을 대려고 했을 때는 적개심마저 일었다. 그래서 나는 잠자코 그를 받아 주다가 나현우가 절정을 향해 달려가고 있을 때, 냉정하게 그의 몸을 밀어내 버렸다. 나현우의 자존심에 상처를 내주고 싶었던 것이다. 갑자기 저지당한 욕망이 구걸이라도 하듯 다시 내 몸에 달라붙었다. 벌겋게 달아오른 얼굴을 하고 반쯤 눈을 감은 채 전전긍긍하는 나현우의 알몸은 수컷이라는 말 외에 달리 표현할 길이 없었다.

닫혀 버린 대문 앞에서 안절부절못하다가 급기야 노상 방뇨라는 칠칠치 못한 짓을 저질러 버리고 만 나현우는 어이없어하는 표정을 지으며 나를 쳐다보았다. 나는 말짱한 눈빛으로 그를 내려다보며 옆에 놓여 있던 크리넥스 티슈를 그에게 건네주었다.

나에게 자존심을 짓밟혔다고 여긴 나현우는 유치했던 내 방식에 걸맞는 졸렬한 방법으로 복수했다. 어쩌면 오해일지도 모르지만, 그 사건으로 인해 내가 그를 괴롭힌 것 이상으로 고통받았다는 점에서 보면 그것은 명백하고 확실한 복수였다.

사건이 발생한 것은 다음날이었다. 그날은 나현우의 네 번째 시집 출간을 축하하는 출판기념회 행사가 있는 날이었다. 그날 나는 여러 가지 문제로 잔뜩 예민해져 있었다. 나현우의 네 번째 시집 출간을 맡아 진행하는 바람에 바쁘기도 했고, 임신 초기의 입덧이 벌써 시작돼 속이 메슥거리는 게 컨디션이 영 좋지 않았다. 그런데 그날의 주인공 나현우는 나라는 존재는 안중에도 없는지 시종 다른 사람들과 얘기를 주고받으며 나에게는 눈길 한 번 주지 않았다. 그날의 상황상 그럴 수도 있겠다 싶어 이해하려 했지만, 아무래도 그런 것만은 아닌 것 같았다. 의식적으로든 무의식적으로든 그가 나를 모른 체하고 싶어한다는 느낌을 떨칠 수가 없었다. 특히 김현진의 느닷없는 등장은 그러잖아도 심기가 불편하던 나를 더욱 불편하게 만들었다.

김현진은 출판기념회의 공식적인 행사가 끝나고 마련된 뒤풀이 자리에 나타났다. 그녀는 늦게 등장한 사람들이 으레 받기 마련인 관심을 한몸에 받으며 술좌석에 끼였다. 언젠가 시집 표지에서 봤을 때는 상당히 화려했는데, 실제의 그녀는 화장기 없는 수수한 차림이었다. 그러나 찬찬히 뜯어보면 볼수록 은근히 사람들의 시선을 끄는 구석이 있는 여자였다. 목이 파인 검정 원피스를 입고 자연스러운 포즈로 담배를 피우는 그녀의 모습은 시적이기보다는 산문적이었다. 선명하게 한마디로 요약할 수 없는, 왠지 복잡해 보이는 그녀의 표정이 그랬고, 여러 갈래의 복선을 깔고 이야기하는 그녀의 말솜씨도 소설가들의 말투처럼 노련했다. 밑그림이 쉽사리 드러나지 않아 신비한 비밀이라도 감추고 있는 것처럼 보이는 그녀는 대부분의 남자들이 한번쯤 흠모할 만한 여자였다. 내가 정면으로 상대하기에는 버거워 보였다. 그래서 나는 멀찌감치서 그녀를 훔쳐보았다.

김현진을 훔쳐보면서 물론 나현우도 함께 관찰했다. 겉으로 보기에 나현우는 김현진을 전혀 의식하지 않는 것처럼 행동했는데, 도리어 그것이 더 의심스러웠다. 특히, 김현진이 술자리에 처음 나타났을 때 나현우가 전혀 놀라지 않았던 점은 생각하면 할수록 마음에 걸렸

다. 김현진의 갑작스러운 출현에 그가 놀라지 않았다는 것은 김현진
이 오리라는 사실을 이미 알고 있었다는 뜻이었다. 그렇다면, 김현진
을 그 자리에 부른 사람은 다름 아닌 나현우일지도 몰랐다.

　밤 열한시경, 누군가 준비한 케이크와 샴페인이 식탁 위에 올려졌
다. 정 대리가 흔들어 터뜨린 샴페인에 머리를 절반쯤 적신 나현우
는 샴페인 병을 들고 다니며 참석한 모두에게 술잔을 권했다. 나는
나현우의 하는 양을 촉각을 곤두세운 채 지켜보았다. 술병의 술이
절반 이하로 줄어들었을 즈음, 드디어 김현진의 차례가 왔다. 나현우
가 잔을 내밀며 김현진의 눈을 정면으로 바라보았다. 아주 짧은 일
별이었지만 여러 가지 의미가 담긴 눈빛이었다. 그리고 나현우는, 다
른 사람들에게 잔을 내밀며 했던 인사치레의 말이나 몸짓을 김현진
에게는 하지 않았다. 김현진 역시 그런 치레는 생략했다. 갑자기 머
리가 터질 것 같았고, 숨이 가빠졌다. 나는 옆 자리에 앉은 동료 직
원의 담배를 양해도 구하지 않고 꺼내 피웠다. 임신한 사실을 알고
나서는 거의 피우지 않던 담배였다.

　나현우가 엉거주춤한 자세로 나에게 술잔을 내민 것은 내가 담배
한 개비를 다 피웠을 때였다.

「한지오 씨, 수고 많이 하셨어요.」

　그때 나현우의 말과 행동은 우리가 특별한 사이라는 것을 아무도
눈치 채지 못할 만큼 완벽하게 예의 발랐다. 그는 나를 완전한 타인
으로 대했던 것이다. 나는 술잔을 내미는 나현우의 눈을 똑바로 쳐
다보았다. 그의 진실이 무엇인지 분명히 확인하고 싶었기 때문이었
다. 심상치 않은 시선을 의식한 나현우가 재빨리 내 눈을 피했고, 그
순간 모든 걸 확인한 나는 절망하지 않을 수 없었다.

「축하해요.」

마음 같아서는 술잔을 채우는 나현우의 뺨이라도 한 대 갈기고 싶었지만, 나는 차갑게 그의 말에 응수했다. 익숙한 나현우의 체취가 내 후각을 자극하면서 옆 자리로 옮겨갔다. 그때부터 나는 막무가내로 술을 들이켜기 시작했다. 갑자기 폭음을 하는 것이 걱정스러웠는지 나현우가 몇 번 내 쪽을 돌아보았다. 그러나 그는 끝끝내 나를 말리지 않았다.

내가 마침내 이성을 잃고 만 것은 나현우의 웃음소리 때문이었다. 누군가와 이야기를 주고받으면서 터뜨린 나현우의 웃음소리가 귀에 와 꽂히는 순간 폭발해 버린 나는 들고 있던 맥주잔을 세게 내려놓으며 소리쳤다.

「이건 사기야!」

술자리에 있던 모든 시선이 당연히 내 쪽으로 집중되었다. 물론 나현우도 나를 쳐다보았다. 그때 나는, 뭔가를 짐작한 나현우의 눈빛이 심하게 흔들리는 것을 놓치지 않았다.

곤혹스러운 표정을 지은 채 나를 바라보는 나현우를 향해 내가 또 내뱉었다.

「그따위 시를 써놓고 축하 술잔을 기울이는 나현우 당신, 정말 한심해.」

유치하고 졸렬한 방법으로 나현우를 공격하는 자신과 나현우가 똑같이 사람들의 구경거리가 되고 있다는 것을 알면서도 나는 자제할 수가 없었다.

「당신의 시는 한마디로 쓰레기야. 그런 것을 책으로 만들어 낸 나라는 인간도 한심하…….」

하는데 갑자기 머릿속이 아득해지며 혀가 마음대로 움직여 주지 않았다. 나는 무너지듯 탁자 위에 머리를 박았다. 사람들의 웅성거리는 소리가 멀어졌다 가까워졌다 하며 귀에서 일렁거렸다. 누군가 나를 부축하기 위해 양쪽 겨드랑이에 차가운 손을 들이미는 것 같기도 했다. 많이 취했는데도 내 겨드랑이 속으로 들어온 손이 나현우의 손이 아니라는 것은 확실히 알 수 있었다. 필름은 거기에서 끊어졌고, 나는 가끔 경험해 본 적이 있는 완전한 어둠 속으로 허청 빠져들었다.

눈을 떴을 때, 나는 내 방 침대에 누워 있었다.

침대 옆 소파에 앉아 담배를 피우던 나현우가 의식을 되찾고 두리번거리는 나를 복잡한 눈빛으로 쳐다보았다. 의미하는 바가 무엇인지 도무지 알아차릴 수 없는 눈빛이었다. 그는 나를 아직도 사랑하는 것 같기도 하고, 전혀 아닌 것 같기도 했다.

「왜 그랬어?」

낮게 가라앉은 나현우의 목소리에서 어떤 슬픔이 느껴졌다.

그 때문이었을까? 갑자기 미안한 마음이 들면서 내가 잘못한 게 아닌가 하는 생각이 들었다.

사실 따지고 보면, 나현우가 잘못한 것은 아무것도 없었다. 나현우는 평소 하던 대로, 출판사 사람들이 보는 앞에서 최대한 나에게 예의를 갖추었을 뿐이었다. 하지만 뭔가 석연치 않은 느낌으로 나를 자극했던 어떤 의혹을 계속해서 떨칠 수 없었던 나는 기어코 물었다.

「어제 당신의 태도…… 나로부터 멀리 달아나고 싶은 사람 같았어. 안 그래?」

나의 추궁에 나현우가 찌푸려진 양미간을 더욱 심하게 찌푸리며
말했다.

「도대체 무슨 근거로 그런 말을 하는 거야?」

「당신은 어제 나를 한 번도 제대로 쳐다보지 않았어. 그리고 나에
게 술을 따를 때도 느낀 건데…… 분명 나를 거추장스러운 존재로
여기는 것 같았어.」

김현진이라는 이름이 목구멍까지 기어 올라왔지만, 나는 끝내 그
녀를 입에 올리지 않았다. 정작 하고 싶은 말을 참고 있으려니까 목
젖이 딱딱해지며 아파 왔다.

「우리가 출판사에서 마주칠 때는 늘 그랬잖아. 내가 출판사 사람
들 앞에서 그런 식으로 행동하는 것은 지오 씨를 생각해서야. 지
오 씨가 불편해할까 봐.」

나현우의 말에는 명백히 아무런 하자가 없었다. 그러나 진실은 언
제나 말 너머에 있는 법이었다.

「그런 상황을 이야기하자는 게 아냐. 당신의 진실을 알고 싶은 거
지. 내 느낌으론…… 요즘 들어 당신은 나로부터 달아나려고 하
고 있어, 분명히.」

'분명히'라는 단서까지 붙이는 마음 이면에는 내 의혹이 잘못된 것
임을 그로부터 확인받고 싶은 강력한 욕구가 숨어 있었다. 시를 쓰
는 나현우는 나의 속마음을 어렵지 않게 알아차렸다.

「난 당신을 떠나지 않아. 특히 당신은 내 아이를 가진 여자잖아.
믿기 어렵겠지만 나는 신의 존재를 믿는 사람이고, 때문에 내 의
무를 저버리지는 않아.」

「어떻게 알았어?」

아마도 술 취한 내가 횡설수설 떠들어 대면서 발설한 것이리라 짐작하면서도 나는 물었다.

「밤새 헛소리한 거 기억 안 나? 임신했다는 거, 언제 알았어?」

「열흘 정도 됐어.」

「그런데 왜 여태 말하지 않은 거야?」

나는 대답하지 않고 나현우의 얼굴을 빤히 쳐다보았다. 그것을 추궁으로 여기는지 나현우의 눈빛이 약간 흔들렸다. 그리고 잠시 동안 우리는 아무 말도 하지 않았다. 내가 '역시'라고 생각하며 다시 마음을 다져 먹는데, 갑자기 나현우가 비장한 결심이라도 한 것처럼 결연하게 말했다.

「우리 결혼하자.」

「아이 때문에 이러는 거야?」

「결혼도 하기 전에 아이를 낳게 할 수는 없잖아. 그렇지만 내가 결혼하려고 결심한 것은 반드시 그것 때문만은 아냐.」

비록 거짓말이라 할지라도, 모든 게 오로지 나를 사랑하기 때문이라고 말했더라면 나는 흔쾌히 속아 줄 준비가 되어 있었다. 그러나 그는 끝까지 인색했고, 애매모호했다. 그는 나를 절반쯤은 사랑하고, 절반쯤은 무거워하는 것 같았다. 내가 완전한 사랑 운운하면서 한편으로는 자유롭고 싶어서 아이를 거부하듯이, 그 역시 사랑과 자유에 양다리를 걸친 채 이러지도 저러지도 못하는 모양이었다.

그날 아침, 여느 때와 마찬가지로 지하철 역 앞에서 헤어진 우리는 각자 자신의 작업실과 출판사로 향했다. 전철 안에서, 나는 우리의 사랑에 대해 다시 한 번 생각해 보았다. 뭔가 자연스럽지 못하고 삐걱대는 불구의 사랑이라는 결론이 곧바로 났다. 그렇지만 어딘가로

향해 굴러가고 있는 우리의 사랑을 멈추게 할 만한 용기는 생기지
않았다.

내가 사무실로 들어서자 눈치 없이 끼어들기 좋아하는 김 부장이
기다렸다는 듯이 한마디했다.
「두 사람이 그런 사이라는 거 정말 몰랐어. 웬 사랑싸움을 그렇게
요란하게 하는 거야? 곧 결혼할 거라며?」
지난밤 나현우와 내가 자리를 뜨고 나서, 그들은 한참 동안 우리 이
야기에 열을 올렸던가 보다. 김 부장의 쓸데없는 호기심이 귀찮아서
아예 대꾸를 하지 않는데도, 눈치 없는 김 부장은 계속 떠들어 댔다.
「나현우 그 친구, 의외로 괜찮더라구. 시인들이 좀 그렇잖아, 왜.
세상 물정 모르고 뜬구름 잡는 소리만 해대고 말야. 그런데 어제
그 친구 하는 거 보니까 믿을 만한 구석이 있는 것 같아. 예의 바르
고 참을성 있는 것도 마음에 들었어. 어제 한 과장한테 하는 것도
그렇고. 아무튼 한 과장, 어제 크게 실수한 거야. 무슨 일 때문에
그렇게 화가 났는지는 모르겠지만, 그런 자리에서 그런 식으로 감
정을 표현해서는 안 되지. 나 같으면 도저히 용서하기 힘들었을
텐데 그래도 그 친구는 아무 말 없이 한지오 씨를 챙기더라고. 그
만하면 괜찮은 남자니까 괜히 까다롭게 굴지 말고 결혼해.」
상투적이기 짝이 없는 자신의 견해를 종종 강요하는 김 부장의 말
을 나는 무시하는 편이었다. 그러나 나현우에 대해 이야기하는 그의
말에는 귀를 기울이지 않을 수 없었다. 나현우를 거론하는 자는 그
상대가 누구건 귀를 솔깃하게 만들었던 것이다.
「참 그리고 말야, 오늘 오전에 김현진 씨가 오기로 돼 있는데 한 과

장이 한번 만나 보지 그래. 나현우 씨 시집 진행을 한 과장이 맡았
  으니까, 김현진 씨 건도 한 과장이 진행하는 게 좋지 않겠어?」
  전날 밤 마신 술 때문에 그때까지도 지끈거리던 머리가 김현진이
라는 이름을 듣는 순간 갑자기 또렷해지면서 정신이 번쩍 들었다.
머릿속에서 쨍 하고 얼음 깨지는 소리가 날 정도로.
  얼마 전 기획 회의에서 김현진의 이름이 오르내리곤 하더니 결국
그녀의 시집을 출판하기로 결정한 모양이었다. 그런데 하필이면 내
가 진행하게 된 것이다. 나현우와 김현진의 관계가 어느 정도였는지
는 모르지만, 나현우의 옛날 여자를 가까이서 상대하게 된 기분은 한
마디로 착잡했다.

  김현진은 오전 열한시경에 왔다.
  지난밤의 소동을 낱낱이 지켜보았을 그녀가 공교롭게도 오늘 출
판사를 방문한 것은 결코 우연이 아닐지도 몰랐다. 전날과는 달리
제법 화려하게 치장을 한 것도 그렇고, 요란한 귀고리에다 진한 향
수 냄새까지 풍기며 나타난 것도 다분히 나를 의식해서 그런 것 같
았다.
  자리에 앉자마자 담배를 꺼내 무는 그녀에게 정식으로 내 소개를
하며 명함을 내밀었다. 그녀는 건성으로 명함을 한 번 들여다보고는
먼저 입을 떼었다.
「김 부장님 성화 때문에 나오긴 했는데……. 요즘 들어 도통 시가
  써지지 않아서 말이죠. 그것보다는, 이번에 출판한 나현우 씨 시집
  이나 한 권 받아 갈까 하고 들렀어요.」
  나현우의 시집 운운하며 말끄러미 나를 쳐다보는 그녀의 눈빛이

예사롭지 않았다. 그런 식으로 나를 자극하는 그녀의 의도가 무엇일까 잠시 생각해 보았다. 나 먹기는 싫고 남 주기는 아까운 그런 심리일 수도 있고, 아니면 아직도 두 사람이 깨끗하게 정리되지 않은 복잡한 관계일 수도 있다는 생각이 들었다. 둘 중 어느 경우든 불쾌하기는 마찬가지였다.

그녀와의 신경전에 있어서 돌아갈 필요가 없겠다 판단해 그녀에게 나현우의 시집을 건네주며 바로 물었다.

「나현우 씨와는 잘 아는 사이예요?」

내가 그렇게 나오리라 짐작했다는 듯한 표정을 지으며 김현진이 말했다.

「글쎄요, 나현우 씨의 시를 특별히 좋아한다고 말해 두죠. 그 사람의 거친 감각이 마음에 들거든요.」

나현우를 '그 사람'이라고 말하는 김현진의 표현이 묘한 뉘앙스를 띠며 또 나를 자극했다. 그리고 '그 사람'이라고 말할 때, 잠시 생각에 빠진 듯 느리게 발음하던 것도 마음에 걸렸다. 나현우를 '그 사람'이라고 지칭함과 동시에, 아마도 나현우와 함께했던 시간들을 다시 떠올렸으리라.

그들은 내가 나현우와 함께했던 것과 거의 유사한 시간들을 보냈을 것이다. 두근거리는 심정으로 서로를 탐색하다가, 우리가 그랬듯이 키스를 하고, 또 함께 밤을 보냈을 게 틀림없었다. 그리고 그들은, 내가 나현우를 만난 시간보다 훨씬 더 긴 사랑의 시간을 함께 보냈을지도 모를 일이었다. 아니, 어쩌면 그들은 지금도 만나고 있는지 모른다.

나는 최악의 경우까지 상상하지 않을 수 없었고, 바로 그 순간 나현우와의 결혼을 결심했다. 오기나 승부 근성 같은 유치한 심리 때문일 수도 있었다. 아무튼 나는 김현진이라는 여자를 상대한 그날 특히 더 나현우가 그리웠다.

　퇴근 무렵 전화를 걸어 온 나현우는 피곤해서 집에서 쉬어야겠다고 말했다. 하고 싶은 이야기가 많았지만, 전날 밤을 꼬박 새운 나현우를 무리하게 불러내기가 좀 그랬다.
　혼자 집으로 들어가는 길에 슈퍼마켓에 들러 라면을 사면서 담배도 함께 살까 망설이다가 결국 그만두었다. 나현우와의 결혼을 결심한 이상 수술은 취소해야 할 것이고, 그렇다면 더 이상 담배를 피워서는 안 될 일이었다.
　나는 집에 들어서자마자 나현우에게 전화를 걸었다. 지난밤 술자리에서 그를 공격한 것도 미안했고, 몹시 지쳐 있을 나현우를 위로해 주고 싶기도 했다. 아니다. 정직하게 말하면, 낮에 만난 김현진이 아무래도 마음에 걸려서였다. 김현진을 상대하면서 느꼈던 질투심과 불안을 어떻게든 가라앉히고 싶었던 것이다. 그런데 나현우는 나가고 없는지 전화를 받지 않았다.
　김현진과 함께 있을지도 모른다는 생각을 하지 않을 수 없었다. 나는 10분 간격으로 계속해서 전화를 걸었다. 하지만 그는 밤 열두 시가 다 되어 가는데도 전화를 받지 않았다. 담배 피우지 말자던 결심은 이내 무너지고 담배를 찾아 집 안을 구석구석 뒤졌다. 한 대 피워야 갈기갈기 찢긴 마음이 좀 가라앉을 것 같았다. 그러나 아무리 찾아도 담배는 집 안 어디에도 없었다. 질투심 때문에 눈이 새빨갛게 충혈되고 머리가 터질 듯했지만, 의식은 지나치게 또렷해 그것이

도리어 마음을 괴롭히다 못해 후벼 팠다. 급기야 김현진에게 전화해야겠다는 데까지 생각이 미친 나는, 핸드백 속에 들어 있는 수첩을 뒤져 김현진의 전화번호를 찾아냈다.

신호음이 네 번 울렸을 때 전화를 받았다.

「네, 김현진입니다.」

아직 잠들지 않은 목소리였다. 나는 극도로 신경을 곤두세운 채 수화기 너머의 그녀를 정탐하기 위해 숨을 죽였다. 그녀는 아무 기척이 없는 상대를 향해 두어 번 더 '여보세요'를 반복하다가 이내 전화를 끊어 버렸다. 당연히 나는 아무것도 알아낼 수 없었고, 아무것도 짐작할 수 없었다. 내가 확인할 수 있었던 것은 그녀가 자신의 집에 있다는 사실뿐이었다. 그러나 그 사실을 확인한 것만으로 모든 의혹이 사라지는 건 아니었다. 아직도 집에 들어오지 않은 나현우가 그때까지 그녀의 집에, 그녀와 함께 있을지도 모른다는 더 악랄한 의혹이 나를 괴롭히기 시작했다. 그녀의 집이라도 알면, 당장 달려가 방문을 왈칵 열어젖혀 보고 싶은 충동이 수시로 나를 흔들었다. 나현우가 나에게 그랬던 것처럼 김현진의 몸을 어루만지는 영상이 어쩔 수 없이 떠올랐다. 그 영상을 머릿속에서 털어 내려고 여러 번 찬물로 세수를 했다.

끔찍한 밤을 보낸 아침, 거울에 비친 내 모습은 흉측하게 일그러져 있었다. 출근 준비를 하면서도 나현우의 집으로 전화하기 위해 몇 번씩이나 수화기를 들었지만, 어떤 두려움이 가로막았다. 나현우가 아침까지 집에 돌아오지 않은 것을 확인하게 되었을 때, 스스로를 감당할 자신이 없었기 때문이다. 새벽 네시경 마지막 전화를 했을 때까지 받지 않은 걸 떠올리면서 놀랍게도 살의를 느꼈던 것이다. 그때 만약 나현우가 내 앞에 있었더라면, 실제로 그의 목을 졸랐을지도 몰랐다. 매사에 포기가 빠른 나로서는 상상도 할 수 없는 일이었다.

나현우로부터 연락이 온 것은 오후 다섯시가 넘어서였다. 급하게 처리해야 할 원고가 있었지만 도무지 일이 손에 잡히지 않아 연신 들락거리며 담배를 한 갑 넘게 피운 통에, 나현우로부터 전화가 걸려 왔을 때는 듣기에 불편할 정도로 목이 꽉 잠겨 있었다.

「목소리가 왜 그래?」

이 한마디를 다 듣기도 전에 뜨거운 열기가 울컥 치밀어 오르면서 눈앞이 캄캄해졌다. 말문이 막혔고, 더 이상 그의 목소리를 듣고 있기도 힘들었다. 나는 아무 말 없이 전화를 끊어 버렸다. 수화기를 내려놓는 순간, 나도 모르게 슬픔이 복받쳤다. 곧이어 다시 전화벨이 울렸다. 나는 수화기를 들지 않았다. 옆 자리의 누군가가 대신 전화를 받아 나에게 건네주었다.

「무슨 일이야? 또 왜 그래?」

나현우의 말대로 늘 문제를 제기하는 것이 내 쪽이라는 사실이 또 한 번 나를 절망에 빠뜨렸다. 내가 아는 한, 나현우는 나로 인한 질투심 때문에 피로워한 적도 없었고, 자신에 대한 나의 감정을 확인하기 위해 전전긍긍한 적도 없었다. 공평하지 못하다는 생각이 들었지만, 공평하지 못한 게임을 자초한 것 또한 바로 나였기 때문에 나현우를 원망할 수도 없었다.

「어젯밤에 어디 갔었어?」

말을 하면서도 나는 자신이 지긋지긋하게 여겨졌다. 어젯밤 그의 행방을 묻고 있는, 아직도 나현우를 포기하지 못한 자신이 흉물스럽

120

기조차 했다.

「도대체 무슨 말이야?」

「나, 어젯밤에 전화했었어.」

「아, 그거. 푹 자고 싶어서 전화 코드를 빼놓았던 거야.」

이 말로 또 나는 상처를 받았다. 나현우를 만나면서 나는 그와 함께 있는 순간이 아니면 늘 전화기에 귀를 열어 놓았다. 언제 걸려 올지 모르는 그의 전화를 기다리느라고. 그것은 내가 미처 의식하지도 못한 기다림이었고, 열중이었다. 그런데 그는 아무렇지도 않게 전화 코드를 빼놓을 수 있을 만큼 나에 대해 느긋하고 여유만만하다는 얘기였다.

「내가 전화할 거란 생각은 못했어?」

「피곤해서 쉰다고 말했잖아.」

우리의 언쟁과 불화는 늘 똑같은 문제로부터 비롯되었다.

감정의 불균형.

서로를 대함에, 나는 너무 무겁고 그는 항상 가볍다. 그리고 나는 너무 쉽게 흥분하고, 그는 늘 담담하다. 또 나는 지나치게 열중하는 반면, 그는 자주 소홀하다. 그런 반대 현상이 서로 다른 성격으로부터 비롯되는 것이 아니라 감정의 차이 때문에 생긴다는 것을 알기에 나는 더 무거워지고, 더 쉽게 흥분하고, 더 더욱 집착하게 된다. 그것은 악순환의 지독한 반복이었다.

「몇 시에 퇴근할 거야? 회사 근처로 나갈게.」

우리 사이에 달라진 것도, 또 달라질 것도 없다는 사실이 한편으로는 나를 안도시키면서 숨 막히게 했다.

　퇴근 후 항상 만나는 회사 근처의 카페로 나가자, 나현우는 먼저 나와 앉아 있었다. 내가 밤새 지옥을 헤매는 동안 그는 정말 편안하게 잠들었던지 여느 때 같지 않게 개운해 보였다.

「몸은 좀 어때?」

　말을 하는 나현우의 시선이 내 배 쪽을 향했다. 뱃속에 든 아이의 안부를 묻는 눈치였다. 그제서야 비로소 아이를 의식한 나는 마음이 편치 않았다. 요 며칠 사이 과음과 지나친 흡연으로 몸을 혹사해서 그런지, 아랫배가 딱딱하게 뭉쳐 있는 게 영 기분이 좋지 않았다.

「이거 한번 풀어 봐.」

　예쁘게 포장된 작은 상자 하나를 탁자 위에 올려놓으며 나현우가 미소지었다.

　반지였다.

　평범한 남자들이 하는 행동을 간혹 흉내내기도 하는 귀여운 나현우를 향해 미소라도 지어 주고 싶었지만 도무지 웃음이 나오지 않았다.

「그냥…… 집에서 나오다가 하나 샀어. 결혼할 때는 더 근사한 걸로 해줄게. 다음달 중순쯤으로 날을 잡았으면 좋겠는데, 어때?」

　다음달 중순이면 한 달도 채 남지 않았다. 겨울이 시작될 즈음 우리가 결혼하게 된다는 것이 왠지 현실로 와 닿지 않았다. 하얀 드레스를 입고 예식장 안으로 걸어 들어갈 내 모습을 상상하자, 마치 도수가 맞지 않는 안경이라도 쓴 것처럼 속이 메슥거리면서 혼란스러웠다.

10

아이가 잘못된 것은 결혼을 일주일 남짓 앞둔 날이었다.

아침부터 아랫배가 불쾌하게 묵직하면서 아프기 시작하다가 오후에는 드디어 하혈기가 보였다. 이상한 기분이 들어 병원에 들러 보니, 아니나 다를까 자연 유산이었다. 의사는 고개만 갸웃거릴 뿐 뚜렷한 이유를 알 수 없다고 했다. 얼마 전 심하게 술을 마시고 담배를 피운 것이 내내 마음에 걸렸는데, 아무래도 그것이 문제가 된 모양이었다. 당연히 죄책감을 느껴야 마땅한데 어찌 된 일인지 홀가분했다.

내가 생각하는 아이를 가진 여자는 거세된 성 때문에 괴로워하는 환관 같은 존재였다. 어머니로서의 여자는 성적 매력을 거세당한, 그러나 성에 대해 완전히 초연해지지 못한 불행한 여자였고, 아직 나는 그럴 생각이 없었던 것이다.

아이가 잘못되었다는 말에 나현우 역시 그다지 충격받는 것 같지 않았다. 약간 맥 빠져 하며 시큰둥하게 결혼 준비를 하는 것이 달라졌다면 달라진 점이었다. 그러나 아이가 유산되었다고 해서 결혼을 취소할 수도 없는 상황이었다. 아무튼 날짜는 바짝바짝 다가왔고, 우리는 선장이 사라진 배에 우연히 함께 타게 된 불안한 승객들처럼 아슬아슬해하면서도 누구도 섣불리 뭐라고 말을 꺼내지는 않았다.

특히 나는 매일 밤 나현우와 결혼하는 꿈을 꾸었는데, 꿈속에서 번번이 가슴이 철렁 내려앉았으며 식은땀에 흠뻑 젖은 채 잠에서 깨어나곤 했다. 그때마다 나현우를 진정으로 사랑하는지 자신에게 물어보았다. 그리고 왜 결혼하려고 하는가도. 물론 아무런 대답도 떠오르지 않았다. 분명한 것은, 그래도 결혼할 것이라는 사실뿐이었다. 그때만 해도 나는 그 모든 것에도 불구하고 나현우와 함께 있고 싶었던 것이다.

결혼식날, 웨딩드레스를 입고 대기실에 앉아 있는 내 기분은 뻔히 알면서도 잘못된 길을 들어서려고 하는 그런 심정이었다. 그리고 그날까지도 멎지 않고 연신 아랫도리를 적시는 출혈 또한 나를 초조하고 불편하게 했다. 끊임없이 흘러나오는 피가 하얀 웨딩드레스를 붉게 적셔 놓을지도 모른다는 염려 때문에 온몸이 뻣뻣하게 경직되었다. 결혼을 하는 신부의 몸에서 피가 흐르고 있다는 것은 아무리 생각해도 좋은 징조는 아니었다.

아버지 손을 잡고 식장 안으로 들어서면서, 자주 주저앉고 싶었다. 서점의 이벤트 홀에서 나현우를 처음 보고 나서 느꼈던 달콤한 현기증과는 분명히 다른 혼미함이었다. 발 아래 알록달록한 천을 깔아 놓은 그 길은 너무 멀었고, 내 발걸음은 지나치게 무거웠다.

몇 발자국 앞에서 나를 기다리는 나현우가 그날따라 몹시 낯설어 보였다. 깨끗하게 면도하고 머리를 뒤로 빗어 넘긴 나현우가 다가와 장갑 낀 손을 내밀었다. 그의 하얀 손 위에 내 손을 올려놓는 순간, 차가운 전율이 몸 전체를 휩쓸고 지나갔다. 다 끝났다는 생각이 들었고, 그 마침표 앞에서 나는 절망감과 안도감을 동시에 느꼈다.

그의 손을 마주 잡음으로써 그의 신부가 되어 버린 나는 우리 앞에 펼쳐질 새로운 미래에 대해 아무것도 예측할 수 없었다. 아니, 나는 우리 앞에 펼쳐지게 될 너무나 진부한 미래를 불 보듯 뻔히 알 것 같았다.

또 나는 알았다. 매일 함께 잠을 자고 같은 화장실을 쓰게 될 우리를 기다리는 것은 사랑이 아니라 사랑을 매장시키는 생활일 것이고, 따라서 사람들은 우리의 사랑을 축하해 주기 위해서가 아니라 우리 사랑의 장례식을 애도하기 위해 성장을 하고 모여들었다는 것도.

모 문예지에 나현우의 시를 추천해 줌으로써 그를 시인으로 살게 한 원로 시인 민형철 선생의 주례사는 길고 나른하게 이어졌다. 민 선생의 주례사를 듣는 동안, 나현우의 팔을 감고 있는 한쪽 팔이 심하게 저려 왔다. 성실, 사랑 등의 단어가 가끔 귀에 들어왔지만, 그의 긴 충고 중 분명히 기억에 남는 것은 한마디도 없었다. 빨리 이 드레스를 벗고 편안하게 쉬고 싶다는 생각만 간절할 뿐이었다. 하지만 이대로 무너져 버릴 수는 없잖은가. 누군가 냉정한 시선으로 나를 바라본 사람이 있다면, 그날의 나는 한없이 미련스럽고 불행해 보였을 것이다.

사람들로부터 벗어나 단둘이 차를 타고 신혼여행지로 떠나게 되었을 때, 나는 오랫동안 창밖만 내다보며 아무 말도 하지 않았다. 운전을 하다가 간간이 나를 쳐다보긴 했지만, 나현우 역시 별로 말하고 싶지 않은 기분인지 전혀 입을 열지 않았다. 중간에 두 번 휴게소에 들러 음료수를 마시면서도, 우리는 서로에게 무뚝뚝하게 굴었다.

신혼여행지로 정한 해운대에 도착했을 때는 밤 열시가 넘어서고 있었다. 호텔 부근에서 간단히 늦은 저녁을 먹고 밤바다를 거니는데, 나현우가 그제서야 생각난 듯 내 어깨 위에 손을 올려놓았다. 밤바다의 차가운 공기 때문인지 나현우의 품은 전혀 따뜻하지 않았다. 몸이 으스스 떨리면서 기침이 나기 시작했다.

「몸이 계속 안 좋은 거야?」

유산이 된 이후 계속해서 상태가 안 좋다는 걸 아는 나현우가 걱정스러운 듯 물었다.

「아직도 하혈이 멎지 않아서…….」

「아이 문제는 잊어버려.」

나현우가 위로하듯 말했다. 그러나 눈에 보이고 손에 만져지는 것만을 믿는 나는 한 번도 본 적이 없는 아이를 잃어버렸다는 사실에 그다지 상심하진 않았다. 우리를 결혼으로 맺어 놓고 붉은 흔적으로 아직까지 자신을 증명해 보이고 있긴 해도, 내가 우울한 것은 반드시 아이 때문만은 아니었다. 그것보다는, 나현우라는 한 인간에게 내 삶을 통째로 실어 버린 데서 오는 어떤 불안과 긴장, 바로 그것이 나를 우울하게 했다. 물론 나현우와 결혼하고 나서도 일을 계속할 것이고, 그와 결혼했어도 한지오는 한지오일 것이다. 그럼에도 불구하고, 그 모든 것은 나현우의 영역 안에서 이루어질 터였다. 몹시 불완전하고 허술하며 때로는 나를 위협하기도 하는 바로 그 영역 안에서 말이다.

　어깨를 감싸고 있는 나현우의 팔을 걷어 내고 혼자만의 내 방으로 돌아가고 싶은 충동이 불현듯 일었다. 그러나 그것은 그야말로 한순간의 충동일 뿐이었다.

　고급 카펫을 깔아 놓은 호텔 객실 안은 우리의 행복한 미래를 약속이라도 하듯 안락하고 화려했다. 바다가 내려다보이는 전망 좋은 호텔 방에 들어서는 순간, 잠시 행복하다는 생각이 들면서 나는 그날 처음으로 웃었던 것 같다. 아주 짧았지만, 그 순간의 기분이 결혼 생활 내내 이어질 것 같은 착각이 들기도 했다.

　샤워를 끝내고 우리는 밤바다를 감상하며 맥주를 마셨다. 서로의 몸을 너무 잘 알고 있는 우리는 서두를 필요가 없었고, 서두르고 싶지도 않았다. 계속되는 하혈 때문에 잠자리를 같이할 수도 없는 형편이었다. 그런데 맥주 두 병을 혼자 다 비운 나현우가 술기운에 몸이 달아오르기라도 하는지 내 몸을 어루만지기 시작했다. 그러나 나는 나현우의 흥분에 응할 마음이 전혀 없었다. 피를 흘리면서까지 섹스를 하고 싶지는 않았던 것이다. 오래된 우리의 사랑이 비록 신선하지 못하고 닳아빠졌다 하더라도, 적어도 이날만은 좀 숙연해지고 싶었다.

　끝내 냉담한 내 몸에 몇 번 자신의 몸을 비비대던 나현우가 급기야 괴로운 표정을 지으며 욕실 안으로 들어갔다. 그 안에서 제법 오랜 시간을 보낸 그는 약간 허탈한 표정을 지은 채 바깥으로 나왔다. 자위행위로 욕구를 해결하고 나온 게 분명한 그가 소파에 몸을 기댄 채 담배를 꺼내 물었다. 팬티 하나만 달랑 걸치고 소파에 앉아 담배를 피우는 나현우의 모습이 어디선가 많이 본 듯 낯익었다. 그것은

어릴 때부터 수도 없이 보아 온 아버지의 모습이었고, 권위로 가득
찬 남편들의 모습이었다.

　결혼을 하기 전에도 수없이 나현우의 알몸을 봐왔지만, 그날처럼
방만하고 무례한―그는 나를 전혀 개의치 않는 듯했다―모습은 처
음이었다. 침대 등받이에 기댄 채 나현우의 모습을 지켜보다가, 담배
한 개비를 달라고 그에게 말했다. 완전히 풀린 자세로 담배를 피우
던 나현우가 귀찮아하는 표정을 역력히 드러내며 나에게 담배를 내
밀었다. 그리고 말했다.

　「담배, 끊으면 안 돼?」

　나현우의 발언은 충격적이었다. 결혼을 하자마자 권위적인 남편
으로 돌변한 그의 모습이 어쩌면 가장 정직한 나현우의 모습일지도
모른다는 생각이 내 머리를 쳤다. 그가 나를 속인 것인지, 나현우를
선택한 내 눈이 잘못된 것인지 도무지 갈피를 잡을 수 없었다.

　「내가 담배 피우는 것이 처음부터 못마땅했던 거야?」

　「여자가 담배를 피운다는 것은 여러 모로 문제가 많잖아.」

　「문제가 많다는 게 무슨 뜻이야?」

　내가 날카로워졌다는 것을 그제서야 눈치 챈 나현우가 슬그머니
물러서며 말했다.

　「아이도 낳아야 되고 하니까…….」

　「반드시 그 이유 때문만은 아닌 것 같은데 그래?」

　「찬성할 것까지야 없지만, 절대 안 된다고 생각한 적도 없어. 그렇
지만…….」

　「그렇지만 뭐?」

　「우리 집안 식구들이 알게 되면 좀 그렇잖아?」

　연애할 때의 나현우가 나현우 개인이었다면, 결혼 후의 나현우는 누군가의 아들이며 형이기도 하다는 사실이 비로소 자각되었다. 나는 결혼과 동시에 형성된 복잡한 인간관계에 벌써부터 숨이 막혔다. 나에게 있어서 가족이란 늘 부담스럽고 힘든 관계였다. 그래서, 끈끈하고 지긋지긋한 가족 관계로부터 벗어나기 위해 대학을 졸업하자마자 독립해 혼자 살았다. 그런데 나현우와 결혼함으로써 또 하나의 가족 속으로 편입되어 버린 것이다.

「내가 장남이기 때문에 언젠가는 부모님을 모시고 살아야 해. 물론 당신도 알고 있겠지만 말이야. 그리고 당신에게 부탁하고 싶은 게 한 가지 있는데, 누구보다도 우리 엄마에게 잘해 줬으면 좋겠어. 고생 많이 하고 사신 분이거든.」

자신의 엄마에게 잘해 달라고 부탁하는 스토리도 무척 낯익었다. 늘 남자들은 아내에게 자신의 부모를 부탁한다고 말하지 않던가.

「현우 씨가 나와 결혼한 이유는 도대체 뭐야?」

내 질문의 정확한 의도를 파악하지 못한 그가 되물었다.

「무슨 말이야?」

「나는 나현우와 결혼했지 나현우의 가족과 결혼한 게 아니야. 그런데 현우 씨는 결혼하자마자 현우 씨 가족들에게 잘해 달라는 얘기만 하고 있어. 뭘, 어떻게 잘해 주라는 거야?」

「그냥, 내가 우리 가족을 생각하듯이 그렇게 해달라는 것뿐이야. 그게 뭐 잘못된 거야?」

「그건 말도 안 되는 기대야. 나는 현우 씨로 인해 현우 씨 가족을 알게 되었을 뿐이야. 그런 사람들에게 현우 씨가 느끼는 것과 똑같은 애정을 느낄 수가 있다고 생각해?」

「당신이 나를 진정으로 사랑한다면 충분히 가능한 일이겠지.」

나를 사로잡았던 자신의 가면을 순식간에 벗어던져 버린 나현우는 대한민국의 보통 남자를 대변이라도 하듯 억지 주장을 조금도 굽히지 않았다. 그리고 필요할 때만 사랑을 들먹이는 것도 내가 혐오하던 대부분의 남자들과 하나도 다르지 않았다. 뭔가 잘못되었다는 생각이 들면서 목이 심하게 탔다.

11

신혼여행에서 돌아오는 동안 마음은 커다란 돌덩어리 하나를 올려놓은 듯 무거웠다. 결혼식을 하기 전에 한 번 보고, 결혼식장에서 두 번째로 본 시집 식구들과의 대면이 아무래도 걱정스러웠다. 특히 나현우의 어머니, 즉 시어머니에 대한 느낌은 그다지 좋지 않았다. 그녀의 지나친 친절과 관심은 오히려 불안스러웠다. 친절이 지나친 사람들일수록 상대에게 기대하는 바도 클 것이기 때문이었다. 그리고 딸 없는 집안 운운하며 딸과 엄마처럼 지내자는 말은 부담스럽기 짝이 없었다. 딸과 엄마의 관계라는 말에서 내가 떠올릴 수 있는 것은 지긋지긋한 집착과 넌덜머리나는 연민이었고, 그런 인연을 내 인생에 또 하나 보태기는 정말 싫었던 것이다.

대학 시절부터 더러 강희의 자취방에서 지내다가, 졸업한 후에는 아예 독립해 버린 것도 엄마 때문이었다.

아버지와의 관계가 별로 좋지 못했던 엄마는 그래서 그런지, 유달리 나에게 집착했다. 나의 일거수일투족을 훤히 꿰고 있어야만 직성이 풀리는 그녀는 매일 밤 몇 시간이고 말을 시키며 그날 하루 동안 나에게 있었던 일들을 낱낱이 듣고 싶어했다. 어린 시절에는 엄마의 그런 관심이 싫지 않았다. 그래서 매일 밤 곁에서 조잘대며 엄마의 궁금증을 풀어 주었다. 그런데 소위 말하는 사춘기를 거치면서 가끔 혼자 있고 싶어졌고, 아무도 모르는 혼자만의 비밀도 간직하고 싶었다. 하지만 엄마는 그렇게 변해 가는 딸의 성장을 용납하지 않았다. 그 바람에 나의 사춘기는 엄마에게 고스란히 몰수당하고 말았다. 착한 아이라는 소리에 중독되어 있었던 나는 엄마가 슬퍼하고 우울해하는 것을 원치 않았기 때문에, 싫으면서도 엄마를 거스르지 않았던 것이다. 덕분에 일찍 어른스러워졌고, 그런 만큼 자주 허무감에 빠지곤 했다. 나이 육십이 다 돼서도 어쩌지 못하는 엄마의 지나친 집착과 끝없는 불안이 세상과 인간에 대한 나의 시선을 어둡게 만들어 놓았던 것이다.

엄마의 집착을 상대하면서 자주 허무했던 나는 아버지의 권태와 허무를 어느 정도 이해할 수 있었다. 그리고 엄마의 집착보다 아버지의 허무를 닮게 된 것이 어쩌면 다행일지도 모른다는 생각도 들었다. 집착이 강한 엄마는 끊임없이 나를 힘들게 했지만, 종종 허무감에 빠져 있던 아버지는 나를 조금 슬프게 할 뿐이었다.

엄마의 집착에 최초로 반항한 것은 고등학교를 졸업할 무렵이었다. 도무지 포기를 모르는 엄마의 질긴 집착은 아무리 시간이 흘러도 사그라질 줄 몰라 질리게 했다. 그러나 인간에 대한 실망과 세상에 대한 냉소를 드러내기보다는 오히려 감추는 데 능숙했던 나는 항상 엄마를 이해하고 받아 주려고 노력했다. 엄마에 대한 나의 연민 역시 나에 대한 엄마의 집착만큼이나 강했던 것이다. 그러다가 고등학교를 졸업할 무렵 인내심은 한계에 도달했고, 드디어 이상한 형태의 반발을 감행함으로써 엄마를 경악하게 만들었다.

대학 입시 준비가 한창이던 그때, 늘 누렇게 뜬 모습으로 집과 학교를 왔다갔다했다. 엄마가 싸주는 도시락 두 개를 가방에 넣고 아침 일곱시에 집을 나서서 보충 수업까지 마치고 돌아오면 밤 열시가 넘었다. 그 시간들은 언제나 일정했고, 그래서 엄마는 내가 집으로 돌아올 무렵이면 하루도 빠짐없이 버스 정류장으로 마중 나왔다. 버스 정류장에서 집까지는 불과 5분 정도밖에 안 걸리는 가까운 거리였다. 그런데도 엄마는 비가 오나 눈이 오나 하루도 거르지 않고 그 자리에서 나를 기다렸다. 때문에 보충 수업을 마치고 친구들이 간혹 들르기도 하는 분식집과 빵집에 한 번도 따라가 보지 못했다. 엄마에 대한 반발을 감행하게 된 그날도, 친구들은 삼삼오오 짝을 지어 학교 근처의 분식집으로 향했다. 엄마에 대해 문득 반발심을 느낀 나는 배가 고픈 것도 아니면서 친구들을 따라갔다. 떡볶이와 만두를 먹으면서 연신 수다를 떨어 대는 친구들과 함께 시간을 보내는 동안 엄마를 잊었다. 시간은 금세 열한시를 넘겼고, 그제서야 마음이 조급해져 뛰어가서 버스를 탔지만, 엄마가 기다리고 있을 버스 정류장에 도착하려면 아무래도 열두시나 되어야 할 것 같았다. 얼굴이 새파래져 기다리고 있을 엄마 때문에 나는 마음이 불편하면서도, 한편으로는 야릇한 쾌감을 느꼈다. 그날까지 한 번도 엄마를 배반해 본 적이 없었던 나로서는 난생처음 맛보는 배반의 쾌감이었다.

밤늦은 시각, 버스 안에서 내다본 거리는 텅 비어 허전했다. 그 텅 빔 속으로 무작정 달려 나가고 싶은 충동을 느끼기도 했다. 아무도 나를 기다려 주지 않는 텅 빈 어둠 속으로 말이다.

승객이 뜸해진 시간이어서인지 버스는 생각보다 빨리 달렸다. 내려야 할 버스 정류장이 어느새 저만치 보였고, 그곳에 꼼짝도 하지 않고 서 있는 엄마의 모습 또한 어김없이 눈에 띄었다. 엄마가 어떤 심정으로 그 자리에 서서 떨고 있을지 불을 보듯 뻔히 짐작할 수 있었지만 무엇 때문인지 나는 내리고 싶지 않았다. 그래서 계속 자리에 앉아 있었다. 그러자 버스 운전사는 내릴 사람이 없는 데만 안중에 둔 듯 정거장을 아예 서지도 않고 통과해 버리고 말았다. 엄마는 내빼는 버스 안을 들여다보려고 목을 길게 늘이는 것 같았다. 그러나 나를 발견하진 못한 모양이었다. 다행이라는 생각과 엄마를 향한 죄책감이 동시에 들면서 마음은 혼란스러워졌다.

엄마가 기다리며 서 있는 정류장을 그냥 통과해 버린 버스는 전혀 알지 못하는 곳을 향해 무작정 내달렸다. 위험스러운 질주에 몸을 내맡긴 채 낯선 어둠을 내다보다 보니 어느 순간 갑자기 무서워지기 시작했다. 그저 달려 보고 싶던 어둠의 끝에는 거칠고 을씨년스러운 분위기의 버스 종점 외에 아무것도 없었다. 인적조차 드문 그곳에서 더럭 겁이 난 나는 돌아서 나가는 마지막 버스에 서둘러 올라탔다.

곧 엄마가 기다리고 있는 버스 정류장의 반대편에 내렸지만, 엄마를 외면한 채 혼자 집으로 향했다. 새벽 한시가 넘어서야 들어온 엄마는 불을 끄고 내 방에서 잠든 나를 발견하고는 경악했다. 하얗게 질린 모습으로 어떻게 된 일이냐고 다그쳐 물었다. 나는 배반의 쾌감을 조금 더 연장시키고 싶었다. 그래서 담담한 목소리로 말했다.

「날 좀 그냥 내버려 둬. 혼자 있고 싶어.」

그날 이후 자주 그런 식으로 엄마를 괴롭혔다. 그럴 때마다 엄마
는 처음에는 분노하다가 급기야는 눈물을 흘리며 애원하곤 했다. 그
러다가 대학생이 되고부터는 체념하는 쪽으로 마음을 굳혔는지, 강
희의 자취방에서 함께 지내겠다며 짐 보따리를 꾸리는 나를 끝까지
붙들지 못했다. 하지만 아직까지도 나에 대한 집착을 완전히 포기하
지 못해 지금도 여전히 자주 전화를 걸었고, 일주일만 찾아가지 않
아도 금방 우는소리를 하며 마음을 아프게 했다. 나에게 엄마라는
존재는 늘 내 삶을 무겁게 짓누르는 고통이었다. 그러므로 딸과 엄
마 사이 운운하는 시어머니의 말이 나에게는 마치 또 다른 족쇄를
채우려고 하는 것처럼 들려 조금도 달갑지 않았다.

나현우의 집은 서울 변두리에 위치한 작은 이층집이었다. 1층은
미용실과 화장품점에 세를 놓고, 2층에 나현우의 부모가 살고 있었
다. 군데군데 예수님의 그림과 말씀이 걸려 있는 집안 분위기는 독
실한 기독교 집안이라는 것 외에 별다른 느낌을 주지 않았다. 굳이
지적하자면, 거실 한쪽에 놓인 이름을 알 수 없는 석고상 하나가 그
중 눈에 띄었는데, 나중에 알고 보니 미대에 다니는 나현우의 남동생
이 수업 시간에 습작으로 만든 것을 갖다 놓은 것이라고 했다. 개성
이라고는 없는 그런 집에서 자란 나현우가 어떻게 시인이 될 수 있
었는지 궁금할 정도였다.

시어머니가 저녁상을 준비하는 동안 어정쩡한 자세로 그 곁에 서
있었다. 손님도 아니고, 그렇다고 식구도 아닌 나는 낯설기 짝이 없
는 공간과 사람들 속에서 어찌해야 할 바를 몰랐다. 특히 잘 차려 놓

은 식탁 앞에 모두 모여 앉아 기도를 할 때는 그야말로 당황하지 않을 수 없었다.

우리의 결혼을 주제로 한 시아버지의 기도는 오래전부터 연습이라도 한 듯 유창했고, 길게 계속되었다. 주제는 한마디로 '아들 부부의 앞날에 주님의 은총 있으라'였는데, 그렇게 간단한 주제를 가지고도 그는 언어의 마술사처럼 오래 중얼거렸다. 중간 중간 기도가 끊길 때마다, 식구들이 모두 입을 모아 '아멘'을 합창했다. 지나치게 호흡이 잘 맞는 그들의 아멘 소리는 왠지 싸구려 같았다. 나현우 역시, 눈을 감고 두 손을 앞으로 모은 채 열심히 아멘을 복창했다. 그런 그는 내가 그때까지 봐왔던 나현우와 가장 어울리지 않는 모습이었다.

아멘 소리를 좀 더 길게 늘이는 것을 신호로 비로소 시아버지의 기도는 끝났다. 나는 이제야 비로소 식사가 시작되려나 보다 생각하며 슬그머니 고개를 들었다. 그런데 바로 그 순간, 시어머니가 내 손을 붙들어 자신의 무릎 위에 올려놓으며 또다시 기도를 시작했다. 시아버지의 기도 내용과 별로 다를 게 없는 시어머니의 기도도 시아버지 이상으로 유창하고 길었다. 매일 식사 때마다 그 정도 분량의 기도문을 읊조리자면 아무래도 타고난 순발력과 문장을 만들어 내는 재주가 있어야만 가능할 것 같았다. 시아버지의 기도에 이은 시어머니의 기도 소리를 들으면서, 마침내 알 수 있었다. 나현우가 시인이 될 수 있었던 것은 어려서부터 들어 온 부모의 기도 소리 때문임을.

시어머니의 기도는 쉽사리 끝날 줄 몰랐다. 그러다가 급기야 그녀는 우리 새아가 운운하며 나를 기도의 한가운데로 끌어들였다. 내용의 요지는 우리 새아가의 믿음을 한층 더 두텁게 해달라는 그런 것이었는데, 갑자기 나를 기독교 신자로 만들어 버리는 시어머니의 기가 막힌 순발력과 일방적인 태도에 또 한 번 놀라지 않을 수 없었다. 엄마와 딸처럼 지내자 어쩌고 할 때부터 눈치 챘지만, 그녀가 애정을 표현하는 방식은 좋게 말하면 흉허물이 없고, 나쁘게 얘기하면 너무 무례하게 타인을 침범하는 그런 식이었다.

시어머니의 기도가 끝났을 때, 식탁 위의 음식들은 이미 식을 대로 식어 있었다. 기도하면서 사람들의 침이 수없이 튀었을 것이라 생각하자, 식욕이 떨어지면서 밥을 먹기가 싫었다. 무수한 아멘으로 중독된 음식을 먹었다가는 아무래도 체하고 말 것 같았다. 나는 먹는 둥 마는 둥 식사를 끝냈고, 그러는 내가 마음에 걸리는지 나현우는 자주 내 눈치를 살폈다.

「하룻밤 지내는 것도 불편해서 그렇게 티를 내야겠어?」

시집 문밖을 나오자마자, 나현우는 대뜸 타박했다. 편안하게 한 식구처럼 굴지 못한 내가 못마땅하다는 얘기였다. 나현우와의 사이에서 아이를 만들어서는 안 되겠다는 생각이 든 것은 바로 그때였을 것이다. 결혼과 동시에 갑자기 딴사람처럼 구는 그와 아무래도 영원히 함께 살 수 있을 것 같지 않았다. 아니라는 생각이 확실히 들면 언제라도 헤어질 수 있는 것이고, 그러기 위해서는 아이를 만들지 말아야 했다.

결혼 생활에 반드시 필요한 덕목은 사랑이 아니라 요령이라는 사실을 깨닫게 되는 데는 그리 오랜 시간이 걸리지 않았다. 우리의 결혼을 정당화시켜 줄 수 있는 유일한 근거가 사랑이라고 믿어 의심치 않았던 나는 자주 우리의 사랑을 확인하려 들었다. 그럴 때마다 되돌아오는 것은 확인이 아니라 싸움이었다. 결혼과 동시에 사랑 따위에는 무관심해져 버린 나현우를 내가 이해할 수 없듯이, 나현우 역시 늘 사랑 운운하는 나를 도저히 이해하지 못하는 것 같았다. 그러다 보니 자주 싸우지 않을 수 없었다. 그리고 싸움의 횟수가 늘어날수록 우리의 사랑은 점점 더 멀리 달아났다. 그러면서 나는 조금씩 그를 포기했고, 나현우와의 진정한 관계를 포기하면서 터득한 것이 적당한 요령이었다. 무엇 때문에 요령껏 결혼 생활을 지속해야 하는지는 모르겠지단, 아무튼 요령이라는 또 하나의 덕목을 깨우치면서부터 나의 결혼 생활은 적당히 편해졌다. 우리가 더 이상 키스하지 않게 된 것도 어쩌면 그 무렵부터일 것이다.

12

이제 다시 잃어버린 키스에 대한 이야기로 돌아가야 할 것 같다.

그러니까 나는, 결혼한 지 1년여 만에 네팔 여행을 다녀왔고, 여행에서 돌아온 다음날 아침 우리가 더 이상 키스하지 않는다는 사실을 분명히 자각하게 되었다. 그리고 잃어버린 키스를 찾아서, 아니 어쩌다가 키스가 사라져 버렸는지 곰곰이 되짚어 보았다. 우리가 처음 만났을 때부터 지금까지의 시간을 더듬어 보면서 말이다. 그러나 어쩌다가, 무엇 때문에 키스가 사라져 버렸는지는 지금도 여전히 알 수 없다. 분명한 것은 꽤 많은 시간이 흘렀다는 것이고, 우리의 빛나던 키스도 흘러간 시간과 함께 사라져 버렸다는 사실이다.

어젯밤에도 나현우는 미지근한 손으로 내 아랫도리부터 더듬으며 접근해 왔다. 내가 여행 갔다 온 이후 내내 시큰둥하게 굴다가 일주일여 만에 처음으로 성욕을 표시하는 그는 오래된 장난감을 가지고 놀듯 무성의하고 습관적인 손동작으로 만지작거렸다. 물론 나는 전혀 흥분되지 않았다. 그럼에도 어쩌면 나현우가 내 입술에 키스하지 않을까 하는 기대를 완전히 떨쳐 버릴 수는 없었다. 그래서 그가 내 몸 위로 올라오려고 할 때마다 몸을 비틀며 그의 시도를 방해했다. 하지만 내 속마음을 전혀 눈치 채지 못한 그는, 조금씩 몸을 비틀며 자신을 방해하는 것이 수컷의 공격성을 부추기기 위한 암컷의 애교스러운 교태쯤으로 생각하는지, 더 더욱 공격적인 동작으로 내 몸을 제압하려 들었다. 나는 급기야 나현우의 손을 냉정하게 걷어 내며 등을 돌렸다. 그제서야 이상한 낌새를 눈치 챈 그가 등 뒤에서 물었다.

「왜 그래?」

「뭐가?」

「하기 싫어?」

갑자기 자신을 거부하며 등을 보이는 내 태도에 자존심이 상한 나현우의 목소리가 딱딱하게 굳어졌다. 아마도 그는 며칠 동안 어색했던 우리 사이의 감정을 잠자리를 통해 풀어 볼 심산이었던가 보다. 어떤 식으로든 해명해야 한다는 생각이 들었지만, 어떻게 이야기를 풀어 나가야 할지 난감했다. 곧이곧대로 사라진 키스 운운하며 내 행동에 대해 설명하다 보면 자칫 복잡해져 전혀 의도하지 않았던 사태가 발생할 수도 있겠다 싶었다. 결혼해서 1년 남짓 함께 살면서 갖가지 형태의 대립과 싸움을 경험한 우리는 극단적인 싸움은 가능한 한 피하려고 노력하는 편이다. 트러블의 계기는 늘 사소한 문제로 시작되었으나, 일단 언쟁이 시작되면 두 사람 다 조금도 물러서지 않고 끝장을 보려 들었던 것이다.

특히 자존심 싸움에 관한 한 나현우는 언제나 나보다 한 수 위였다. 평균적으로 따지면 나는 결코 성급한 인간이 아니었다. 그러나 상대적으로 따지면 나현우에 비해 늘 성급한 편이었다. 게다가 나현우는 일단 자존심 싸움이 시작되면 놀랄 만큼 악의적인 느긋함으로 무장한 채 나를 상대했는데, 그것에 도무지 익숙하지 않은 나는 너무 쉽게 발끈해지기 일쑤였다. 그러다 보니, 항상 싸움에서 먼저 감정을 드러내며 무너지는 것은 내 쪽이었다. 자존심 싸움에서의 아킬레스건은 언제나 성급한 감정이었으므로. 그래서 나현우와의 자존심 싸움이 시작될 기미만 엿보여도 히스테리가 극에 달해 더러 날뛴 적도 있었다.

때문에 너무 진지해지지 않는 쪽이 낫겠다고 생각한 나는 서둘러 변명하듯 말했다.

「그냥 컨디션이 좀 안 좋아.」

다행히 나현우는 적당히 넘어가려는 내 의도에 동의하려고 마음먹었는지 아무 말 없이 담배를 꺼내 물었다. 그가 내뱉은 담배 연기가 침대 등받이에 비스듬히 기대고 있는 내 얼굴을 덮었다. 매캐하고 싸한 박하향이 콧속으로 들어왔다. 그가 피우는 담배는 여전히 88 멘솔이었다. 순간, 그의 입술에 키스하고 싶은 욕구가 일었다. 나는 불현듯 솟구친 욕구를 지그시 누르며 담배 피우는 나현우의 입술을 바라보았다.

의외로 얄팍하고 선이 분명하지 않은 그의 입술은 결코 잘생기지 않았다. 얼굴 전체의 구도상으로 볼 때는 무난하지만, 입술만 따로 떼놓고 보니 이상하기 짝이 없었다. 특히, 동그랗게 오므려 담배 연기를 빨아들였다가 다시 가로 모양으로 만들어 내뿜는 동작을 반복하는 그의 입술은 어딘지 모르게 조잡하고 야비해 보였으며, 어떤 위

험을 내포하고 있었다. 그를 만난 이후 더러 나를 실망시켰던 그의
면면들이 바로 그 입술에 집약돼 있는 것 같았다. 갑자기 야릇한 호
기심이 발동한 나는 그의 눈과 코를 똑같은 방식으로 따로 떼놓고
관찰하기 시작했다.

방금 전의 일로 계속 기분이 나쁜 것 같은 그의 눈은 생각했던 것
보다 멍청해 보이는 것 외에는 별다른 느낌을 주지 않았다. 그리고
어디서부터 어디까지인지 경계가 분명하지 않은 그의 코는 그야말
로 싱겁다는 생각이 들었다. 굳이 더 말하라면, 뭔지 모를 음흉함이
느껴졌다고나 할까. 아무튼 입술만큼 불쾌한 이미지는 아니었다.

눈과 코에 이어 다시 그의 입술을 세심하게 뜯어보았고, 두 번씩
이나 관찰한 끝의 결론은 한마디로 '싫다'였다. 때로는 야비하고, 때
로는 잔인한 말을 서슴지 않는, 그리고 온갖 욕망을 다 집어삼키는
구멍으로서의 입이 혐오스럽게 생긴 것은 어쩌면 당연한 일이겠지
만, 너무나 버젓이 얼굴에 붙어 있다는 사실이 문제라면 문제였다.
인간의 입술이 얼굴이 아닌 다른 곳에, 즉 쉽게 보이지 않는 은밀한
곳에 있었더라면 아마도 인간은 조금 더 아름다울 수 있었을 것이다.

갑자기 키스하고 싶은 욕구로 나현우의 입술을 바라보다가 엉뚱
한 쪽으로 빠-져 버린 나는, 그가 피우던 담배를 재떨이에 눌러 끄고
다시 침대로 돌아와 누웠을 때는 이미 모든 욕구가 사라져 버려 아
무 생각이 없었다. 나는 아무 말 없이 등을 돌린 채 잠을 청했다. 나
현우 역시 두어 번 깊은 한숨을 내쉬다가 이내 등을 돌렸다. 그리고
오늘 아침, 나는 그의 또 다른 입술을 보았다.

아침 식사 메뉴는 딱딱한 마늘빵과 우유 그리고 약간의 과일 등이
었다. 식탁에 마주 앉은 우리는 한마디도 하지 않았다. 시큰둥한 표

정을 지은 채 딱딱한 빵을 물어뜯다가 어젯밤 나현우의 입술이 생각 나 다시 쳐다보았다.

조간신문을 보는 나현우의 입가에는 빵 부스러기와 허연 우유가 군데군데 지저분하게 묻어 있었다. 거기다가 빵을 씹는 나현우의 입은 경박해 보일 정도로 빠르게 움직였는데, 언젠가 나를 사로잡은 적이 있는 바로 그 입이라고는 도무지 생각하기 어려웠다.

그것은 언젠가 서점의 이벤트 홀에서 뱃속 가득 야릇한 웃음을 머금은 채 묘하게 비죽거리던 아이러니컬한 입도 아니었고, 집요하게 자신의 손톱을 물어뜯던 미숙한 소년의 입도 아니었다. 또 어두운 골목길에서 부드럽게 키스하던 달콤한 입도 물론 아니었다. 빵 부스러기와 우유를 지저분하게 묻힌 채 쩝쩝거리며 씹는 모습은 먹이통에 입을 처박고 게걸스럽게 먹는 돼지의 입을 연상케 했다. 더구나 잔에 절반쯤 남은 우유를 마저 마신 다음 마치 양치질이라도 하듯 입 안을 헹구는 모습은 어젯밤의 '싫다'를 넘어서 '더럽다'였다. 저런 입과 다시 키스할 수 있을까 생각하니, 도저히 그럴 수 있을 것 같지 않았다.

나는 먹다 만 빵을 나현우의 입술을 버리듯 쓰레기통에 넣어 버렸다.

내가 출근 준비를 하고 집을 나설 때까지도, 나현우는 화장실에서 나오지 않았다. 아침 식탁에서 일어서자마자 신문을 들고 화장실로 직행하는 것은 나현우의 오래된 습관이었다. 그래서 그는, 내가 출근할 때면 항상 화장실 안에 있었다. 변기에 걸터앉아 있을 나현우를 향해 다녀오겠다고 말하려다가 그만두었다. 매일 하던 아침 인사였지만, 오늘은 하고 싶지 않았다.

찌뿌드드한 표정으로 사무실에 출근하자 무슨 일인지 정 대리가 일찍 나와 있었다. 아직 8시 30분 정도밖에 안 되었을 텐데 생각하며 시계를 보았다. 8시 33분이었다. 내가 제일 먼저 출근해 커피부터 마신다는 것을 아는 정 대리는 이미 커피를 준비하고 있었다. 미처 이름을 외우지 못한 커피 향이 사무실 가득 진동했다. 나는, 다 내려진 커피를 잔에 따르고 있는 정 대리의 뒤통수를 향해 인사했다.

「즐거운 아침!」

아무 생각 없이 습관처럼 하던 말이 오늘따라 멋쩍고 어색했다. 과연 즐거운 아침을 맞이했는가 싶었던 것이다.

「아, 한 선배!」

정 대리가 고개를 돌려 나를 쳐다보며 환하게 반색했다. 미소짓는 입술 사이로 고르고 흰 치열이 가지런히 드러났다. 싱그러워 보였다. 약간 가슴이 두근거리면서 어떤 욕구가 일렁였다. 성욕까지는 아니었지만, 정 대리와 함께 일한 지 몇 년 만에 처음으로 그에게 느끼는 욕망이었다. 내가 주로 마시는 초록색 체크 무늬 잔에 알맞게 커피를 따라 건네는 정 대리로부터 잔을 받아 들다가 그와 나의 두 번째 손가락 끝이 살짝 닿았다. 나도 모르게 얼굴이 붉어졌다. 문득 발생한 감정을 그에게 들키지 않으려고 황급히 몸을 돌렸다. 그 바람에 커피가 약간 쏟아져, 입고 있던 밤색 바지에 튀었다. 나에게 세심한 정 대리가 얼른 티슈 몇 장을 뽑아 바지를 닦아 주었다. 고개를 숙이고 있는 정 대리의 머리에서 언뜻 샴푸 냄새가 풍겼다. 정확하게 무슨 향인지는 알 수 없었지만, 정 대리의 다정하고 사려 깊은 이미지와 닮은 냄새였다. 가슴이 뭉클해지면서 눈물이 날 것 같았다.

「괜찮아요?」

정 대리가 바지에 튄 커피를 다 닦아 낸 다음 티슈를 쓰레기통에 버리며 물었다.

「뭐가?」

「그냥…… 모든 게 다 괜찮은가 어떤가 해서요.」

그러고 보니 정 대리는 종종 밑도 끝도 없이 괜찮냐고 물었던 것 같다. 그리고, 괜찮냐고 물을 때의 표정 역시 늘 똑같았다. 나를 살피듯 약간 눈을 크게 뜨며, 보일 듯 말 듯 쑥스러워하는 표정이었다. 상대를 넉넉히 품을 수 있을 만큼 자신 있어 보이면서도 한편으로는 수줍어하는 그런 표정을 지을 줄 아는 정 대리라는 남자가 새삼스럽게 궁금해졌다.

「정 대리 애인은 어떤 여자야?」

얼토당토않게 정 대리의 애인을 묻는 내 심리를 나로서도 알 수 없었다. 어떤 여자를 사귀는가가 곧 그 남자를 파악할 수 있는 근거가 될 수도 있다는 생각을 해본 적은 한 번도 없었다. 그리고 나는 정 대리가 애인이 있는지 없는지조차 모르고 있었던 것이다.

역시 정 대리는 빙긋이 미소만 지을 뿐 내 질문에 아무런 대답도 하지 않았다. 더 이상 캐묻는다는 것도 우스운 일 같아 이야기를 다른 쪽으로 돌렸다.

「지금 진행 중인 신 교수 원고는 어때?」

다음 학기 교재로 사용해야 한다며 독촉하는 신 교수의 번역 원고는 한마디로 엉망이었다. 자신의 제자인 대학원생 몇 명에게 나눠 번역시킨 티가 역력해 문장도 들쑥날쑥 머리가 아플 지경이었다. 그 원고의 교열을 정 대리가 맡아서 하고 있었던 것이다.

「절반쯤 교열을 보긴 했는데…….」

정 대리 역시 골치가 아픈지 더 이상 말을 잇지 못하고 고개만 절레절레 흔들었다.

「그것보다도 요즘 한 선배 안색이 영 좋지 않은 것 같은데, 어디 아픈 것 아니에요?」

정 대리가 일부러 일찍 출근한 것은 아마도 나 때문인 모양이었다. 요즘 들어 나는 회사일에도 시큰둥해 업무 진행이 예전 같지 않았던 것이다.

「왜? 내가 게으름 피우는 것 같아서 그래?」

정 대리가 회사 업무보다는 나를 더 걱정해 그런다는 것을 익히 알면서도 짐짓 모른 체하며 되물었다.

「그렇다기보다는 이래저래 걱정스러워서…….」

정 대리는 말끝을 흐리며 얼버무렸다. 바로 그때 커피 마니아인 이정혜가 아침 인사를 하며 사무실 안으로 들어섰다. 그래서 이야기가 중단될 수밖에 없었다. 더 이상 할 말은 없었지만 왠지 아쉬웠다.

13

비록 키스가 사라진 사이라 하더라도, 아직도 나는 어떤 남자보다 나현우를 사랑한다고 말할 수 있다. 완전한 관계에 대한 강박 관념 때문이든 뭐든, 처음 사랑했던 그 감정 그대로 사랑하고 싶은 것이다. 그러나 종종 자신도 모르게 다른 남자들을 넘본다. 물론 가벼운 관심이겠지만, 분명히 나현우가 아닌 다른 남자들에게 관심을 갖기도 하는 것이다. 그리고 그냥 스쳐 지나가는 익명의 남자들을 쳐다보면서도 자고 싶은 남자와 그렇지 않은 남자를 분류해 보곤 한다. '그렇다'와 '그렇지 않다'를 판가름하는 기준과 근거가 무엇인지는 나도 알 수 없다. 그렇지만 일단 내가 점찍은 사람이라면 아무리 오랜 시간이 흘러도 또렷하게 떠올릴 수 있다.

특히 최초로 나의 성적 호기심을 유발시킨 한 남자에 대한 기억은 지금도 생생하다. 어쩌면 그것은 그 방면에 있어서 첫 경험인지도 모르는데, 그때 내가 그 남자에게 느낀 것은 분명한 성욕이었다.

대학교 1학년 때였고, 초겨울바람이 꽤 차갑게 느껴지던 12월 어느 날이었다. 그날, 학교 식당에서 늦은 점심을 먹고 나와 다음 강의 시간을 기다리며 미대 건물 쪽으로 향했다. 구석진 곳에 자리 잡고 있어 부근이 비교적 조용한 편이라 수업이 빌 때면 자주 찾던 곳이었다. 쌀쌀한 날씨 탓인지 건물 앞 잔디밭에는 아무도 없었다. 텅 빈 잔디밭이 여느 때 같지 않게 썰렁하고 추워 보여 빈 강의실이나 찾아볼까 생각하며 발길을 돌렸다. 돌아서는데, 햇살이 문득 등을 찔러 왔다. 쌀쌀한 날씨에도 불구하고 볕은 제법 따가웠다. 방금 전까지 어둡고 축축해 보이던 잔디밭도 초겨울의 햇살로 잠시 화사해졌다. 종종 내 눈길을 끌던 잔디밭의 조각상 역시 때 아니게 따가운 햇빛에 거리낌 없이 노출되었다.

잔디밭 한가운데를 오롯이 장식하는 그것은 이 대학의 미대 교수가 만든 '유방'이라는 제목의 조각상이었다.

연한 회색빛의 네모반듯한 대리석 위에 쌍둥이 무덤처럼 동그랗게 얹힌 유방은 아프리카 여인의 살빛보다 더 짙은 검정색이었다. 봉긋하게 솟아오른 그것은 여인의 실제 젖무덤보다 훨씬 더 현실감 있어 보였고, 묘하게 선정적이었다. 노교수의 손이 빚어낸 검정색 유방은 그래도 되나 싶을 정도로 유감없이 탱탱하게 부풀어 자칫 건드리기라도 하면 금방 터져 버릴 것만 같았다. 그리고 젖무덤의 최고봉에 오뚝하게 돌출된 젖꼭지, 그것은 짧고 가벼운 애무에도 소스라치게 반응하는 앳된 처녀의 것처럼 깜찍하기도 했고, 긴 애무 끝에 오르가슴에 도달한 농염한 여인의 익을 대로 익은 젖꼭지처럼 음흉하기도 했다.

'유방'은 나무 한 그루 없이 밋밋한 잔디밭의 유일한 볼거리이며 만질 거리였다. 특히 남학생들은 오래전에 잃어버렸던 엄마의 젖을 되찾은 듯, 그리고 쉽게 열리지 않는 도도한 애인의 젖무덤을 열망하듯 조각상 부근을 지나칠 때마다 그것을 만지고 쓰다듬었다. 그래서 그런지, 잔디밭의 '유방'은 언제나 먼지 한 점 없이 깨끗했다. 아니, 날이 갈수록 반질거리며 빛을 발했다. 그런데 그날 내 눈에 비친 그것은 여느 때와는 달리 전혀 고혹적이지 않았다. 차라리 버려진 살덩어리처럼 추연해 보였다. 기약도 없이 떠나가 버린 남자의 손길을 미련스럽게 기다리는 한심한 여자의 영혼처럼 초라해 보였던 것이다. 비록 돌덩어리로 만든 조각상이라 할지라도, 언제나 유방은 남자의 손길이 미칠 때만 진정한 유방으로서의 의미가 있다는 사실을 자각시키기 위해 거기 있는 것만 같았다. 수치심을 느꼈고, '유방'을 만든 작가에 대해서도 적개심이 일었다.

한 남자가 눈에 들어온 것은 바로 그때였다. 중키에 약간 마른 듯한, 그리고 오른쪽으로 흘러내린 머리카락이 자신의 한쪽 눈을 가리는 그 남자는 깊은 생각에 잠기기라도 했는지 시종 땅만 내려다보며 잔디밭 쪽으로 걸어오고 있었다. 겨자색 면바지와 상아색 잠바를 입은 그는 마른 나뭇잎 같기도 하고, 찬바람 같기도 한 냄새의 여운을 남기며 순식간에 내 곁을 스쳐 지나갔다. 그야말로 단지 스쳐 지나갔을 뿐이었다. 그런데 무슨 일인지 그 남자를 보자마자 나도 모르게 흥분했다. 가슴이 두근거렸고, 심지어는 볼까지 상기될 정도였다. 전기 쇼크라도 받은 듯 잠시 정지되었던 나는 어느새 멀어져 가는 그의 뒷모습을 한참 동안 바라보았다.

그날 이후 그 남자를 다시 본 적은 없었다. 그럼에도 종종 떠올렸다. 하지만 그 남자에 대한 끌림이 단순한 끌림이 아니라 성적 대상으로서의 관심이었음을 내가 알게 된 것은 시간이 한참 흐른 후였다. 그를 본 지 며칠이 지난 어느 날 밤, 느닷없이 꿈속에 나타난 그 남자가 완전한 알몸으로 내 앞에 서 있었던 것이다.

그 뒤 남자는 자주 그런 모습으로 꿈속에 등장하곤 했다. 처음에는 멀리 한 점의 그림처럼 꼼짝도 하지 않고 서 있던 그가 조금씩 움직이며 다가오기 시작했다. 그러다가 언제부턴가 남자와 나는 한 몸이 되어 뒹굴기도 했는데, 꿈에서 깨어났을 때의 기분은 의외로 나쁘지 않았다.

그때의 경험은 충격적이면서도 흥미로웠다. 그것은, 성에 대한 경험이 반드시 직접적이고 구체적인 육체의 접촉으로서만 이루어지는 것이 아님을 나에게 일깨워 주었다. 그리고 때로는 상상으로 이루어지는 성적 경험이 훨씬 더 은밀하고 짜릿한 쾌감을 준다는 사실도 그때의 경험을 통해 알았다. 따라서, 내 최초의 성 경험은 대학교 1학년이던 그 겨울날 교정에서 훔쳐본 그 남자와 함께 이루어진 셈이었다.

아무런 위험 부담도 없는 그런 첫 경험은 나를 아주 자연스럽고 편안하게 성의 세계로 인도해 주었다. 아무도 눈치 채지 못하고, 어느 누구에게도 피해를 주지 않는 성의 세계에서 마음껏 자유롭고 풍부해질 수 있었던 것이다. 그러다 보니, 처음에는 낯선 남자들을 죄를 짓는 듯한 심정으로 훔쳐보던 것이 나중에는 능청스러우리만치 여유만만하게 상대를 뜯어보는 데까지 발전하게 되었다. 뿐만이 아니었다. 그런 식의 훔쳐보기와 관찰하기는 도무지 때와 장소를 가리지 않아, 심지어 친구 어머니의 장례식에 가서도 거기 모여든 남자들을 살피는 데 열중했다.

　장례식은 친구의 어머니가 평소 다니던 천주교 교회에서 이루어졌다. 장례 미사에는 고인의 가족과 친지들 외에 성당의 신자들까지 참석해 거의 1백 명 가까운 사람들이 모여들었다. 그중에서도 특히, 상을 당해 슬퍼하는 상주들의 모습은 남자 여자 가릴 것 없이 약간 에로틱해 보였다. 가까운 사람의 죽음이라는 공통된 슬픔 앞에서 잠시 세상에 대한 탐욕으로부터 멀어진 그들의 모습은 대체로 진지해 보였고, 무념해 보였다. 그들은 허무와 무념무상의 우물에서 세수라도 하고 나온 사람들처럼 창백하게 텅 비어 있었다. 그런 모습이 왜 에로틱하게 보였는지, 어쨌든 나는 욕망이 배제된 사람들의 얼굴에서 엉뚱하게도 성의 기미를 느꼈던 것이다.

　장례 미사는 길고 느리게 계속되었다. 비슷비슷한 내용의 기도문과 찬송가가 이어지는 가운데 코를 훌쩍이며 흐느끼는 소리도 간간이 들렸다. 조용하고 은밀하게 주위를 살피던 내 시선이 성모 마리아 상이 굽어보는 신성한 교단 위까지 옮아가게 된 것은, 굵고 나직한 남자의 음성을 좇아서였다.

　교단 위에서는 검은 새가 활짝 날개를 펼치듯 양팔을 치켜든 신부가 고개를 떨구고 눈을 감은 채 기도문을 외고 있었다. 미사에 참석한 사람들 역시 신부의 기도에 맞춰 중얼거리는 바람에 성당 안은 은근하고 낮은 합창으로 야릇하게 고조된 분위기였다. 굵고 나직한 목소리의 주인은 다름 아닌 신부였다. 그의 모습을 보는 순간 나는 단번에 매료당하고 말았다. 미사 직전에 면도를 한 듯, 푸른빛이 감도는 턱을 조금씩 움직이며 내는 그의 목소리는 무척 온화하면서도 은근히 사람들을 제압했다. 그리고 무엇 하나 흐트러짐 없이 단정하게 손질된 그의 표정은 삶의 군더더기라고는 찾아보기 어려울 정도로 단호하고 말끔했다. 얼른 나이를 짐작하기 어려웠지만, 못 돼도 오십은 되어 보였다. 신부가 기억하는 고인의 모습을 떠올리며 시작된 설교 시간 동안, 나는 줄곧 신부를 뜯어보았다. 내 눈과 귀를 사로잡은 그는 나에게는 이미 신부가 아닌 매력적인 한 남성이었다. 설교를 들으면서, 마음속으로는 그의 옷들을 하나하나 벗겨 나갔다. 검은 미사복 위에 상징처럼 두른 붉은 띠에서부터 누군가 매일매일 세탁해 주었을 하얀 러닝셔츠까지. 마지막으로 남은 것은 신부의 목을 감싸고 있는 눈부실 정도로 새하얀 칼라였다.

빳빳하게 풀을 먹여 다림질된 그것은 성처녀의 정조대처럼 고집스러웠다. 신부를 신부로서 존재할 수 있도록 지켜주면서, 또한 한순간에 타락시킬 비밀의 열쇠가 바로 그 속에 감춰져 있기라도 한 양 목을 감싸고 있는 그것은 아무리 해도 벗겨지지 않았다. 따라서 신부는 내가 선택한 남자들 중에서 완전한 알몸이기를 끝까지 거부한 유일한 남자였다. 그래서 그런지, 그에 대한 내 욕망은 한동안 사그라질 줄 몰라 거의 매일 밤 그가 꿈속에 나타났다. 하지만 꿈속에서의 그는 언제나 육체가 없는 목소리로서만 나에게 존재할 뿐이었다.

상대와 무슨 일을 벌여 보겠다는 구체적인 의도가 없다 하더라도, 남자와 여자는 공연히 긴장하며 쓸데없는 호기심을 내비치기 일쑤다. 또 남자와 여자는 무책임하고 무작위적인 성욕을 은근히 드러냄으로써 상대를 자극하거나 흥분시키고 싶어한다. 늙으나 젊으나, 결혼을 했거나 안 했거나, 여자 앞에서 남자는 영원히 남자이기를 원하고, 남자 앞에서 여자는 영원히 여자이기를 원하는 것이다. 정력제를 복용하다가, 혹은 성형 수술을 하다가 죽는 한이 있어도 성적 대상으로서의 자신을 포기하지 못하는 것 또한 무수한 익명의 남자와 여자를 무의식적으로 염두에 두고 있기 때문이다. 성적 대상으로서의 자신에 무엇보다도 비중을 두는 사람들은, 그것을 지키기 위해 치러야 하는 노력과 대가가 아무리 엄청나다 하더라도 기꺼이 감수해마지않는다.

하지만 그런 노력에 있어서 한없이 게으른 나는 결혼을 하자마자 성적 대상으로서의 자신을 어느 정도 포기해 버림으로써 여자, 아니 암컷으로부터 해방되고 싶었다. 나에게 성욕은 자주 까닭없는 불안의 근원이었고, 바로 그것으로부터 해방되고 싶었던 것이다. 그런데 생각과는 달리 현실에서의 나는 외출할 때 여전히 화장을 하고, 가볍게 향수도 뿌린다. 미처 알지 못하는 익명의 남자들을 무의식적으로 염두에 두면서 말이다. 결혼한 후에도 종종 익명의 남자들이 꿈속에 등장하는 것 역시 같은 맥락이다.

나현우와 여전히 삐거덕거리는 요즈음, 다른 남자들과 키스하는 꿈을 자주 꾼다. 꿈속에는 주로 세 명의 남자가 번갈아 가며 등장한다. 그들은, 내가 가끔 들르는 회사 앞 빵가게의 주인 남자와 금성인쇄소의 김 주임, 그리고 얼마 전 읽은 장편 소설의 주인공인 빈이라는 남자다.

나현우와의 사이에서 키스가 사라졌음을 명백하게 자각하는 순간, 아니 그전부터 나는 그들과의 키스를 생각했을 것이다. 따라서 그들에 대한 내 욕망은 문득, 우연히 발생한 것이 아니라 오래전부터 누적되어 온 냄새나는 욕망일지도 모른다.

현실적으로만 따지면 그들과 나 사이에는 명백히 아무 일도 없었다. 일주일에 한두 번꼴로 빵을 살 때, 내가 빵집에 머무는 시간은 길어야 1, 2분 정도다. 그리고 금성인쇄소의 김 주임과 내가 마주치게 되는 경우도 많아야 한 달에 한 번, 그것 역시 채 몇 분도 되지 않는 짧은 스침에 불과하다. 빈이라는 남자는 또 어떤가? 소설 속의 그는 빵집 남자나 김 주임보다 더 더욱 추상적인, 허구의 인물이 아닌가 말이다. 그러므로 그들과 나 사이에 구체적인 교감 같은 것이 생겨날 수 있는 가능성이라고는 아예 없었다.

그런데 어째서 나는 그들과의 키스를 꿈꾸었던가?

나는 별 생각 없이 한쪽 구석에 처박아 놓았던 오래된 필름을 찾아내듯 그들과 관련된 기억들을 하나하나 뒤적이기 시작했다. 그러나 그들과 관련된 기억들은 무성의하게, 혹은 실수로 찍힌 영화의 배경처럼 흐릿하기만 했다. 그것은 마치 혼선이 된 전화기에서 언뜻 들려왔던 엉뚱하고 낯선 목소리처럼 또렷하지 못했다.

고장난 비디오 필름처럼 계속해서 반복되는 단조로운 장면 하나가 떠올랐다. 빵집 남자의 손이 보이고, 손에서는 시원한 로션 냄새가 났다. 그의 손이 내민 빵 봉지와 거스름돈을 건네받던 나는, 그때 처음으로 남자의 얼굴을 똑바로 쳐다보았던 것 같다. 로션 냄새가 나쁘지 않아서였을 것이다. 얼굴 선이 부드럽고, 선량해 보이는 눈빛을 가진 그의 얼굴 위로 언뜻 쑥스러움이 스쳐 지나갔다. 순진한 남자라는 생각과 함께 아주 잠시 상쾌한 기분을 느꼈다. 빵집 남자와의 사이에서 기억될 만한 일이라고는 그것이 다였다. 그날 이후 그 빵집에 대한 느낌이 전보다 약간 좋아지긴 했다. 그러나 그렇다고 해서, 빵집 남자에 대해 특별한 감정을 가지게 된 건 결코 아니었다. 빵집 남자의 전체적인 실루엣과 적당한 크기의 손만을 기억할 뿐인 나는 그의 입술이 크고 두꺼웠는지, 아니면 얇고 작았는지조차 기억해 내기 어려웠다. 그것보다는 빵집 앞을 지나칠 때마다 나를 유혹하던 달콤하고 부드러운 빵 냄새가 오히려 더 또렷하게 기억에 남아 있다.

빵집 남자의 손이, 그리고 그 손에서 풍기던 시원한 로션 냄새가 나로 하여금 키스하고 싶은 충동을 불러일으킨 것이라면, 인쇄소 김 주임의 경우는 청색 작업복 위로 만져졌던 각 진 어깨가 바로 충동을 불러일으킨 이미지일까?

소음과 먼지로 뒤덮인 인쇄소 안은 스물네 시간 켜놓는 형광등 불빛에도 언제나 어둠침침했다. 회색 시멘트 벽과 시종 철커덕거리며 소리를 내는 인쇄기가 자아내는 차갑고 냉정한 느낌에 걸맞게, 김 주임은 말도 없고 표정도 없는 사람이었다.

비현실적인 공간에 비현실적으로 존재하는 듯한 그의 작업복에는 먼지인지 종잇가루인지 구분이 안 되는 하얀 가루가 늘 묻어 있었는데, 그것은 매번 나를 불편하게 만들었다. 한 번도 털어 낸 적이 없는 것 같은 하얀 가루를 볼 때마다, 그의 작업복을 벗겨서 활활 털어 주고 싶은 충동이 일었던 것이다. 그때 내가 느낀 불편함은 먼지를 하얗게 뒤집어쓰고도 아랑곳하지 않는 김 주임이라는 인간에 대한 불편함이라기보다는 선명한 청색이 더럽혀지는 데 대한 불편함이었다.

여러 가지 색깔 중에 청색 계열을 유독 좋아하는 나는 옷을 고를 때도 청색 옷에 제일 먼저 눈이 갔고, 집에 있는 가구나 주방 제품들도 주로 청색이었다. 다른 색에 대해서는 무관심하면서도 청색에 대해서는 까다로워, 더럽혀진 청색을 특히 못 참아 했다. 나에게 있어서 청색은 순수와 청결을 상징하는 대표적인 이미지였다. 그러므로 더럽혀진 청색은 곧 순수와 청결의 훼손을 의미했다. 언젠가 인쇄소에서 김 주임의 어깨에 느닷없이 손을 올려놓게 된 것도 그래서였다.

그날, 막 찍혀 나온 인쇄물을 루페로 들여다보는 김 주임의 어깨 너머로 나도 내려다보던 중이었다. 그때, 김 주임이 입고 있던 청색 작업복 위에 소복이 쌓인 하얀 가루가 다른 때보다 도드라지게 눈에 띄었다. 갑자기 마음이 불편해져 나도 모르게 그것을 손으로 털어 내었다. 내가 확인하고 싶었던 것은 하얀 가루를 뒤집어쓰지 않은 순결한 청색, 바로 그것이었다. 그 순간 낯선 남자의 몸이 바로 그 청색 작업복 안에 들어 있다는 사실을 잠시 망각했다, 맹세코. 딱딱하고 건장한 그의 어깨가 대뜸 손끝에 전해져 온 것은 다음 순간의 일이었다. 그때 소스라치게 놀란 나는 하던 동작을 얼른 멈추었다. 언뜻 그가 나를 돌아보았던가? 느닷없는 내 손길에 그는 본능적으로 긴장한 것 같았다.

우발적으로 발생한 일이라 나 역시 놀라긴 마찬가지였다. 그래서였는지 그날 내 손끝에 닿았던 그의 어깨는 오직 딱딱하다는 느낌 외에 별다른 이미지를 남기지 않았다. 소위 말해 남자의 어깨에 손길이 닿았던 것 같은 그런 느낌이 결코 아니었다. 그러므로 김 주임의 어깨 역시 빵집 남자의 손만큼이나 황당하고 비약적으로 키스와 연결된 셈이다.

앞의 두 경우에 비하면 소설 속의 인물인 빈이라는 남자와의 키스는 그나마 그럴듯한 경우다. 소설을 읽으면서 나름대로 이런저런 상상을 하는 것은 누구나 한번쯤 해볼 수 있는 일이다. 내가 소설 속의 인물이 될 수도 있고, 소설 속의 인물이 나의 상대역이 될 수도 있는 것이다.

그리고 빈은 빵집 남자나 인쇄소 김 주임보다 훨씬 전부터 내 꿈 속에 등장하기 시작한 남자다. 매번 조금씩 다른 모습으로 나타나므로 그가 반드시 맞다고 말하기는 어렵지만, 전체적인 이미지와 느낌은 주로 그에 가까웠다. 중간 키에다 마른 편에 속해서 왜소해 보이기도 하는 그는 섬세하고 예민한 사람이었다. 나는 그런 그에게 사랑하는 감정을 느꼈던 것 같기도 하다. 단지 육체적인 욕망만이 아닌 사랑 말이다.

다분히 육체적이며 또한 감정적인 키스의 욕구가 최초로 발생하는 지점은 진정 어디쯤일까?

관계라는 것이 미처 형성되기도 전에, 그러니까 관계의 역사가 쌓이기도 전에 손 혹은 어깨 따위의 지극히 부분적인 이미지만으로도 키스하고 싶은 욕구를 느낄 수 있다면, 최초로 키스의 욕구가 발생하는 지점은 어쩌면 중성적인 감정의, 혹은 육체의 상태쯤이 아닐까? 대상이 미처 남자로서 인식되기도 전에 유발되는 키스의 욕구는 그러므로 오로지 키스에 대한 욕구, 그것만일 수도 있다. 따라서 키스의 낭만성이 온전히 유지될 수 있는 순간도 어쩌면 바로 그 지점이 아닐까?

완전히 육체적인 것도, 완전히 감정적인 것도 아닌 최초의 중성적인 상태. 바로 그 지점에서 수많은 연인들이 신기루를 보고, 그 신기루를 좇아 어리석은 방황을 시작하는지도 모른다. 그러나 그 지점은 아주 짧은 순간만 존재할 뿐인, 그야말로 신기루에 불과하다. 그리고 최초의 욕구는 욕구로서 존재할 때만 중성적이다. 낭만적이고 중성적인 신기루의 상태는 욕구의 실현과 동시에 파괴되어 버리고 마는 그런 것이므로.

 빵집 남자와 김 주임과의 낭만적인 키스에 대한 상상은 현실적인 욕구로 대체되기도 전에 달아나 버리고 말았다. 키스하고 싶은 대상으로서 빵집 남자와 김 주임을 떠올리고부터, 나는 그들을 여태까지와는 다른 시각으로 관찰하기 시작했다. 그런데 이미지가 아닌 실체로서의 그들은 욕구를 부추기기는커녕 오히려 실망감만 안겨 주었다.

 지난번 사다 놓은 옥수수식빵이 아직 남아 있는데도 빵집에 들른 것은 빵집 남자를 다시 한 번 꼼꼼히 살펴보기 위해서였다. 그렇다고 무슨 구체적인 의도나 계획 같은 것이 있었던 건 물론 아니었다.

 빵집 남자를 키스 상대로 떠올린 이후 빵집 앞을 지나칠 때마다 공연히 얼굴이 붉어지곤 하던 참이라, 빵집 문을 밀고 들어설 때는 잠시 가슴이 두근거리기도 했다. 하지만 가게 안을 지키고 있는 사람은 빵집 남자가 아닌 여자였다. 전에도 몇 번 본 적이 있는 그녀는 약간 창백해 보이는 낯빛을 한 채 의자에서 엉거주춤 일어서며 손님을 맞이했다. 몇 달 못 본 사이, 그녀의 배는 눈에 띄게 부풀어 있었다. 임신한 듯한 그녀는 그러잖아도 밋밋하던 이목구비가 한층 더 밋밋해진 얼굴로, 빵을 고르는 나를 지켜보았다.

 빵집 남자가 문을 열고 들어선 것은 내가 고른 빵들을 막 비닐봉지에 담으려고 할 때였다. 「화장실에 휴지가……」 하며 자신의 아내를 향해 말하던 그가 단골손님인 나를 알아보았는지 하던 말을 멈추며 어색하게 미소지었다. 그 입술 사이로 언뜻 내비친 남자의 이는 심하다 싶을 정도로 누런 편이었다. 그리고 방금 화장실에 다녀온 것이 분명한 그의 손에는 구겨진 신문이 들려 있었는데, 용변을 보다가 바닥에 떨어뜨리기라도 했는지 군데군데 젖어 몹시 불결해 보였다.

임신한 아내를 둔 빵집 남자의 누런 이와 젖은 신문은 잠시나마 가졌던 빵집 남자에 대한 환상을 산산이 깨뜨려 놓고 말았다. 빵 봉지를 건네는 그의 아내에게 계산을 치르고 빵집을 나서는 내 기분은 약간 참담하고 씁쓸했다. 그와의 키스를 실제로 기대한 건 아니지만 그는 너무 빨리, 단번에 환상조차 깨뜨려 버렸던 것이다. 그런 그에 대해 나는 실망감을 넘어서 알 수 없는 적개심마저 느꼈다.

애초부터 터무니없었던 키스에 대한 환상을 오래 용납하지 않은 것은 인쇄소 김 주임도 마찬가지였다. 빵집 남자에 대한 실망으로 시큰둥해진 나는 낭만이라는 이름의 필터가 제거된 냉정한 눈으로 김 주임을 관찰했다. 필터를 걷어 내고 본 김 주임의 모습은 결코 벗어날 길 없는 고단한 일상에 찌든 프롤레타리아의 전형이었다. 그런 그를 상대로 키스 어쩌고 하는 환상을 가졌던 나 역시 그와 더불어 등장한 블랙 코미디 속의 인물처럼 비극적으로 여겨졌다. 뿐만이 아니었다. 어쩌다 엿본, 그의 귓속에 지저분하게 들어찬 허연 귀지는 정말 역겨웠다. 게다가 프롤레타리아와는 어울리지 않게 그의 얼굴을 장식하고 있는 무테 안경은 블랙 코미디의 절정인 양 문득문득 빛을 발하며 나를 조롱하는 것 같았다.

참담하고 씁쓸한 기분으로 빵집을 나서면서, 또 김 주임의 무테 안경이 조롱하듯 나를 쏘아보는 것 같던 그 순간, 나는 귀를 후볐던 것 같다. 담배를 피우고 싶지만 피울 수 없는 상황일 때, 혹은 담배를 자제해야겠다고 생각했을 때 나는 담배를 피우는 대신 귀를 후빈다. 일단 후비기 시작하면 끝장을 보려 들기 때문에 공연히 귓병을 앓게 되는 수가 많은데, 오늘도 나는 피를 볼 때까지 귀를 후볐다.

저녁 식사를 마치고 텔레비전을 보던 중 담배 생각이 났다. 아홉 시 뉴스를 보고 있는데 갑자기 울적한 기운이 가슴 한가운데를 쓱 훑고 지나갔던 것이다. 그때 텔레비전에서는 얼굴보다는 이름이 더 낯익은 지 모르는 기자가 국회 소식을 전하고 있었다. 건성으로 텔레비전을 보고 있었기 때문에 국회 소식이 나에게 우울한 감정을 불러일으킨 것이라고 말할 수는 없었다. 그것보다는 어떤 냄새 때문인 것 같았다. 달콤한 사탕 냄새 같은…….

익숙한 냄새였지만, 그것과 구체적으로 연관지어지는 장면 같은 것은 떠오르지 않았다. 굳이 설명하자면, 새로운 사랑이 시작되려고 할 때마다 종종 내 주변을 떠돌던 냄새라고나 할까. 나현우가 내 마음 한구석을 차지하기 시작했을 무렵에도 어쩌면 나는 이 냄새와 함께 있었을 것이다. 그러므로 지금 나에게 있어 이 냄새는 정말 엉뚱하다. 새로운 사랑은커녕 나현우와의 사랑도 사랑이라 이름 붙이기에는 도무지 삭막하지 않은가 말이다. 몹시 달콤하고 상쾌해서 문득 콧노래라도 부르고 싶어지게 만들던 바로 그 냄새가 지금은 가슴 아리게 마음을 적시는 것은 아마 그래서일 것이다.

베란다 탁자 위의 담배 케이스 안에는 담배가 한 개비도 없었다. 담배가 떨어졌다는 것을 확인한 지점에서 귀 후비는 증세가 또 도졌다. 처음에는 부드러운 면봉으로 시작했지만 곧이어 숟가락 모양의 귀이개로 바뀌었고, 나중에는 그것도 성에 차지 않아 아예 손가락을

통째로 귓속에 집어넣었다. 특히 오른쪽 귀보다는 왼쪽 귀에 더 집
착하는 통에 왼쪽 귓구멍은 새끼손가락이 자유자재로 드나들 만큼
충분히 넓었다. 오늘도 나는 새끼손가락으로 왼쪽 귀를 마음껏 후볐
다. 그러다 보니, 어느 순간 갑자기 귓속이 쓰리고 따가워 손가락을
꺼내 확인해 보았다. 아니나 다를까 새끼손가락에는 피가 제법 많이
묻어 있었다.

끊임없이 달아나고 흩어지는 미세한 삶의 움직임을 정교하게, 혹
은 끝까지 들여다본다는 것. 그리고 적절하고 정확하게 순간 순간
삶의 움직임에 대응한다는 것. 그것은 언제나 불가능한 일이다. 삶
의 미세한 움직임을 황급히 추적하다 보면 정작 삶은 달아나고 음험
한 광기의 유혹만이 나를 기다리고 있을 뿐이다. 시작도 없고 분명
한 끝도 없이 부단히 움직이는 불연속적인 삶을 억지로 잘라 내어,
잠시 그것과 씨름하는 척하다가 내 방식대로 결론을 내려 버리는 것
은 그러므로 미치지 않기 위해서이다. 또 나는 미치지 않기 위해 나
를 스쳐 지나가는 삶을 때로는 그냥 내버려 둔다. 하지만 내가 모른
체하고 방기한 그것들은 상하고 변질된 모습으로 되돌아와, 나로 하
여금 또다시 나를 배반하게 만든다. 그럴 때마다 나는 심하게 담배
를 피웠고, 심하게 귀를 후벼 팠다. 미칠 수도 없고, 그렇다고 포기
할 수도 없는 나의 지독한 흡연과 귀파기는 그러므로 숙명적인 히스
테리가 아닐 수 없다.
빵집 남자와 김 주임의 일에 이어 저녁 뉴스 시간의 냄새 사건 등
은 집요하게 귓속을 후벼 파게 만들었고, 더 자주 더 많이 담배를 피
우게 만들었다. 귀를 파거나 담배를 피우면서 종종 부조리한 감정에

휩싸였다. 근거가 뚜렷하지 않은 욕망 때문에 나는 자주 부풀어 올랐다. 그러다가 문득 바람 빠진 풍선처럼 푹 꺼진 채 짙은 허무감에 빠져 들기도 했다. 그리고 잃어버린 키스에 대한 집착도 여전히 나를 종용하면서 어딘가로 이끌었다. 당연히 그 집착, 혹은 그 욕망이 이끄는 대로 따라가지 않을 수 없었다. 아니, 따라가 보고 싶었다. 그 집착과 욕망의 끝에 예기치 못한 파국과 또 다른 절망이 기다리고 있다 할지라도.

14

다시 세 남자를 떠올린다.

그러나 그들은 앞에서의 세 남자와는 분명히 다르다. 그들은 내가 처음으로 사랑했고, 처음으로 키스했으며, 또 처음으로 같이 잔 세 남자이다. 말하자면 그들은 첫사랑과 첫 키스, 그리고 첫 섹스의 상대들인 것이다. 분명하고 구체적인 역사로서 존재하는 그들을 떠올리면서, 나는 피로감을 느낀다. 그러나 잃어버린 키스에 대한 집착은 그 피로감을 충분히 덮어 버리고도 남을 정도로 끈질기다. 그래서 그들 세 남자와 함께, 잃어버린 키스를 찾아 또다시 떠나 본다.

과장일지도 모르지만, 언젠가 나는 누군가로 인해 죽을 수도 있을 것 같은 감정을 느껴 본 적이 있다. 첫사랑이라고 말할 수 있는 한 남자를 상대로 그런 감정을 체험한 것은 대학교 1학년 때였다.

수현이라는 남자.

　그를 처음 본 것은 문학 동아리의 산행에서였다. 봄볕이 무척 따스했던 그해 5월의 어느 일요일, 단체 산행을 위해 북한산 입구에 모인 사람은 모두 열 명이었다. 그가 동아리 모임에 나타난 것은 그날이 처음이었는데, 우수에 잠긴 듯한 그의 모습은 단번에 나를 사로잡았다.

　오른쪽 손은 바지 호주머니에 찔러 넣고 왼쪽 손으로 라이터 불을 켜 양미간을 잔뜩 찌푸린 채 담배에 불을 붙이는 그의 첫 모습이 내 눈에 띄었을 때, 나는 잠시 마비되는 것 같았다. 그가 입은 군청색 바바리코트는 약간 더워 보이는 데다가 산을 오르기에도 불편해 보였다. 그래서 그런지, 바바리코트를 입은 그의 모습은 상당히 고집스럽고 완고하게 여겨졌다.

　담배를 피울 때가 아니면 언제나 두 손을 양쪽 호주머니에 찔러 넣은 채 걷는 그는 번번이 무리에서 처져 혼자였다. 동아리 회장의 소개에 의하면, 그는 지난겨울 제대하고 그해 초 3학년으로 복학한 학생이었다. 따라서 그의 나이는 나보다 너댓 살 위였다. 앞서 가던 나는 문득문득 돌아서서 그의 모습을 확인하곤 했다. 그럴 때마다 그는 뭔가 골똘한 생각에 빠진 사람처럼 땅을 내려다보면서 묵묵히 걷고 있었다.

　우리가 목적지로 삼은 정상에 당도했을 때, 사람들의 얼굴은 너 나 할 것 없이 붉게 상기되어 이마에서는 굵은 땀방울이 흘러내렸다. 그런데 유독 그만은 방금 집에서 세수를 하고 나온 사람처럼 너무 말짱했다. 땀은커녕 얼굴색 하나 변하지 않은 그는 약간 핼쑥해 보일 뿐이었다. 산 밑에서 산꼭대기까지 단 한 번에 훌쩍 날아오기라도 한 듯, 그의 새하얀 운동화에도 흙 한 점 묻어 있지 않았다.

　점심 식사를 하는 내내 입 한 번 떼지 않던 그가 비로소 말문을 연 것은 사르트르의 문학을 이야기할 때였다. 그 무렵 사르트르의 작품을 돌려 읽던 동아리 사람들이, 식사가 끝나자 누가 먼저랄 것도 없이 사르트르에 관한 토론을 시작했던 것이다. 사르트르 문학의 핵심이라고 말할 수 있는 실존의 문제를 처음 꺼낸 것은 석호 선배였다.

　마르크스를 공부하면서도 한편으로는 그것에 대해 회의적이던 석호 선배는 언제나, 누구보다도 먼저 토론의 핵심을 파악하고 문제를 제기하는 사람이었다. 하지만 자칭 리버럴리스트로 자신을 소개한 그는 다만 문제를 제기만 할 뿐 정작 토론이 시작되면 입을 꾹 다문 채 다른 사람들의 이야기를 듣기만 했다. 그리고 어떤 문제를 중심으로 논쟁이 붙어 누군가 그의 의견을 묻기라도 하면, 그는 이쪽도 저쪽도 아닌 애매모호하기 짝이 없는 대답을 함으로써 우리를 어리둥절하게 만들었다. 그날도 석호 선배는 사르트르를 이야기하려면 무엇보다도 먼저 실존의 문제를 거론해야 하지 않겠냐는 말만 툭 던져 놓고 입을 다물어 버렸고, 우리는 그가 던져 놓은 실존이라는 개념을 붙들고 설왕설래하고 있었다.

　「내가 생각하기에 사르트르가 말한 실존은 세계의 일반적 존재에 적용될 수 있는 보편적인 개념이 아닌 것 같아요. 실제로 인간은 사회와 동떨어져 살 수 없는 사회적인 존재입니다. 그런데 인간의 그런 사회적인 성격은 무시하고 세계와는 동떨어진 고독한 개인의 내면만을 절대화한다는 것은 완전하지 못한 불구의 개념일 뿐이에요.」

　사르트르의 실존을 전면 부정하고 나선 것은 동아리 회장이었다. 학생 운동에 적극적으로 개입하지는 않았지만, 그들의 입장에 대해 비교적 호의적이던 그다운 발언이었다. 시종 입을 다문 채 말이 없던 그 남자 수현이 조용히 입을 연 것은 그때였다.

「사회라는 게 뭐지? 결국 개별자로서의 개인이 모여 사회를 이루잖아. 따라서 한 개인의 내면의 극단까지 파 내려가다 보면 바로 거기에 네가 말하는 사회라는 것도 녹아들어 있어, 분명히. 어차피 개인은 사회를, 그리고 사회는 개인을 반영하는 거니까. 물론 실존주의가 인간 존재의 문제를 다 설명해 줄 수 있는 개념은 아냐. 그리고 어떤 해답을 제시하는 것도 아니고. 하지만 단지 우연으로서 존재할 뿐인 인간의 운명으로부터 어떤 필연을 찾아내고자 하는 도전과 몸부림이라는 의미에서도 그렇고, 또 그것이 비록 무의미한 몸짓이라 할지라도 끊임없이 자신의 실체를 찾고자 하는 것 역시 인간이 처한 현실이라는 점에서 보면, 실존주의는 분명 설득력 있는 사상임에 틀림없어. 한때의 잘못된 사상의 조류쯤으로 폄하되어서는 안 된다는 말이지.」

낮은 목소리였지만 힘이 느껴지는 말투였다. 그리고 그의 말에는 머리로 알게 된 지식이 아닌, 고통스러운 체험의 흔적이 짙게 배어 있었다. 담담한 눈초리로 동아리 회장의 눈을 쳐다보며 자신의 말을 끝낸 수현이 아까와 마찬가지로 양미간을 찌푸리며 담배를 피워 물었다. 봄날 오후의 강렬한 햇살이 아무런 방해물도 없이 곧바로 수현의 머리 위로 떨어졌다. 수현이 깊숙이 빨아들였다가 천천히 내뿜은 흰색 담배 연기와, 미처 수현의 가슴속으로 들어가지 못한 채 그냥 타 들어가는 푸른색 담배 연기가 햇살이 낭자한 허공에서 선명히 교차하는 모습이 무슨 아우라처럼 그를 신비롭게 만들었다.

그날 이후 평소에는 잘 가지 않던 동아리실에 자주 들렀다. 문학에 관심이 있어 문학 동아리에 들긴 했어도 그다지 적극적으로 활동하진 않았는데, 그날 산행에서 수현을 처음 본 이후로는 틈만 나면 저절로 동아리실로 향했다. 그러나 정작 수현은 그날 이후 동아리실에 한 번도 나타나지 않았다. 비정규 모임은 물론, 정규 모임에서도 그의 모습을 찾아볼 수가 없었다.

그러던 중 1학기 기말 고사가 끝나고 막 여름 방학이 시작되었을 때였다. 동아리실에 들르자 마치 운명처럼 수현이 혼자 있었다. 교정이 내다보이는 창가에 서서 담배를 피우는 그의 뒷모습을 보자마자 나는 그를 한눈에 알아보았다. 순간 심장이 멈춰 버리는 것만 같았다.

바바리코트를 벗고 베이지색 면바지와 체크 무늬 남방을 입은 그의 몸집은 자세히 보니 상당히 마른 편이었다. 짙은 밤색 벨트를 허리에 두르고 등을 꼿꼿이 세운 채 서 있는 그의 뒷모습이 조금 쓸쓸해 보였다. 그렇다고 초라하거나 왜소하지는 않았다. 그리고 무엇보다도 그의 뒷모습은 티끌만 한 욕망의 흔적조차 발견할 수 없을 정도로 단정하고 군더더기가 없었다. 약간 우수가 깃든 정결함이라고 할까.

동아리실의 문을 열고 들어선 내가 책장의 책들을 뒤적이며 인기척을 내었음에도 수현은 계속해서 창밖만 내다보며 서 있었다. 나도 모르게 한숨이 새어 나왔고, 바로 그때 수현이 나를 향해 돌아섰다.

북한산 산행에서 그를 처음 본 이후, 나는 하루도 그를 생각하지 않은 날이 없었다. 그를 떠올릴 때의 기분은 감미로우면서도 약간씩 아팠다. 특히 양미간을 잔뜩 찌푸린 채 담배에 불을 붙이던 그의 첫 모습은 왠지 내 가슴을 아리게 했다. 그런데 막상 가까이서 그를 대하고 보니, 그는 나와는 전혀 무관한 먼 존재로 저만치 서 있을 뿐이었다. 그런 깨달음은 아픔보다도 더한 막막함이었고, 그래서 나도 모르게 한숨을 내뱉지 않을 수 없었던 것이다.

「안녕하세요, 한지오 씨.」

귀에 익은 낮은 소리.

그것은 분명 수현의 입에서 흘러나온 목소리였다. 내 귀를 의심하지 않을 수 없었다. 그의 입을 통해 또렷하게 발음된 한지오라는 내 이름이 그렇게 낯설게 여겨지기도 그때가 처음이었다.

나는 또 다른 한지오가 그 방에 들어오기라도 했나 싶어 사방을 두리번거렸다. 아무리 둘러봐도 그 방에는 수현과 나 외에 아무도 없었다. 그렇다면 그가 말한 한지오는 바로 나를 지칭한 것임에 틀림없었다. 그가 내 이름을 기억하고 있었던 것이다. 너무 감격한 나머지 눈물이 핑 돌 정도였다. 그러나 나는, 그가 나를 알은체했음에도 불구하고 여전히 그로부터 등을 돌린 채 서 있었다. 그로서는 도저히 그 의미를 짐작할 수 없는 내 눈물을 그에게 보이고 싶지 않아서였다. 그때 등 뒤에서 또다시 그의 목소리가 들려왔다.

「한지오 씨 맞죠? 그때 북한산에 갔을 때…….」

그랬다. 그날 북한산 정상에 모여 앉아 내 이름을 말한 적이 있었다. 그날 처음 온 수현에게 돌아가면서 우리를 소개하느라 내 이름을 말했을 때, 언뜻 수현이 나를 한 번 쳐다보았던 것 같기도 했다. 하지만 그의 머릿속에 내 이름 석 자가 그렇게 또렷이 새겨져 있으리라고는 꿈에도 생각지 못했다. 늘 그랬듯이 그날도 꿀 먹은 벙어리처럼 입을 꾹 다문 채 토론에는 한마디도 끼어들지 못했던 것이

다. 때문에 내가 자신을 소개하며 이름을 말했을 때 외에는 수현의
눈이 한 번도 내 얼굴에 머문 적이 없었다. 그런데 그런 내 이름을
기억하고 있다니.

훗날 듣게 된 말에 의하면, 그날 수현이 내 이름을 기억하게 된 것
은 박지오라는 자기 조카와 내가 이름이 같아서라고 했다. 이유야
어쨌든, 그가 내 이름을 기억하고 불러 준 것은 나에게 엄청난 사건
이었다.

「그 책, 읽어 봤어요?」

내가 서 있는 책장 쪽으로 다가온 수현이 내 손에 들린 책을 가
리키며 물었다. 책은 페터 한트케의 〈왼손잡이 여인〉이었다. 동아
리실에 있는 수현을 보고 너무 당황한 나머지 엉겁결에 빼어 든 책
이었던 만큼, 그때까지 나는 책의 제목이 뭔지도 확인하지 않은 상
태였다.

「한번 읽어 볼 만한 책이에요. 대학 일학년 때 읽은 책인데…….
이 작가의 작품 중에 《긴 이별에 짧은 편지》라는 소설도 괜찮아
요. 읽고 싶은 생각이 있으면 말해요. 빌려 줄게요.」

마치 환영처럼 나타났다가 금세 사라져 버리는 신기루같이, 그날
수현은 그렇게 몇 마디 말을 건네고 이내 동아리실에서 나가 버렸
다. 나는 수현이 없는 빈방에 오래오래 서 있었다. 그가 여운처럼 남
기고 간 뿌연 담배 연기가 방 안에서 완전히 사라질 때까지.

수현의 모습을 다시 보게 된 것은 〈왼손잡이 여인〉이라는 한트케
의 책을 두 번째 읽고 있던 즈음이었다. 어느 날 문득 실존을 자각하
고 남편과 헤어질 결심을 하는 여인의 이야기는 아직 대학생이었던

나에게는 약간 낯선 것이었다. 그럼에도 나는 한트케라는 독일 작가가, 그리고 〈왼손잡이 여인〉이라는 바로 그 책이 수현과 나를 이어줄 행운의 징검다리라도 되는 것처럼 그 책에 열중했다. 그러던 중, 동아리의 정규 모임에서 다시 그를 보게 되었다.

여름 방학이 시작된 다음 뒤늦게 갖게 된 그날 모임은 한 학기를 마무리짓는 마지막 행사였다. 평소 때 하던 텍스트 토론은 생략하고 학교 앞 생맥줏집에서 곧바로 술판이 벌어졌다. 약속 시간보다 조금 늦게 그곳에 들어섰을 때, 한쪽 구석에 팔짱을 낀 채 앉아 있는 수현의 모습이 제일 먼저 눈에 띄었다.

일주일여 만에 다시 보게 된 그의 모습은 어딘지 모르게 초췌해 보였다. 어두컴컴한 실내의 조명 탓인지, 그의 마른 얼굴에는 어두운 그늘이 잔뜩 드리워져 있었다. 날카로운 콧날도 그날따라 더 가팔라 보였다.

나는 그가 대각선으로 바라보이는 자리에 앉아 그에게서 한시도 눈을 떼지 않았다. 그는 간간이 술잔을 기울였고, 간혹 옆사람과 무슨 말인가를 주고받기도 했다. 그리고 이야기 도중 언뜻 시니컬한 미소를 보일 듯 말 듯 짓기도 했다. 나는 그다지 동작이 크지 않은 그의 모습을 마치 영화를 찍듯 내 머리와 가슴속에 담았다. 아니, 그것은 아름답고 선명한 하나의 영상이 되어 저절로 내 속에 각인되었다.

그가 자리에서 일어선 것은 의미 없는 잡담과 시끄러운 음악 소리가 조금씩 활기를 잃으며 시들해질 무렵이었다. 자리를 가득 메우고 있던 회원들 수도 확연히 줄어, 군데군데 빈자리가 눈에 띄었다. 특별히 가깝게 지내는 사람들끼리 따로 나간 모양이었다.

수현이 자리에서 일어서는 것을 보면서, 나도 일어날 것인가 말 것인가 망설였다. 지금 그를 놓쳐 버리고 나면 영원히 못 볼지도 모른다는 절박함에 가슴이 쿵쿵 뛰었다. 그때, 옆 자리의 누군가가 엉거주춤 자리에서 일어서려는 나에게 술을 권했다. 그러나 나는 이미 자석에 끌리듯 수현의 뒤를 좇아 나가고 있었다.

「그때 말씀하신 그 책…….」
수현은 생맥줏집에서 얼마 떨어지지 않은 버스 정류장 앞에 서 있었다. 우연을 가장하며 수현에게 다가간 나는 몹시 망설이다가 기어들어가는 목소리로 말했다. 후덥지근한 여름밤이었지만, 등줄기가 서늘해지면서 온몸이 뻣뻣해지는 것 같았다. 어둠 속에서 얼른 나를 알아보지 못한 수현이 잠시 사이를 두고 있다가 말했다.
「아, 지오 씨. 그러잖아도 지오 씨와 이야기 나누고 싶었는데, 아까는 너무 멀리 떨어져 앉아 있어서……. 집이 어딥니까? 여기에서 버스 타는 모양이죠?」
수현이 술자리에서 나를 보긴 봤던 모양이다. 그의 알은체에 용기를 얻은 내가 제법 씩씩해진 목소리로 말했다.
「지난번에 말씀하신 페터 한트케 책, 빌려 주실 수 있나 하구요.」
「《긴 이별에 짧은 편지》 말이죠. 〈왼손잡이 여인〉은 다 보셨습니까?」
「네, 그래서…….」
하는데, 수현이 손목시계를 들여다보며 말했다.
「열시 조금 넘었는데, 어디 들어가서 커피 한잔 할 수 있겠어요?」
커피를 마시자는 그의 말에 당황한 나는 옆구리에 끼고 있던 전공

책 한 권을 땅에 떨어뜨렸다. 수현과 나는 동시에 몸을 숙이다가 서로의 머리를 부딪쳤다. 수현이 멋쩍어하며 미소지었고, 그때 나는 세상에서 가장 아름다운 미소를 보았다.

우리는 팔뚝에 소름이 돋을 정도로 냉방 장치가 잘 된 카페로 들어가 뜨거운 커피를 주문했다. 수현이 종업원 아가씨를 쳐다보며 주문하는 틈을 이용해 그의 모습을 살짝 훔쳐보았다. 추운지 팔짱을 끼며 몸을 잔뜩 웅크리는 모습이 처음으로 실재하는 사람처럼 보였다. 그전까지만 해도, 나에게 있어서 수현은 실재가 아닌 이미지일 뿐이었다. 구체적인 존재로서의 수현과 단둘이 마주 앉게 되자, 그때까지와는 달리 의외로 차분해지는 느낌이었다. 먼 추상으로서만 존재하면서 나로 하여금 두근거리고 설레게 했던 그와 마주 앉아 있다는 사실이 문득 믿어지지 않았다. 그리고 갑자기 불안감이 밀려들었다. 추상적인 이미지의 완전하고 단호한 아름다움이 현실로 바뀌면서 겪게 될 어떤 훼손이 두려웠던 것이다. 특히 그에 비해 턱없이 부족한 것 같은 자신을 그에게 들키게 될까 봐 무엇보다 두려웠던 나는 우울해지기까지 했다.

내가 눈에 띄게 우울한 표정을 지었는지, 소파에 등을 기댄 채 나를 바라만 보던 수현이 먼저 입을 열었다.

「〈왼손잡이 여인〉을 읽어 본 소감이 어때요?」

「뭐랄까…… 깡마르고 벌거벗은 삶을 보아 버린 느낌이랄까……. 하지만 몹시 고독한 가운데서도 빛을 잃지 않는 단단함 같은 것, 그런 게 마음에 들었어요.」

뭔가 잡힐 듯하면서도 잡히지 않고 빠져 달아나는 어떤 느낌을 붙잡으려 애쓰며 더듬더듬 말했다. 여전히 소파에 등을 기대고 있던 수현이 느린 동작으로 몸을 곧추세우며 나를 빤히 쳐다보았다.

「철학과예요?」

수현이 국문과 학생이라는 것을 나는 진작부터 알았다. 그런데 그는 내가 철학과에 다니고 있다는 사실을 전혀 몰랐던 모양이었다.

「네, 그런데 어떻게…….」

「전체적인 이미지와 느낌을 포착하는 것이 상당히 정확해서요. 정작 문학을 전공하는 사람들은 문학 작품을 말할 때, 자주 중요한 핵심을 놓쳐 버리거든요. 그런데 지오 씨는 직감적으로 어떤 것의 본질을 간파해 내는 능력이 있는 것 같아요. 철학하는 사람들이 대체로 그런 직감이 뛰어난 것 같더라구요. 나는 지오 씨가 국문과에 다니는 걸로 생각했었는데…… 지오 씨를 처음 봤을 때 느꼈던 어떤 색채감의 정체가 뭔지는 아직도 궁금하지만…… 아니 알수도 있을 것 같아요.」

「색채감이라니요?」

「순간적인 느낌이긴 한데…… 처음 지오 씨를 봤을 때 어떤 색깔 같은 것이 느껴졌어요. 그래요, 은근하면서도 강렬한 적과 청이 뒤섞인 그런 색…….」

수현은 머릿속에서 신중하게 물감의 색을 골라내기라도 하듯 느리게 말했다.

강렬한 적과 청이 뒤섞인 이미지로서의 나는 혼란이었을까?

그가 나에게서 발견한 색채감의 의미를 정확하게 읽어 내기 어려웠다.

다시 소파 등받이에 몸을 기대며 담배를 꺼내 무는 수현의 모습이 피로해 보였다.

「지난번 봤을 때보다 안색이 많이 나빠진 것 같아요.」

염려가 섞인 내 말에 수현이 나를 쳐다보며 의미를 알 수 없는 미소를 지었다.

「관념의 껍질 때문이죠. 나를 단단하게 둘러싸고 있는 관념의 껍질…….」

말꼬리를 흐리는 수현의 얼굴에 언뜻 혐오의 감정이 스치고 지나갔다. 아주 가까이, 현실적인 존재로서 내 앞에 앉아 있는 것 같던 수현이 또다시 아득히 멀어졌다.

헤아리기 힘든 사람.

그를 힘들게 하는 관념의 껍질을 약간 이해할 수 있을 것 같기도 하고, 도저히 모를 것 같기도 했다.

며칠 후 그 카페에서 다시 만날 약속을 하고 우리는 헤어졌다.

집으로 돌아오는 차 안에서, 그와 나누었던 짧은 대화를 수십 번도 넘게 생각하고 또 생각했다. 그때의 내 기억력은 놀라울 정도로 정확하고 완벽했다. 그가 했던 말뿐 아니라, 말과 말 사이에 간간이 끼어들었던 그의 동작과 표정 하나하나까지도 고스란히 머릿속에 입력되어 있었다.

빈틈이 없고 흠잡을 데라고는 없는 그의 말과는 달리 나의 말들은 너무 서툴고 어눌해 아름다운 기억을 망쳤다. 간혹 어쩔 줄 몰라 하며 얼굴을 붉혔던 내 허둥거림도 마음에 걸렸다. 불안정하고 빈틈이 많은 내 모습을 보고 그가 실망하지 않았을까 걱정되어 그와 다시 만나기로 한 것이 오히려 두려웠다. 그런데도 그와 헤어진 바로 그 순간부터 줄곧, 오로지 다시 만나게 될 시간만을 기다리며 그와의 기억을 닳아서 해질 정도로 떠올리고 또 떠올렸다.

그날 이후 매일 밤 수현을 만나러 나가는 꿈을 꾸었다. 그런데 꿈
속에서 나는 한 번도 그를 만나지 못했다. 약속 시간이 임박했는데
도 수현과 만나기로 한 장소와는 너무 먼 곳에서 발을 동동 구르다
가 끝나거나, 정작 약속 장소에 가보면 만나기로 한 카페가 없어져
버려 황망해하는 그런 식이었다.

며칠 후, 약속 시간보다 조금 일찍 도착한 나는 몇 번이나 시계를
쳐다보며 그를 기다렸다. 집에서 한 시간이 넘도록 공들여 한 화장
이 흉하게 번지거나 지워진 것은 아닌지 자꾸만 신경 쓰였다. 화장
실에 가서 확인하고 싶었지만, 자리를 비운 사이 그가 들어올지도 모
른다는 생각에 꼼짝도 할 수 없었다. 카페에서 그를 기다리며 읽을
요량으로 가져온 책도 있었으나, 출입문 쪽으로만 정신이 쏠려 도무
지 읽히지 않았다.

집을 나설 때 돌부리에 걸려 넘어질 뻔했던 일, 타려는 순간 바로
눈앞에서 문이 닫히며 달아나 버리던 전철 등이 자꾸만 떠올랐다.
그때마다 나는, 어쩌면 수현이 나타나지 않을지도 모른다는 불길한
예감에 사로잡히곤 했다.

수현이 카페의 문을 밀고 들어선 것은 약속 시간으로부터 20여 분
이 흐른 후였다. 그때 나는 초조감이 극에 달해 그와 만나기로 한 날
짜가 오늘이 아닐지도 모른다 생각하며 수첩에 표시해 둔 메모를 다
시 확인하던 참이었다. 수첩에는 오늘, 7월 8일이라는 날짜가 여러
겹의 빨간 네모 속에 갇힌 채 또렷이 나를 바라보고 있었다.

「좀 늦었죠?」

하얀색 티셔츠를 입은 수현이 자리에 앉으며 미안해하는 표정을 지었다. 나는 기다림에 지친 낯빛으로 수현을 쳐다보았다. 지난번보다는 어딘지 모르게 정리가 된 듯한 그의 얼굴이 흰색 티셔츠와 함께 신선해 보였다. 나는 수현을 기다리면서 초조해진 마음을 들키지 않고 여유 있게 보이려고 애써 웃었다.

「웃는 모습이 아주 보기 좋네요. 그동안 잘 지냈어요?」

수현이 똑바로 내 눈을 응시하며 말했다. 그 시선에 휘청 마음의 중심을 잃은 내가 허둥대며 말했다.

「뭐 마실 거라도…….」

하는데, 내 말이 미처 끝나기도 전에 어느새 종업원이 물컵이 놓인 쟁반을 들고 우리 자리로 왔다. 화장품 냄새를 짙게 풍기는 그녀의 얼굴은 파운데이션을 너무 두껍게 발라 가면처럼 보였다. 여느 때보다 훨씬 진하게 화장을 한 내 얼굴도 그녀의 얼굴처럼 보이지나 않을까 걱정스러웠다. 어쩌면 수현이 화장한 여자의 얼굴보다 화장기 없는 얼굴을 더 좋아할 거라는 생각이 그제서야 들었지만, 이제 어쩔 수가 없었다.

수현이 냉커피를 시키는 바람에 나는 엉겁결에 오렌지 주스를 주문했다. 그가 지난번처럼 뜨거운 커피를 시키지 않은 것이 나를 불안하게 만들었다. 수현이 늘 있던 그 자리에, 언제나 똑같은 모습으로 있어 주기를 바라는 나는 그가 뜨거운 커피에서 냉커피로 메뉴를 바꾼 것만으로도 불안했던 것이다.

「좀 오래된 책이라 많이 낡았어요. 책가위를 한다고 하긴 했는데…….」

우리가 만나기로 약속한 것이 책 때문이었다는 것을 환기시키며 수현이 책 한 권을 꺼내 놓았다. 탁자 위에 올려놓은 얇은 책은 왠지 그의 이미지와 닮아 보였다.

약간 두꺼운 백지로 책가위가 된 책을 나는 의미심장한 심정으로 집어 들었다. 수현이 수십 번도 넘게 만지고 보았을 책이라는 생각을 하자, 그의 중요한 한 부분을 소유한 것 같은 기분이 들었다. 나는 조심스럽게 책장을 넘기며 수현의 냄새를 느꼈다. 마지막으로 책장 제일 뒤쪽을 넘기는데, 수현이 적어 놓은 것 같은 날짜가 눈에 띄었다. 아마도 그 책을 산 날짜를 표시해 둔 것 같은 그것은, 뒤표지 쪽의 연갈색 면지에 씌어 있었다. 왼쪽 상단의 한쪽 귀퉁이에 씌어 있는 필체는 단정하고 강직해 보였다. 나는 오래오래 그것을 들여다보았다. 그 글씨 속에 수현의 내면을 훔쳐볼 수 있는 열쇠가 숨겨져 있을 것만 같아서였다.

책을 빌리고 돌려주는 핑계로 시작된 우리의 만남은 그 후로도 자연스레 이어졌다. 그래서 여름 방학이 끝나고 새 학기가 시작될 무렵, 우리 사이는 상당히 가까워졌다. 만남이 정기적으로 이루어지게 되었다는 것, 만남의 횟수가 늘어날수록 내가 그 앞에서 덜 당황하게 되었다는 것, 또 뭔가 난처할 때면 공연히 손을 비비대는 그의 습관을 알게 된 것 등이 그와 가까워졌다면 가까워진 증거였다. 그러나 정작 나는 내가 그에게 사로잡힌 것처럼 그의 마음을 완전히 사로잡지도 못했고, 시간이 꽤 많이 흘렀음에도 그가 어떤 사람인지 파악하지 못한 상태였다.

그를 알지 못하면서 가까이 다가가는 것은 점점 더 나를 고통 속에 빠뜨릴 뿐이었다. 그의 정체불명이 처음에는 막연한 신비감으로 나를 사로잡았지만, 그에 대한 욕망이 커지기 시작하면서 그것은 오로지 끔찍한 불안과 고통만을 안겨 줄 따름이었다.

그러던 어느 날이었다. 개학을 하고 처음 동아리실에 들렀던 그날, 마음속 깊숙이 감춰져 그 싹을 틔우던 나의 불안이 어처구니없이 돌발적으로 그 모습을 드러냈다.

그날 동아리실에 갔을 때, 수현은 먼저 와 있었다. 나는 반색하며 그에게로 다가갔다. 그러나 수현은 내가 가까이 다가갈 때까지도 나를 눈치 채지 못했다. 곁에 서 있는 여자와 이야기를 나누는 데 열중한 나머지 미처 나를 알아보지 못한 모양이었다. 여자는, 낯이 익긴 하지만 한 번도 이야기를 나누어 본 적이 없는 국문과 2학년 선배였다.

창가에 나란히 기대서서 이야기를 하는 그들의 모습은 진지하고 다정해 보였다. 간간이 손짓까지 해가면서 그녀와의 이야기에 열중하는 수현의 모습을 보면서, 나는 캄캄한 절망감을 느끼지 않을 수 없었다. 그때 느낀 절망감은 수현이 내가 아닌 다른 여자와 이야기를 주고받는 것에 대한 질투심 때문이 아니었다. 나로서는 한 번도 본 적이 없는 수현의 어떤 모습, 요컨대 너무 밝아서 빛이 날 정도로 활짝 갠 그의 표정, 바로 그 환함 때문에 나는 절망했다.

항상 우수의 구름이 낀 모습, 그것이 내가 아는 수현이었다. 그런데 그 여자와 이야기를 나누는 수현의 모습은, 소위 자기를 둘러싸고 있다던 단단한 관념의 껍질을 단번에 깨고 나온 사람처럼 가뿐하고 상쾌해 보였다. 나에게는 충격적인 모습이었다. 그런 수현을 보면서, 내가 그를 전혀 모른다는 사실을 뼈저리게 깨달아야만 했다.

그날 동아리 모임을 마치고 수현과 단둘이 마주 앉게 되었을 때,

나는 시종 우울한 표정을 지은 채 한마디도 하지 않았다.

「무슨 안 좋은 일이라도 있어요? 오늘 지오 씨 기분이 영 안 좋아 보이네.」

수현의 부드러운 말투에 담긴 애틋한 관심은, 간신히 버티고 있던 나를 한순간에 무너뜨려 버려 걷잡을 수 없이 눈물을 쏟게 만들었다.

갑작스러운 눈물에 당황한 수현이 내 옆으로 옮겨 앉았다. 나를 달래며 무슨 일이냐고 물었지만, 무엇 때문에 눈물을 흘리는지 설명할 길이 없었다. 수현은 더 이상 묻지 않고 가만히 내 손을 잡은 채 내가 눈물을 멈출 때까지 기다렸다. 세심하면서도 부드러운 남자였다. 그와의 거리감을 내가 실제보다 훨씬 더 크게 느끼게 되는 것도 그래서였다. 결코 무례하지 않고 예민하게 상대의 기분을 살필 줄 아는 남자. 그런데 그 남자는 항상 닿을 듯 닿을 듯 하면서도 닿지 않는 곳에 서 있을 뿐이었다.

「나에 대한 수현 선배의 감정이 어떤 것인지 확인하고 싶어요.」

사실 나는 진작부터 수현에게 묻고 싶었다. 그가 나를 사랑하는지를. 그가 어떻게 대답할지 두려웠던 나는 오랫동안 그 질문을 가슴속에 담아 두고만 있었던 것이다. 하지만 그날은 뭔가를 확인하지 않고는 배기지 못할 것 같았다. 나의 어리석은 질문으로 인해 수현이 실망을 금치 못한다 하더라도 어쩔 수 없었다. 그런데 수현은, 언젠가 내 입에서 그런 질문이 튀어나올 것을 예상이라도 한 듯 의외로 담담한 표정이었다.

「지오 씨는 참 좋은 사람이에요. 맑고 담백하면서도 어떤 에너지 같은 게 느껴지는……. 그리고 무엇보다도 지오 씨를 만나면 복

잡하지 않아서 좋아요. 지오 씨는 항상 있는 그대로 드러나거든
요.」
「그런 이야기를 듣자는 게 아니라…….」
「알아요, 지오 씨 마음. 뭐라고 설명하기가 참 곤란한데, 나는 지
오 씨처럼 누군가에게 완전히 빠질 수 있는 그런 인간이 아니에
요. 그렇다고 지오 씨를 좋아하지 않는다는 얘기는 아니고…….
지오 씨로서는 받아들이기 힘들겠지만, 아무튼 그래요.」
느리게 말하는 수현의 표정이 몹시 곤혹스러워 보였다. 내가 터무
니없는 추궁을 그에게 하고 있다는 생각을 하지 않을 수 없었다. 그
리고 바로 그것 때문에 언젠가는 수현이 내 곁을 떠나게 되리라는
불길한 생각도 들었다.

그날 이후에도 우리는 계속해서 만났다. 그러나 시간이 지나면 지
날수록 나는 수현에 대해 점점 더 심한 갈증과 허기를 느꼈다. 그는
여전히 친절하고 배려 깊었지만, 그를 향한 내 사랑 앞에서는 거대한
산처럼 버티고 서서 도무지 요지부동이었다. 처음 만났을 때와 마찬
가지로 언제나 적당한 간격을 유지하며 더 이상 나에게 다가오지 않
았다. 그러다 보니 언제부턴가 나는 말도 안 되는 투정을 그에게 쏟
아 놓기 시작했으며, 때로는 폭발적인 히스테리를 부려 그를 당황하
게 만들기도 했다. 이유야 어쨌든 자신으로 인해 점점 흐트러져 가
는 나에 대해 수현은 어쩔 줄 몰라 했고, 그런 수현의 모습을 보면서
나는 또 다른 참담함을 맛보아야 했다. 문득문득 내비치는 무심하고
공허한, 나와는 전혀 상관없는 수현의 눈빛. 그 눈빛 때문에 그를 좋
아하게 되었음에도 결국 나는 바로 그 눈빛을 참을 수가 없어 그를

포기해야만 했다.

　어쩔 수 없이 그와의 이별을 결심하고 그를 내 속에서 밀어내려고 몇 날 며칠을 학교에도 가지 않고 집 안에만 틀어박혀 있었다. 그 며칠 동안, 메마르고 황폐해진 내 영혼을 그나마 지켜 준 것은 불쑥불쑥 찾아드는 자살에 대한 상념이었다. 죽음만이 유일하게 수현에 대한 원망과 자신에 대한 절망을 훌쩍 뛰어넘을 수 있게 해줄 것 같았다. 그러나 어떤 방식으로 자살할 것인가를 생각하자, 자살 역시 망쳐진 인생 이상으로 끔찍하고 두려웠다. 물에 빠져서 흉측하기 짝이 없는 모습으로 발견되는 것도 소름 끼쳤고, 수십 알의 약을 먹고 고통스러워하며 벽을 쥐어뜯는 것도 도저히 감당하기 힘들 것 같았다. 그리고 팔목을 그어 엄청난 피를 보며 죽어 가는 것은 고등학교 때 이미 실패한 적이 있는 방법이 아니던가. 세상을 다 산 노인의 죽음처럼, 촛불이 꺼지듯 그렇게 고통 없이 죽어 갈 수 있는 자살의 방식은 아무리 생각해 봐도 찾아내기 어려웠다. 왠지 고고하게 여겨지는 자살이라는 단어의 뉘앙스에 비하면, 구체적인 죽음은 하나같이 끔찍하고 처절하며 무서웠다. 그래서 어떤 자살의 방식도 선택하지 못한 나는 결국 죽지 않았고, 죽을 뻔하지도 않았다. 다만 언제라도 죽을 수 있다는 가능성만을 가슴 깊숙이 묻어 둠으로써 그 어둡고 긴 터널을 견뎌 냈다.

　사랑과 성욕은 과연 어떤 관계일까?

　수현을 만나면서 나는 한 번도 성욕을 느껴 본 적이 없다. 내가 수현을 사랑한 것은 육체의 욕구와는 정녕 무관한 순수한 감정, 그 자체였다. 그것은 거의 완전무결에 가까운 감정이었다. 그래서 수현에 관한 기억은 그 고통까지도 미화되어 기억 자체가 일종의 완벽하고 아름다운 환영과도 같다. 또 그때의 기억은, 그 이전이나 이후와는 완전히 분리된 별개의 시간과 공간으로 존재하면서 아무리 세월이 흘러도 변치 않는 다이아몬드처럼 빛 바래지 않는다. 그러므로 수현과의 첫사랑에 관한 이 이야기에는 어떤 기억의 과장이 충분히 있을 수도 있다.

15

　나의 첫 키스는 소위 말하는 사랑의 감정이 발생하기도 전에, 그러니까 사랑의 역사가 시작되기도 전에, 다분히 우발적으로 이루어졌다. 제대로 시작해 보기도 전에 끝나 버린 첫사랑의 상처 때문에 꽤 오래 아파하던 나는 첫 키스 상대인 석진을 만날 무렵에는 이성에 대해 상당히 냉소적인 인간으로 변해 있었다.

　같은 철학과이던 석진과 서로 가까워지게 된 것은 대학교 2학년 때였다. 같은 과에서 1년이 넘도록 함께 수업을 받으면서도, 특별히 아는 체하지 않던 우리가 가까워지게 된 것은 김희철 교수의 헤겔 철학 강의를 함께 들으면서였다.

　오로지 헤겔에 사로잡힌 김 교수는 헤겔의 책 속에 모든 것이 언급되어 있음을 거듭 강조하면서, 아예 강의를 헤겔의 저서를 읽어 주는 것으로 대신했다. 헤겔의 저서 자체가 완벽한 텍스트인데 거기에

다 구질구질한 사족을 덧붙일 필요가 없다는 게 김 교수의 주장이었다. 당연히 수업은 재미없었다. 그러다 보니, 시간이 흐를수록 그 수업을 듣는 학생 수는 줄어들어 학기 중반을 넘어서자 석진과 나, 두 사람만 달랑 남게 되었다.

석진이 김 교수의 수업을 끝까지 포기하지 않은 이유가 뭔지는 모르지만, 내가 김 교수의 수업에 마지막까지 애착을 가진 것은 그의 수업 방식에 일정 정도 동의했기 때문이었다. 텍스트에 충실하지 않고 어설프고 얄팍한 자기 견해에 도취해 입에 거품을 무는 교수들보다 차라리 김 교수의 수업 방식이 마음에 들었던 것이다. 그리고 그것이 비록 편협하기 짝이 없는 자기만의 원칙이라 할지라도, 끝까지 흔들리지 않고 지켜 내려고 하는 그의 완강한 고집도 싫지 않았다. 김 교수는 학기 내내 한 번도 그 원칙을 어기지 않고 오로지 헤겔의 저서를 읽어 주는 것으로 수업을 대신했던 것이다.

뿐만 아니라 김 교수는 강의실에 남게 된 학생이 석진과 나, 단둘임에도 전혀 개의치 않고 수업을 계속했다. 두 명의 학생을 앉혀 놓고 수업하면서도 김 교수의 목소리는 늘 단정하고 또렷했다. 그는 강의실에 학생이 한 명도 없는 최악의 사태가 벌어진다 하더라도 여전히, 흔들림 없이 수업을 계속할 사람 같았다.

김 교수와 석진과 나.

우리 세 사람은 서로에 대해 내심 어떤 연대감 같은 것을 느끼면서도, 한편으로는 어느 정도 거리를 유지하는 삼각형의 꼭짓점처럼 제각각 동떨어진 채 수업을 계속했다. 김 교수는 김 교수대로 변함없이 헤겔에 몰두했고, 석진은 석진대로 김 교수가 읽어 주는 헤겔을 메모하느라 늘 바빴다. 그리고 나는 대체로 집중하지 못한 채 김 교수의 낭독을 듣고 있다가, 어쩌면 헤겔이 그다지 중요하게 여기지 않았을지도 모를 주변적이고 단편적인 구절에 문득 집중하곤 했다.

예컨대 '공허한 내면'이라든가 '불행한 의식' 또는 '혼미와 현기증' 등의 구절에 귀를 쫑긋 세우곤 했는데, 그 단어들이 어떤 맥락에서, 어떤 필요에 의해 헤겔의 글 속에 삽입된 것인지는 제대로 이해하지 못했다. 단지 지극히 감각적인 차원에서 그것들을 음미할 뿐이었다. 그러므로 그 강의를 통해 주워 담은 것은 다분히 내 취향적인 몇 개의 단어와 문장 들이었다. 만약 김 교수가 그 사실을 알았더라면 격분했을 게 분명하지만 말이다.

세 사람 모두 각자의 방식대로 수업을 하거나 들었기 때문에, 우리는 서로에게 달리 할 말이 없었다. 수업이 시작되기 전에 김 교수가 간혹 석진과 나를 쳐다보기도 하고, 수업 도중 석진과 내가 어쩌다 눈이 마주치기도 했지만, 아무도 먼저 말을 걸거나 하지 않았다. 그리고 석진은 매번 수업이 끝나기가 무섭게 강의실에서 나가 버렸기 때문에 따로 아는 체할 기회도 없었다. 그런데 2학기 강의가 거의 막바지를 향해 가던 어느 날, 느닷없이 석진이 나에게 말을 걸어왔다.

「사는 게 재미없어요?」

김희철 교수의 강의는 두 시간짜리였고, 그때 나는 수업 도중 잠시 쉬는 사이 복도 한쪽 끝에서 창밖을 내다보던 중이었다. 소리가 나는 쪽을 향해 돌아보니 석진은 나와 조금 떨어진 곳에 서서 담배를 피우고 있었다. 내가 쉬는 시간마다 복도로 나와 창밖을 내다보며 시간을 보내는 것과 달리, 석진은 항상 강의실에 혼자 남아 노트 정리를 하곤 했기 때문에 약간 의외였다.

　주변에 다른 사람이 없는 것으로 보아 그가 나에게 말을 걸어온 것이 분명했지만, 나는 그의 말에 전혀 반응하지 않았다. 아직 수인사도 나누지 않은 사이에 예고도 없이 불쑥 말을 건네는 그의 태도가 왠지 무례하게 여겨졌던 것이다. 그리고 그가 입에 올린 '재미'라는 단어도 마음에 들지 않았다. 재미있는 혹은 재미없는 삶이라는 식으로 삶을 재미와 연관시켜 이야기하는 사람들의 경박함과 상투성을 나는 몹시 싫어했다. 나는 게임을 즐기지 않는 인간이었고, 그래서 당연히 재미라는 단어와도 친할 수 없었다. 그런데 사람들은 무슨 이유에선지 재미를 잣대삼아 삶을 이야기하기를 좋아했다. 적절치 못한 단어와 단어를 아무런 생각 없이 결합시켜 버리는 오류에 대해 나는 짜증이 치밀었고, 또 그런 사람들을 불신했다.

「여기 이 자리가 특별히 마음에 드는 이유라도 있나요?」

　삶의 재미 운운하는 것에 대해 전혀 대꾸가 없자, 석진이 아까보다는 훨씬 구체적인 질문을 던졌다.

　석진이 지적하지 않아도 나는, 내가 항상 복도의 그 창문 앞에 기대서서 창밖을 내다본다는 사실을 의식하고 있었다. 처음 그 자리를 선택한 것은 복도 끝에 위치해 있는 그곳이 비교적 한적했기 때문이었고, 그 다음부터는 습관이었다. 별다른 의미를 부여할 필요 없이 반복적으로 행해지는 행위의 경우에는 습관을 따르는 것이 가장 경제적이었다. 수업 도중 잠시 시간이 빌 때마다 어느 창문 앞에 서서 휴식을 취할까를 생각한다는 것은 쓸데없는 낭비일 뿐이었다. 그래서 나는 석진의 질문에 대해 간단하게 대답했다.

「경제적이니까요.」

　내 말뜻을 이해한 건지 어쩐 것인지, 아무튼 석진은 그런 내 대답에 대해 더 이상 캐묻지 않았다. 그리고 아무 말 없이 피우던 담배를 계속 피웠다.

그날 이후 석진은 가끔 내가 정해 놓은 창가 그 자리에 나보다 먼저 가서 서 있곤 했다. 귀찮다는 생각이 들었지만 그를 피해 굳이 새로운 장소를 물색한다는 것이 번거로웠다. 또 간혹 누군가 나에게 말을 걸어 주는 것도 그다지 나쁘지는 않을 것 같았다. 드물긴 하지만 예기치 못한 외로움이 문득 나를 흔들어 놓아 어찌할 줄 몰라 할 때가 나에게도 있었던 것이다.

나란히 창가에서 담배를 피우거나 몇 마디 간단한 이야기를 나누는 외에는 둘이 따로 만난 적이 없었기 때문에 석진의 옆모습만 언뜻언뜻 보았을 뿐 정면에서 제대로 본 적은 없었다. 그러던 중, 창가에서 함께 시간을 보낸 지 한 달이 채 안 되던 어느 날 불쑥 석진이 술 한잔 하자고 말했고, 그날 나는 처음으로 석진의 얼굴을 찬찬히 뜯어볼 수 있었다. 석진이 항상 덥수룩하게 얼굴을 덮고 있던 머리카락을 때마침 짧게 자르고 나타났던 것이다.

전체적으로 둥글어 보이는 느낌을 주는 석진의 인상은 평범했다. 군데군데 빛이 바랜 듯한 검정색 뿔테 안경 너머로 나를 바라보는 석진의 눈매도 생각보다 단순하고 사심이 없어 보였다. 그동안의 분위기로 보아 여러 가지 비밀스러운 생각을 뱃속 깊이 감춰 두고 있을 거라 짐작했던 내 추측과는 거리가 먼 눈빛이었다. 하지만 머릿속에서는 매 순간 분석이 이루어지고 가슴속에서는 극단적인 뜨거움과 차가움이 수시로 교차하면서도, 그 모든 소용돌이를 냉소로써 포장할 줄 아는 나로서는 석진의 완강할 정도로 무심한 눈빛을 의심하지 않을 수 없었다. 어쩌면 그도 세상에 대해 단순하고 무심해짐으로써 세상을 견디려 하는 것인지도 모른다는 생각이 들었다.

　강원도가 고향인 석진은 사촌 형 집에 얹혀 지내는 처지였다. 그래서 그런지 조카애들 이야기를 주로 했다. 뭔가 특별한 이야기를 따로 기대한 건 아니지만, 계속해서 조카들 이야기를 늘어놓는 데 그다지 흥미를 느낄 수 없었던 나는 석진이 석 잔째 되는 소주를 마시려고 할 때 이야기의 방향을 바꾸었다.
「철학과를 선택한 특별한 이유라도 있나요?」
　그런 식의 원초적인 질문에 대한 대답의 몇 가지 유형을 나름대로 알고 있는 나는, 석진은 어느 유형에 맞춰 대답할 것인가를 마음속으로 점치며 그를 쳐다보았다. 그 몇몇 유형 중 인간에 대한 탐구 운운하는 뻔하고 상투적인 쪽은 아닐 것이라 짐작했지만, 즉각적으로 내뱉어진 석진의 대답은 확실히 의외였다.
「어머니를 포기시키기 위해서요. 나에 대한 어머니의 기대가 늘 부담스러웠거든요. 내가 일곱 살 때 아버지가 돌아가셨어요. 그때부터 혼자 힘으로 살림을 꾸려 온 어머니는 이 세상을 움직이는 것이 오로지 돈이라고 생각하는 그런 분이죠. 장남인 나에게 바라는 것도 상대를 졸업해서 국내 최고의 재벌 회사에 취직하는 거라고 어릴 때부터 귀에 못이 박히도록 말했어요. 하지만 나는 일찍부터 나를 알았어요. 나는 어머니의 기대에 걸맞게 살 수 있는 성실한 인간이 결코 못 된다는 것을요. 그래서 어머니가 제일 싫어할 철학과를 택함으로써 어머니의 기대를 일찌감치 꺾어 버렸죠. 어머니는 철학 어쩌고 떠들어 대는 인간들을 하나같이 아무짝에도 쓸모없는 놈팡이들로 여기거든요. 그렇다고 단순히 사춘기 소

년처럼 어머니에게 반항하기 위해 그런 것만은 아니에요. 배고픔
이 뭔지 물론 알지만, 단지 그것만을 위해 내 삶을 통째로 바친다
는 건 너무 억울하다는 생각이 더 컸던 거죠.」

석진은 주저 없이, 별로 심각하지도 않게 남의 이야기를 하듯 했다.
자기 처지에 대해, 그리고 자기 감정에 대해 객관적인 거리를 유지할
줄 아는 석진이 마음에 들었다. 자기를 너무 사랑한 나머지 지나치게
자기 감정을 과장하는 사람들을 싫어했는데, 다행히 석진은 적어도
그런 인물은 아니었던 것이다. 그날 나는 오랜만에 친한 친구를 만난
사람처럼 꽤 말을 많이 했고, 석진도 사심 없이 유쾌해 보였다.

「오늘 저녁에 시간 있으면 나랑 어디 좀 갈래요?」

그 무렵 칸트 철학에 호감을 가지고 있던 내가 다소 열을 올리며
칸트를 이야기하는 와중에, 잠시 화장실에 다녀온 석진이 자리에 앉
으며 느닷없이 물었다.

「어디를……..」

「야학인데, 공장 근로자들을 가르치는 곳이에요.」

1980년대 중반인 그 무렵, 대학생들이 공장 근로자들을 모아 놓고
뭔가를 가르치곤 한다는 소문이 학교 내에 공공연히 돌곤 했는데, 석
진이 바로 그 야학에서 근로자들을 가르치는 선생이었던 모양이다.
다른 수업은 도외시하면서 유독 김 교수의 수업을 빼먹지 않고 들었
던 것도, 헤겔 이론이 야학 학생들을 가르치는 데 필요했기 때문이
라고 털어놓던 석진이 나를 쳐다보며 또다시 권유했다.

「오늘 마침 내 수업이 있는 날이거든요. 지금 야학에 갈 건데, 불편
하지 않으면 같이 가는 게 어때요?」

대학생들이 노동자들을 의식화시키기 위해 야간 학교를 열어 수

업을 한다는 소문은 나도 심심찮게 들어 알던 터였다. 그리고 대학생들이 하는 야학에도 두 가지 종류가 있다는 것, 즉 공장에 다니면서 검정고시를 준비하는 노동자들을 상대로 하는 검정고시 야학과 노동자들을 의식화시키기 위한 노동 야학이 있다는 것도 어렴풋이 알고 있었다. 특히 노동 야학은 민주화 투쟁을 외치는 학생 운동권의 일부가 담당했는데, 나에겐 아무래도 낯설게 여겨지는 분야였다. 헤겔과 마르크스에 대해서는 나 역시 관심이 많았지만, 운동권 학생들이 주장하는 헤겔과 마르크스는 나에게 그다지 매력적으로 와 닿지 않았던 것이다.

「노동 야학인가요?」

뭔가 알고 있는 것처럼 묻는 나를 놀랍다는 듯 쳐다보며 석진이 되물었다.

「야학에 대해서 잘 알아요?」

「잘 안다기보다는…….」

「복잡하게 생각할 것 없어요. 그냥 구경삼아 한번 가보는 걸로 생각해요.」

석진이 겉으로는 가볍게 말하지만, 속뜻은 그게 아님을 나는 알고 있었다. 사회학과에 다니는 고등학교 동창생인 인주로부터 이미 야학에 참여하지 않겠냐는 권유를 몇 차례 받았던 터였다. 내가 검정고시 야학과 노동 야학을 알게 된 것도 운동권인 그녀를 통해서였다.

「야학이라는 곳이 구경삼아 한번 가볼 만한 그런 곳은 아닌 것 같은데…… 안 그래요?」

쓸데없이 의도를 숨기는 것 같은 석진의 태도가 불쾌해 따지듯 묻자, 그제서야 석진이 정색하고 말했다.

「딴 뜻이 있어서 그런 건 아니에요. 내가 보기에, 지오 씨가 뭔가를 갈구하는 사람 같아서 야학을 소개해 주고 싶었던 거예요. 그것도 지금 야학 이야기를 하다가 문득 든 생각이에요. 지오 씨가 생각하는 것처럼 의도적인 게 아니라는 얘기죠. 그러니까 내키지 않으면 안 가도 상관없어요.」

석진이 인주처럼 강경하게 나를 끌어당겼더라면 거부감을 느꼈을 것이다. 그러나 석진은 내가 어떤 유의 인간인지 간파한 듯 곧바로 물러섰고, 그 바람에 나는 오히려 석진을 따라나서는 쪽을 택했다.

석진이 나를 데리고 간 곳은 변두리 산동네에 위치한 작은 교회였다. 교회의 도서실을 빌려 교실로 꾸며 놓은 야학의 풍경은 초라하고 스산했다. 집기라고는 낡은 탁자 두 개와 군데군데 녹이 슨 철제 의자, 누군가 내다 버린 것을 주워다 놓은 것 같은 허름한 책장 하나가 전부였다. 그곳에 들어서자 대뜸 으스스 한기가 느껴졌고 추웠다. 사방 벽면은 흰색으로 페인트칠이 되어 있었으나, 애벌칠만 했는지 회색 시멘트 표면이 그대로 드러나 썰렁하기 짝이 없었다. 특히 수명이 다해 간신히 버티는 것 같은 형광등의 희미하고 맥 빠진 불빛은 어둠을 밝히기는커녕, 거기에 모여든 사람들의 희망과 온기를 되레 앗아 가는 듯했다.

학생 수라고 해봐야 열 명도 채 안 되는 그곳에서 유일하게 활기차 보이는 사람은 선생 한 사람뿐이었다. 헙수룩한 옷차림에다가 며칠 동안 면도도 하지 않은 추레한 모습으로 근로기준법을 이야기하는 선생의 목소리는 몹시 지쳐 보이는 학생들과는 달리 열정적이었지만, 왠지 공허하게 들렸다. 속성 재배를 통해 키워진 작물처럼 몇 권의 책과 몇 번의 토론으로 단번에 투사로 무장한 것 같은 선생의 열정이 가난한 노동자들의 현실을 오히려 숙명적인 것으로 만들어 버리지나 않을까 염려스러웠다. 그는 나와 같은 대학의 경제학과 3학년 학생이었고, 그래서 석진은 그를 형이라고 불렀다.

말이 선생이고 학생이지 따지고 보면 서로 비슷한 또래였는데도 깍듯이 선생님이라는 호칭을 붙이는 학생들보다 선생이 더 아슬아슬해 보이는 야릇한 수업 광경이었다. 수업을 지켜보면서 나는 부끄러움을 느꼈다. 부끄러움의 정체가 무엇인지는 정확하게 알 수 없었다. '미처 깨닫지 못한 채 누리고 있는' 혹은 '한 번도 밥을 고민해 보지 않은' 등등의 토막난 말들이 언뜻언뜻 머릿속을 스쳐 지나갔다. 그리고 부끄러움을 그런 식의 언어로써밖에 자각하지 못하는 것 또한 부끄럽다는 생각이 들었다.

오래된 형광등 불빛 아래에서는 무기력하게만 보이던 학생들은 수업을 마치고 바깥으로 나오자 오히려 생기를 되찾았다. 막 시작된 겨울의 칼바람이 꽤 매섭게 불어 대는 산동네를 걸어 내려오는 동안 나는 몇 번씩이나 이빨 마주치는 소리를 냈다. 안쓰러워하는 눈빛으로 자꾸만 돌아보던 야학의 막내 소녀가 나에게 목도리를 내밀었다. 자신이 직접 짠 것이라며 수줍게 자랑하는 소녀의 얼굴에는 다행히 아직 희망이 남아 있었다.

초등학교를 졸업하자마자 공장에서 일하기 시작했다는 소녀의 이름은 영순이었다. 열다섯의 나이에 벌써 집안의 가장 노릇을 한다는 영순에게서 아이와 어른을 동시에 엿본 나는, 스물한 살이라는 내 나이의 무게가 얼마나 가벼운 것인가 새삼 느끼지 않을 수 없었다. 타인의 삶까지도 책임져야 하는 영순의 삶도 그랬지만, 무언가에 젊음을 강탈당한 듯 핏기라고는 없어 보이는 다른 학생들의 얼굴도 나를 우울하고 불편하게 만들었다.

그날 석진에게 이끌려 야학에 다녀온 이후, 나는 꽤 오랫동안 혼란스러웠다. 내 사고의 주된 흐름은 순수 혹은 절대 따위의 관념적인 것들 투성이였고, 나는 늘 그것들과 씨름하는 데 익숙했다. 그런데 야학 학생들을 만난 후로는 그런 관념적인 사고에 종종 제동이 걸리면서 심지어는 막연한 죄의식마저 갖게 되었다. 관념이나 정신에 비해 밥이 훨씬 더 절실하고, 또 그래서 당당할 수 있다는 사실을 쉽게 받아들이긴 어려웠지만, 아무튼 밥은 끊임없이 흔들리며 방황하는 관념과 정신에 비해 확고부동하고 당위적인 것이었다.

어떤 이물질이 목구멍에 걸린 듯한, 혹은 누군가의 손길이 자꾸만 뒷덜미를 잡아채는 듯한, 내가 또다시 야학을 찾게 된 것은 바로 그런 불편함 때문이었다. 나를 야학으로 안내한 석진이나 경제학과의 그 남학생처럼 그곳에서 선생 노릇을 하고 싶은 생각은 추호도 없었다. 그럼에도 나는 종종 야학에 들러 그들의 수업 광경을 한쪽 구석에서 지켜보곤 했다.

그러던 어느 날이었다. 강의실에서 만난 석진이 피치 못할 사정이 생겼다며 그날 야학 수업을 자기 대신에 해달라고 부탁했다. 구경꾼처럼 야학을 들락거리던 나에게 석진의 갑작스러운 부탁은 그야말로 황당했다. 그때까지 한 번도 누구를 가르쳐 본 적도 없거니와, 인생에 대해 나보다 훨씬 많이 아는 것 같은 야학 학생들을 상대로 뭔가를 가르친답시고 앞에 서서 떠들 계제가 아니었던 것이다. 하지만 추운 교실에서 석진이 오기만을 기다릴 학생들을 생각하니 무턱대고 나 몰라라 할 수도 없는 노릇이었다.

석진이 가르치던 근로기준법에 대한 지식이 전혀 없는 상태에서 어떻게 수업을 할 것인가 고민하다가 나는 아무런 대책도 없이 야학으로 갔다. 전 수업을 맡은 강 선생이 막 강의를 끝내려고 하고 있었다. 강 선생과는 그동안 두어 번 눈인사를 한 게 고작이었다. 다니는 대학이 다르다 보니, 서로 말을 주고받을 기회도 없어 데면데면한 사이였다.

생각 같아서는 석진의 수업을 강 선생이 대신해 주면 안 되겠냐고 부탁하고 싶었지만, 서둘러 가방을 챙기는 그녀에게 나는 끝내 말을 꺼내지 못했다. 구경하듯 야학에 들락거리는 나를 강 선생이 그다지 좋아하지 않을 거라는 생각에 더 그랬다. 아니나 다를까, 강 선생은 내가 자신에게 할 말이라도 있는 듯 머뭇거리는 것을 보고도, 가볍게 눈인사만 하고 먼저 자리를 떴다.

속수무책으로 얼굴이 달아오르기 시작한 것은 강 선생이 자리를 뜨고 나서부터였다. 굳이 교단이라고 할 것도 없는 낡은 탁자 앞에 서서 석진 대신에 수업을 맡게 되었다는 말을 하는 동안, 내 얼굴은 술 마신 사람처럼 벌겋게 달아올랐다. 입 안은 입 안대로 불이라도 지펴 놓은 듯 바짝바짝 타 들어갔다. 뿐만이 아니었다. 수많은 시선들이 오로지 내 입을 주시하는 상황에 느닷없이 놓이고 보니, 마치 고문이라도 당하는 사람처럼 온몸이 떨려 왔다. 하루 종일 노동에 시달려 지쳐 있음에도 불구하고 뭔가를 배우기 위해 찾아온 절실한 시선들 앞에서, 나는 참을 수 없는 부끄러움을 느꼈다.

교실 안은 몇 초, 아니 몇 분 동안 무거운 침묵에 휩싸였다. 그사이 내 얼굴은 불에 타 들어가는 비닐처럼 급속도로 보기 흉하게 일그러졌다. 그러다가 급기야 의자에 주저앉은 나는 낡은 탁자에 엎드린 채 '흑' 하고 무거운 소리를 토해 냈다. 그것은 분명 울음이 아닌 격한 호흡이었다. 나는 오래 숨을 참고 있었고, 그래서 탁자 위에 얼굴을 묻자마자 억눌렸던 숨이 터져 나왔던 것이다. 눈가에 약간의 물기도 느껴졌는데, 그것 역시 오래 참았던 숨이 터져 나오면서 생긴 육체의 단순한 반응에 틀림없었다. 그때 따뜻한 손 하나가 살며시 등에 와 닿았다. 위로의 손길에 더 난감해진 나머지 계속해서 엎드려 있었다.

잠시 후 차가운 바람과 함께 문 열리는 소리가 들렸다. 그제서야 나는 얼굴을 들어 문 쪽이 아닌 등 뒤로 고개를 돌렸다. 그때까지 내 등에 머물러 있던 따뜻한 손은 야학에 갔던 첫날 나에게 목도리를 내밀었던 영순이었다. 영순은 어린 소녀의 눈이라고는 도저히 믿기지 않는 깊고 우묵한 눈빛으로 나를 내려다보았다. 그러다가 내가 고개를 들고 쳐다보자, 금세 앳된 소녀의 천진한 눈으로 바뀌며 나를 향해 미소지었다.

찬바람을 몰고 들어선 사람은 석진이었다. 그는 예기치 않은 광경에 놀란 표정을 지으며 나와 학생들 얼굴을 번갈아 바라보았다. 어색한 분위기를 순발력 있게 무마한 사람은 예의 그 영순이었다.

「한 선생님이 몸이 좀 불편하신가 봐요.」

영순이 얼버무리자, 물기로 얼룩진 내 얼굴을 물끄러미 쳐다보던 석진이 말했다.

「수업은 관두고 만두나 먹으러 갑시다. 만두값은 내가 낼 테니까.」

　야학 학생들이 자주 들른다는 만두 가게의 여주인이 아는 체하며 우리를 맞았다. 어디서 갑자기 돈이라도 생겼는지, 마음껏 시켜도 된다고 큰소리치는 석진의 말에도 학생들은 겨우 허기를 때울 정도의 양만 시켰다. 나중에 돈을 치른 것도 석진이 아니라 야학 학생 중에 제일 나이가 많은 미선 씨였다. 나이로 따지면 선생들보다 두어 살 위인 그녀는 말없이 학생들을 챙겼고, 심지어는 선생들까지도 그런 식으로 챙겼다. 돈도 벌지 않는 대학생이 만두값 내는 걸 어떻게 돈 버는 사람이 보고만 있겠냐는 것이 그녀의 말이었지만, 나중에 알고 보니 아르바이트와 장학금으로 자신의 학비를 충당하는 석진의 어려운 형편을 누구보다 잘 알고 있어서였다.

　학생들과 헤어지고 나서 단둘이 남게 되자, 석진이 나에게 술을 한 잔 사고 싶다고 말했다.

　포장마차에는 젖은 손으로 칼질을 하는 중년의 주인 여자 외에 손님이라고는 한 사람도 없었다. 딱딱한 플라스틱 의자에 엉덩이를 걸친 나는 포장마차 바깥으로 무작정 펼쳐져 있는 캄캄한 어둠을 물끄러미 응시하며 말없이 앉아 있었다. 어둠 때문인지, 방금 전 야학에서의 모든 일이 현실이 아니었던 것처럼 여겨졌다.

「아까 왜 그랬어요?」

　소주를 따라 주면서 석진이 별일 아니라는 듯이 말을 꺼냈다.

　무뚝뚝한 말투가 언뜻 무례하게 들렸다. 그러나 석진의 무례함에는 저의가 없다는 것을 알기에 별로 불쾌하지 않았다.

　진지한 이야기를 할 때의 그는 지나치게 예의 발랐지만, 감정이 묻어 있는 말을 할 때의 그는 항상 그렇게 퉁명스러웠다. 나는 그것이 쑥스러움으로부터 비롯된 것임을 알고 있었다.

대답 대신 석진이 따라 준 소주를 입술에 갖다 대는데, 석진이 조용히 말했다.

「너무 무겁게 생각할 필요 없어요. 그냥 우리가 좀 더 가지고 있는 것을 그들에게 조금 나눠 준다고 생각하면 돼요. 그렇다고 반드시 우리가 주는 것만도 아니죠. 그들로부터 받는 것도 많이 있으니까. 그들 앞에서 너무 미안해하고 죄책감 느끼는 것이 오히려 오만 아닌가요?」

정확하게, 모두는 아니지만 부분적으로 석진이 내 속마음을 읽은 것 같았다. 그래서 나는 석진의 말에 대해 긍정도 부정도 하지 않았다. 소주 한 병을 비우는 동안 무슨 말인가가 오갔고, 그러다가 우리는 열두시가 다 되어서야 포장마차에서 나왔다.

집으로 가는 버스를 타기 위해 정류장 쪽으로 걸어가는데, 갑자기 속이 울렁거리며 식은땀이 흐르기 시작했다. 원래 술에 약한 체질이긴 해도 소주 세 잔쯤은 거뜬히 마실 수 있는 실력이었다. 그런데 무슨 일인지 자꾸만 다리에 힘이 빠지며 속이 거북했다. 미처 버스 정류장까지 가지도 못하고 중간에 걸음을 멈춘 나는 웅크린 채 주저앉아 있다가 결국은 토하고 말았다. 야학 학생들과 함께 먹은 만두와 포장마차에서 몇 점 집어먹은 순대 등이 시큼한 냄새를 풍기며 길바닥을 더럽혔다. 콧속이 따가우면서 눈물이 조금 났다. 감정이 개입되지 않은 눈물이었지만, 제법 굵은 눈물방울이 볼 위를 타고 흘러내렸다. 한순간 석진의 존재를 잠시 망각한 나는 아예 땅바닥에 퍼질러 앉은 자세로 망연히 하늘을 올려다보았다. 오늘 두 번 눈물을 흘렸다는 생각을 했고, 좀 우습다는 생각도 했다. 수현과 헤어진 이후 눈물을 혐오하게 된 나는, 마지막으로 언제 눈물을 흘렸는지 기억조차 나지 않았다.

　따뜻하고 촉촉한 입술이 살며시 내 입술을 덮은 것은 바로 그때였다. 내 입술 위에 자신의 입술을 포개 놓고 한참 동안 가만히 있던 석진이 조심스럽게 혀를 내 입 안으로 들이밀었다. 나는 하늘 저쪽에 동그랗게 떠 있는 달과 함께 석진의 혀를 받아들였다. 마치 예정되었던 일처럼 서두르지 않고 천천히 시작된 키스는 중간쯤에 제법 격렬해지기도 했다. 세상에 태어나 처음 해보는 키스였는데도 의외로 낯설지 않았다. 부드러운 솜사탕을 먹는 기분이었고, 따뜻하고 포근한 이불에 감싸인 느낌이었다.

　그날 이후 나는 더 이상 야학에 가지 않았다. 석진의 말처럼 야학 학생들과의 관계를 너무 무겁게 생각하지 않고 받아들일 수도 있는 일이었다. 그러나 쉽사리 단순해지지 않는 나로서는 아무래도 불가능한 일이었다. 모든 문제를 받아들이는 데 있어서 꼼꼼히 따져 보아야만 직성이 풀리는 나는 지나치게 확고하고 성급한 것 같은 그들의 획일적인 신념을 얼른 소화시킬 수가 없었다. 특히 그들 앞에서는 까닭 없는 죄책감을 느끼다가, 뒤에서는 또 까닭 없이 억울해지는 것도 도무지 마음에 들지 않았다. 석진과의 키스 사건도 그 순간에는 지극히 자연스럽게 이루어진 일이었지만, 생각하면 할수록 황당하고 불편하게 여겨졌다. 그러나 석진은 내가 야학에 발길을 끊고 나서도 변함없는 태도로 나를 대했다. 그렇다고 해서, 다시 석진과 키스를 하는 일 따위는 물론 없었다. 따라서 그날 밤의 키스는 그야말로 우연히 벌어진 해프닝일 뿐이었다.

16

　나에게 있어서 과거는 아직 경험하지 않은 미래보다 종종 더 낯설고 어색하다. 과거를, 특히 지나가 버린 감정을 다시 떠올리다 보면, 그것들은 마치 잘못 꿰매어 놓은 바느질감처럼 우그러들고 비틀어져 전혀 엉뚱한 그림이 되고 만다. 그리고 대개의 경우 그 그림은 삼류 축에도 끼이지 못할 정도로 유치하고 조악해, 과거의 내 삶을 의심하게 만든다. 그래서 나는 과거를 떠올리며 감상에 잠긴다거나 하는 법이 별로 없다. 그런데 어쩌다가 다시 과거로 돌아가 과거의 남자들을 떠올리고 있는가?

　나와 처음으로 잠자리를 한 윤에 대한 기억은 수현이나 석진에 대한 느낌과는 또 다르다. 수현과 석진이 아직까지도 어떤 여운을 남긴다면, 윤에 대한 기억은 완전히 도려내 버리고 싶을 정도로 불쾌하다.

윤은 나의 첫 직장 동료였다. 원래 하고 싶었던 것은 직장 생활이 아니라 소설을 쓰는 것이었지만, 여러 가지로 여의치 못해 취직을 할 수밖에 없었던 나는 몇 군데 입사 시험을 치른 끝에 한 출판사에 근무하게 되었다. 윤을 그곳에서 만났던 것이다.

그는 첫인상이 약간 차갑다는 것 외에는 별다른 특징이 없는 남자였다. 아주 조심스럽고 차분하게 조근조근 따지듯 말을 하는 그를 처음 봤을 때, 나는 아무런 느낌이 없었다. 그렇다고 그가 특별히 싫었던 것도 아니다. 아무튼 나는 지나치게 현실적으로 보이는 그를 직장 동료 이상으로는 생각지 않았다. 요컨대 그는 성적인 호기심을 불러일으킬 만한 대상이 아니었던 것이다. 그런데 그와 함께 근무를 하게 된 지 두어 달 남짓되었을 때부터, 어찌 된 일인지 나는 그에게 조금씩 호감을 가지기 시작했다. 그가 의식적으로 나에게 다가온 것인지 아닌지는 지금도 알 수 없다.

우리는 가끔 점심 식사를 같이하기도 하고, 야근한 날이면 잠시 호프집에 들러 함께 술을 마시기도 했다. 윤의 사고는 비교적 합리적인 편이었다. 그래서 감정을 표현하는 데 있어서도 넘치거나 모자라는 경우가 별로 없었다. 또 그는 매우 정확해, 일을 하는 과정에서 어떤 문제가 발생했을 때 누구보다 적절하게 대처할 줄 알았다. 특히 편견이나 사적인 감정을 개입시키지 않고 일을 처리하는 공정한 태도는 그의 장점 중에서도 가장 탁월한 것이었다. 내가 살면서 보아 왔던 주변의 남자들이 대체로 비이성적이고 자기 주장만 앞세우는 그런 식이었던 터라, 나는 그에 대해 상당히 후한 점수를 주지 않을 수 없었다.

그러다가 결정적으로 그에게 끌린 것은 미시마 유키오 때문이었다. 그 무렵 나는 미시마 유키오에 빠져 있었는데, 우연히 어떤 이야기 끝에 윤이 미시마 유키오를 언급했던 것이다. 당연히 윤을 다시 보게 되었고, 그날 이후 나도 모르게 마음의 문이 조금씩 열렸다. 그러면서, 전에는 미처 발견하지 못했던 윤의 모습들이 하나 둘 눈에 띄기 시작했다. 도무지 빈틈이라고는 없어 보이던 그가 어떤 순간 몹시 당황하고 쑥스러워하는 모습이라든지, 때때로 깊은 한숨을 담배 연기와 함께 뱉어 내는 모습 등이 나를 설레게 했다. 커피잔을 들 때는 언제나 왼손을 사용하고, 전화를 받을 때는 거의 무의식적으로 볼펜을 집어 드는 습관 같은 것도 나하고 많이 비슷했다. 그런 확인을 통해 나는 윤과의 만남이 결코 우연이 아닐지도 모른다는 생각을 했다. 일단 필연이라는 생각이 들면서부터 우리의 관계는 급속도로 가까워졌다. 하지만 얼마 지나지 않아 나는 그것이 과장된 의미 부여에 불과했음을 깨닫지 않을 수 없었다.

그날은 우리가 본격적으로 사귀게 된 지 두 달여 만에 맞이하게 된 크리스마스였다. 거리의 분위기는 생각보다 차분한 편이었지만, 우리는 제법 들떠 있었다. 그 무렵 서로에 대한 감정이 한껏 고조되어 있는 상태였기 때문에 크리스마스를 빌미로 무슨 일인가를 저질러 보고 싶은 그런 심정이었다. 그래서 우리는 공연히 거리를 쏘다니며 여기저기 기웃거렸다. 그러나 우리의 욕망을 대신 해결해 줄 수 있는 극적인 사건 같은 것은 아무 곳에서도 발생하지 않았다. 그러다가 밤 열한시경 더 이상 참을 수 없어진 우리는 무작정 택시를 탔다. 윤이 택시 기사에게 북한산 끝자락에 있는 ㅂ호텔로 가자고 말했고, 나는 침묵함으로써 호텔행에 동의했다.

이미 몇 번의 입맞춤을 한 적이 있는 우리는 호텔로 가는 동안 손만 꼭 붙든 채 한마디도 하지 않았다. 기대와 흥분, 두려움 같은 감정이 몸과 마음을 온통 뜨겁게 달구었다. 10여 분 후, 드디어 택시가 호텔 정문 앞에 도착했다.

먼저 택시에서 내린 윤이 오줌이라도 마려운 사람처럼 서둘러 호텔 안으로 들어갔다. 나는 윤보다 몇 발짝 뒤처져 걸었다. 윤이 호텔 안으로 들어갈 때 열렸던 자동문이 내 눈앞에서 닫혀 버렸고, 나는 다시 문이 열리기를 기다리며 유리문 안의 윤을 쳐다보았다.

윤은 프런트 쪽으로 다가가 모자 쓴 아가씨와 뭐라고 몇 마디 말을 나누었다. 그 모습을 보고 있는데, 무슨 일인지 갑자기 찬물을 뒤집어쓴 듯 정신이 번쩍 들었다. 머리숱이 별로 많지 않은, 약간 구부정한 윤의 뒷모습이 갑자기 역겹게 여겨졌던 것이다. 회색 양복 아래에 감춰진, 별로 건장해 보이지 않는 윤의 어깨와 등도 뭐라고 딱 꼬집어 말하기는 어렵지만 아무튼 내 취향과는 거리가 먼 타입이었다. 하지만 윤의 손에는 이미 객실 열쇠가 쥐어져 있었고, 돌아보는 그를 거절할 구실을 찾지 못한 나는 엉거주춤 호텔 안으로 들어서지 않을 수 없었다.

단조로워 보이는 호텔 방은 언젠가 한번 와본 것처럼 낯익었다. 드라마 같은 데서 주로 보았던 호텔 방들에 비해서는 많이 초라했다. 가구라고는 두 사람이 눕기에 작아 보이는 침대 하나와 거울이 달린 화장대가 전부였다. 화장대 위에는 물컵 두 개와 주전자, 낡은 텔레비전과 휴지 한 통이 놓여 있었다.

윤은 마치 제집에라도 온 양 조금도 망설이지 않고 호텔 방 안으로 들어가 익숙한 동작으로 텔레비전을 켰다. 그러나 나는 쉽사리 신발을 벗을 엄두가 나지 않았다. 처음 객실로 들어섰을 때 물씬 풍기던 이상야릇한 냄새 때문이었다. 냄새는 방 구석구석에 속속들이 배어 있었는데, 미처 다 불사르지 못한 비릿한 욕정의 냄새와 곰팡이 냄새가 뒤섞인 듯한 묘한 것이었다. 갑자기 자신이 싸구려가 된 것 같아 돌아서서 나가고 싶었다. 그때 안경을 벗어 화장대 위에 올려놓던 윤이 어렴풋한 눈초리로 나를 쳐다보며 내 쪽으로 다가왔다.

윤은 신발도 벗지 않은 채 서 있는 나를 왈칵 끌어안았다. 격정적이라는 표현을 써도 무방할 정도로. 아직 마음의 준비가 안 된 나는 윤의 거친 동작에 휘청하며 몸의 중심을 잃었다. 그런 내 몸짓을 격한 감동으로 오해했는지 윤의 심장 뛰는 소리가 심상치 않았다. 곧이어 그는 델 정도로 뜨겁게 달아오른 입술로 내 입술에 키스했다. 아니다. 윤은 자신의 입술을 내 입술에 갖다 대는, 소위 말하는 키스를 한 것이 아니라 커다랗게 입을 벌려 내 얼굴 전체를 덮쳤다. 코와 입을, 그리고 눈과 눈썹까지도 한꺼번에 먹어 버릴 기세로 달려드는 그의 입은 놀라울 정도로 크고 뜨거웠다. 그때까지 몸의 중심을 잡지 못해 몹시 불편한 자세를 취하고 있던 나는 허리와 두 다리에 잔뜩 힘을 주며 가까스로 균형을 유지했다. 그리고 생각했다. 윤의 입이 이렇게 컸던가 하고.

아무튼 윤은 내가 은밀하게 점찍었던 익명의 남자들처럼 부드럽지도 감미롭지도 않았다. 허기져 난폭해진 그의 손은 성급하고 거칠게 내 옷을 뚫고 들어와 단번에 나의 가슴을 움켜쥐었다. 느닷없이 폭행을 당하는 기분이었다. 그의 손은 이내 아래쪽으로 향했고, 내 아래를 만지는 순간 나는 아연실색하고 말았다. 겹겹이 둘러싸인 비밀의 문 제일 안쪽에 꼭꼭 숨어 있으리라 짐작했던 내 처녀지가 그렇듯 순식간에 침범당할 수 있다는 사실이 너무 어처구니없어서였다.

　나의 첫 경험은 불과 몇 분 사이에 어이없이 치러지고 말았고, 넥타이도 풀지 않은 채인 윤의 차림새와 함부로 벌거벗겨져 어리둥절해 있는 내 모습은 한 번도 상상해 보지 않은 또 다른 장면이었다. 부드럽고 감미로우며, 또 황홀했던 상상의 경험과는 판이한 현실의 섹스 앞에서 나는 오로지 기가 막힐 따름이었다. 게다가 침대에 벌렁 누운 채 깊은 숨을 토해 내던 윤과 내가 곧이어 나눈 대화는 황당한 섹스보다 더 끔찍했다.

「오늘이 처음인 거야? 정말 의왼데……. 그렇다고 해도 그렇지. 몸이 너무 굳어 있잖아.」

　세제 냄새를 심하게 풍기는 침대 시트 위에 그려진 붉은 꽃잎을 쳐다보며 윤이 말했다.

　그것은 오랜 세월 동안 누군가를 기다리며 문을 걸어 잠그고 있던 처녀의 생살이 찢어지면서 흘러나온 생생한 흔적이었다. 그런데 핏자국은 상상했던 것만큼 선연하지도 순결하지도 않았다. 피라는 것이 언제나 그렇듯, 그것 역시 왠지 섬뜩한 이물감을 느끼게 하는 불그죽죽한 색을 지니고 있을 따름이었다.

　마치 남의 것을 보듯 낯선 느낌으로 핏자국을 바라보던 내가 침대 커버로 그것을 덮으며 히스테릭한 목소리로 내뱉었다.

「그렇게 말하는 사람은 처음이 아닌 모양이지?」

「내가 여태 숫총각일 거라고 생각한 거야? ……당신이라는 여자, 보기보다 순진한 구석이 있는 것 같아. 아무튼 좋아. 당신이 숫처녀라는 것이 약간 부담스럽긴 하지만 말야.」

　단 한 번의 섹스로 나를 완전히 정복한 것처럼 굴면서 윤이 다시 내 몸을 끌어안으려고 했다. 나는 매몰차게 그를 밀어내며 말했다.

「샤워나 하지 그래.」

머쓱해진 윤이 침대에서 몸을 일으키다가, 그때까지도 발목에 걸려 있던 바지와 팬티를 벗었다. 와이셔츠와 넥타이는 아직 그대로인 채 아랫도리만 훌렁 벗겨져 나간 윤의 모습은 정도가 심한 변태 성욕자처럼 흥물스러워 보였다. 그런 차림새로 다리를 꼬고 의자에 앉아 담배를 피우던 윤은 아직 절반도 못 피운 담배를 눌러 끈 다음, 조금도 개의치 않고 내 앞에서 나머지 옷마저 벗어 버렸다. 한 번의 섹스만으로도 나에 대해 너무 당당해진 그는 더 이상 내 앞에서 자신의 몸을 가릴 필요가 없다고 생각했는지, 타월로 몸을 감싸는 시늉도 하지 않고 알몸인 채 호텔 방 안을 왔다갔다했다. 전체적으로 그의 몸은 마른 편이었지만, 아랫배만 보기 흥하게 튀어나왔고, 다리도 의외로 짧고 가늘었다. 약간 차갑고 눅눅했던 그의 살갗은 너무 매끈해, 꺼칠한 털이라고는 눈을 씻고 찾아봐도 보이지 않았다.

알몸으로 한참 동안 방안을 왔다갔다하며 텔레비전 채널을 돌리기도 하고, 냉장고 안의 물을 꺼내 마시기도 하던 윤이 드디어 욕실로 들어갔다. 변기의 물을 내리는 소리가 들리더니 곧이어 샤워기 꼭지에서 물이 쏟아지는 소리가 났다. 윤이 욕실로 들어가기 전에 이미 옷매무새를 여미고 있던 나는, 샤워 도중 간간이 칵칵거리며 가래침을 뱉는 윤을 욕실에 남겨 둔 채 서둘러 호텔 방을 빠져나왔다.

윤과의 경험은 여러 가지 의미에서 혼돈과 절망이었다. 특히 윤과의 잠자리에 두고 나온 핏빛 흔적은 오래도록 머릿속에 남아 나를 괴롭혔다. 그것은 열다섯 살이 되던 해 처음 치르게 된 초경의 기억만큼이나 오랫동안 불쾌하게 했다.

　초경은 내가 중학교 3학년이던 해 여름, 수업 시간 도중에 느닷없이 시작돼 나를 놀라게 했다. 수학 시간이었고, 그때 나는 호리호리한 몸매에 이목구비가 수려한 수학 선생님의 뒷모습을 바라보고 있었다. 칠판 가득 수학 문제를 적어 놓고, 우리가 문제를 푸는 동안 망연히 창밖을 내다보곤 하던 수학 선생님은 우리 모두의 우상이었다. 그는 이미 결혼해서 아이까지 둔 기혼남이었지만, 한창 사춘기를 겪던 우리들은 한 번이라도 더 그의 시선을 붙들기 위해 수학 시간만 다가오면 거울 앞에서 떨어질 줄 몰랐다. 목소리가 굵고 피부색이 가무잡잡한 수학 선생님을 사모하기는 나도 마찬가지였다. 그의 수업 시간 내내 가슴이 두근거렸고, 어쩌다 그의 시선이 내 얼굴에 잠시 머물기라도 하면 붉게 달아오르는 낯빛을 감출 수가 없었다. 그런데 바로 그 수학 선생님 시간에, 몸의 아래쪽 어디에서 묘한 일이 벌어졌던 것이다.

　그것은 마치 음흉한 도둑고양이처럼 슬그머니, 몰래 내 팬티를 적셨다. 내 의지와는 상관없이, 몸속에서 알 수 없는 액체가 조금씩 흘러나왔다. 그리고 그것은 순식간에 팬티 바깥으로까지 흘러나와 얇디얇은 교복 치마를 적셨으며, 심지어는 나무 의자까지 물들여 놓았다. 그 이상야릇한 액체의 의미에 대해 전혀 짐작하지 못했던 나는 몹시 당황해 주위를 두리번거리면서 치마 속으로 손을 집어넣었다. 액체는 기분 나쁠 정도로 끈끈하고 미끄러웠다. 그것이 피일지도 모른다는 생각이 언뜻 든 것은 치마 아래로 넣었던 손을 살그머니 책상 위로 들어 올리려고 하던 바로 그때였다. 미처 손을 빼내기도 전에, 갑자기 비릿한 냄새가 코를 찔렀던 것이다. 아니나 다를까, 내 손가락에는 검붉은 피가 흥건히 묻어 있었다. 이유를 알 수 없는 피에 놀라 기겁을 한 나는 부르르 몸을 떨지 않을 수 없었다. 드라마나 영화에서만 봤던 끔찍한 불치병이 내 몸을 침범한 것이라 믿어 의심치 않았다. 까닭 없이 몸에서 피가 흘러나오는 것으로 봐서, 죽을병에 걸린 것이 틀림없다 싶었던 것이다. 거기까지 생각이 미친 나는 그 자리에서 기절해 버리고 말았다.

눈을 떴을 때, 약 냄새가 심하게 풍기는 양호실에 누워 있었다. 기분은 말짱했고, 머리에서는 열도 나지 않았다. 잠시 천장을 바라보다가 자리에서 일어나자, 다리 사이에서 또다시 기분 나쁜 액체가 울컥 쏟아져 나왔다. 어쩔 줄 몰라 난감한 표정을 짓고 있는데, 동그란 안경을 낀 양호 선생님이 다가와 묘하게 미소지으며 말했다.

「생리가 시작된 거야. 깜짝 놀랐지?」

생리 어쩌고 하는 양호 선생님의 말을 듣는 순간 갑자기 구역질이 치밀면서 내 몸이 더러운 오물덩어리처럼 느껴졌다. 낯설기 짝이 없는 생리라는 그것이 암이나 백혈병 같은 불치의 병보다 더 커다란 재앙처럼 여겨졌던 것이다.

사실 여성의 신체 구조에 대한 이야기는 진작부터 들어 알고 있었다. 처음 중학교에 입학했을 때 이미, 소위 말하는 성교육이라는 것을 받았던 것이다. 하지만 피가, 그렇듯 음흉하게 어느 날 느닷없이 팬티를 적시게 되리란 이야기는 아무도 해주지 않았다.

그리고 그 피라는 것도 그랬다. 비릿하고 끈적한 것이 도무지 불쾌하기 짝이 없었다. 그것은 맑고 깨끗한 피라기보다는 더러운 배설물에 가까웠다. 게다가 자율 신경에 의해 통제가 되지 않는 주책스러운 배설물이었다. 아무런 예고도 없이 능청스럽고 뻔뻔하게 팬티를 적시는 그것에 대해 나는 끝까지 불편해했다. 그러다 보니, 생리가 시작되기만 하면 곧잘 신경질적이 되었고, 때로는 난폭한 감정에 사로잡히기도 했다.

한 달에 한 번씩 생리할 때만 되면, 내 몸은 도저히 내 것 같지 않고 뭔지 모르게 더럽고 불쾌한 것들과 타협하고 있는 것 같았다. 특히 생리가 시작되기 하루 전에는 배 위에 돌덩어리라도 올려놓은 것처럼 아랫배가 기분 나쁘게 묵직하다가 급기야는 쥐어짜듯 아파 오기도 했다. 뿐만이 아니었다. 생리통이 심한 달에는 아예 배를 움켜쥐고 데굴데굴 구를 만큼 견디기 힘들었다. 그럴 때마다 나는 더 더욱 몸을 과격하게 움직이면서 예전에는 질겁해 마지않던 바퀴벌레 같은 것도 서슴없이 짓이겨 죽이곤 했다. 내 몸을, 그리고 세상을 그렇듯 혐오하던 나는 어느 날 그 혐오감이 극에 달하고도 남을 치명적인 경험까지 하게 되었다.

고등학교 2학년 봄 소풍을 갔던 날이었다.

생리 주기가 좀 불규칙적이기는 했지만 지난번 생리가 끝난 지 보름 남짓밖에 되지 않았기 때문에, 그날 나는 아무런 준비도 하지 않은 채 소풍을 갔다. 생리가 시작되기 며칠 전이면 느낄 수 있던 몸의 변화도 그때는 전혀 감지하지 못했던 터였다.

문제가 발생한 것은 점심을 먹고 나서였다. 반 친구들과 담임 선생님이 모두 한자리에 둘러앉아 장기 자랑을 하던 중이었다. 그때 나는 친구들의 권유에 못 이겨 무대 한가운데로 불려 나가 별로 잘하지도 못하는 노래를 부르고 있었다. 노래의 중간쯤에서 한창 목청을 높이려고 하는데, 갑자기 아랫도리에 이상한 느낌이 오면서 팬티가 젖기 시작했다. 순간, 목이 부러지기라도 한 듯 더 이상 소리가 나오지 않았다. 나는 너무 당황한 나머지 꼼짝달싹 못하고 그 자리에서 있었다. 하얀색 체육복 바지가 피로 물들기 시작한 것은 순식간이었다. 뿐만이 아니었다. 그 증오스러운 피는 팬티를 흥건히 적시고도 모자라 아예 가랑이 사이로 흘러내렸다. 미지근하면서도 축축한 피가 다리를 타고 흘러내릴 때, 하늘 저쪽에서는 태양이 눈부시게 작열했다. 나는 증오하는 심정으로 태양을 쏘아보았다. 그리고 그 자리에서 쓰러지고 말았다.

한참 만에 정신을 차렸을 때, 나는 내 방 침대 위에 누워 있었다. 하얀 체육복 바지를 벌겋게 물들인 채 기절해 버린 나를 누가 내 방까지 데려다 주었는지 궁금했다. 바지에 피를 묻힌 채 쓰러진 내 모습을 보고 수군거렸을 수많은 사람들의 얼굴이 어두컴컴한 방 안에 둥둥 떠다니는 것만 같았다. 또다시 수치심에 몸을 떨지 않을 수 없었고, 그날 밤 나는 자살을 기도했다.

자기 몸에서 흘러나온 더러운 배설물을 숨기지 못하고 수많은 사람들 앞에 노출시키는 것은 미물인 짐승이나 할 짓이었다. 따라서 나는 인간으로서의 자존심을 완전히 잃어버린 거나 마찬가지였다. 그렇다면 내가 선택할 수 있는 길은 오로지 죽음뿐이었다. 하지만 내 육체 어딘가에 숨어 있던 강한 생명력이, 아니 그보다 더 큰 두려움이 죽음을 거부했다. 나는 상처낸 오른쪽 동맥에서 몇 방울의 피가 채 떨어지기도 전에 황급히 그것을 움켜쥘 수밖에 없었던 것이다.

여자의 자궁에서 흐르는 피는 언제나 여자 자신에게보다 타인에게 더 커다란 의미다. 한 달에 며칠씩 피 묻은 생리대를 끼고 다녀야 하는 것도 새로 태어날 생명을 위한 것이고, 첫 경험임을 증명하는 처녀막의 흔적도 남성들의 소유욕과 정복욕을 채워 주기 위한 증거

물에 불과하다. 따라서 여자의 육체는 여자 자신을 위해 존재하는
것이 아니다.

　윤과의 첫 경험에서도 내 육체는 나를 배반했다. 윤과의 경험이
현실적으로는 첫 경험이었지만, 이론적으로는 성에 대해 모를 게 별
로 없는 나였다. 그런데 내 육체는 저돌적이고 공격적인 윤의 육체
앞에서 오로지 당황했을 뿐이었다. 나는 그런 내 육체에 대해 실망
하지 않을 수 없었다.

17

　　윤과의 불쾌했던 기억까지 떠올림으로써, 나는 잃어버린 키스와 상관이 있는 대부분의 기억들을 다 더듬어 본 셈이다. 그러나 여전히 나는 왜 어쩌다가 키스가 사라져 버렸는지 분명하게 말할 수 없다. 그것은, 키스가 사라져 버렸다는 사실을 자각하게 되었을 때부터 꿈틀거리기 시작한 욕망이 아직 욕망인 채로 남아 있다는 뜻이기도 하다. 그러므로 텅 빈 공백이 불러일으킨 냄새 없는 욕망을 어떤 형태로든 실현시켜 보고 싶다. 그래서 나는 그 대상으로 석진을 택했다. 최초로 키스한 석진이 내가 찾고 있는, 아니 무작정 이끌리고 있는 어떤 욕망에로 나를 인도해 줄 수 있을 것 같아서이다.

　　나는 오래된 수첩을 뒤져 석진에게 전화를 걸었다.
「보고 싶다, 만나자.」
꽤 여러 해 만에 전화를 걸었음에도 단박에 내 목소리를 알아들은 석진의 첫마디는 도발적이었다. 오랜만에 전화 통화를 하게 되는 사람들이 으레 건넬 법한 형식적인 인사말을 생략한 채 곧바로 본론을 이야기하는 거두절미가 그랬고, 얼마든지 은유적으로 표현할 수 있는 감정을 너무 직설적으로 내보인 점이 그랬다.

중요한 이야기를 꺼내 놓기 전에 상대가 미리 감지하고 마음의 준비를 할 수 있도록 분위기를 잡을 줄도 모르고, 다소 곤란한 이야기를 에둘러 할 줄도 모르는 석진의 말투는 상대를 당황하게 만들거나 때로는 당돌하게까지 들렸다. 특히 말의 내용과는 전혀 어울리지 않는 석진의 무표정과 감정 없는 목소리는 컬트 영화의 청색 화면 속에 등장하는 차갑고 비정한 주인공의 그것처럼 기괴하기조차 했다. 유머가 섞이지 않은 도발은 신선한 자극이나 충동과는 거리가 먼 위험에 가까웠다. 삶과의 적당한 거리를 유지할 줄 아는, 그래서 삶을 다룰 줄 아는 자들만의 특권이 유머라면, 그것을 모르는 석진은 어쩌면 삶에 너무 몰두해 있거나 아니면 삶과 너무 멀어져 버리는 방식에만 익숙해 있는 것인지도 몰랐다. 그런 점에서 보면 석진과 나는 닮은 구석이 많았다. 석진처럼 엉뚱한 순간에 느닷없이 무성의하기 짝이 없는 얼굴을 하고 자신의 속내를 털어놓는 그런 식의 돌출은 애써 자제하지만, 나 역시 삶의 이쪽 아니면 저쪽이라는 양 극단의 지점에서밖에 존재하지 못하는 인간이었던 것이다. 그래서 나는 석진의 거두절미와 냉소의 역설을 누구보다도 먼저 눈치 챌 수 있었다. 그리고 그 속에 숨겨져 있는 자신 없음과 치명적인 게으름까지도.

수런거리는 말소리와 자주 통로를 오가는 사람들의 발소리, 그리고 커피잔과 접시가 부딪치며 내는 딸그락 소리.

　음악이 흐르지 않는 호텔 커피숍은 미세하고 사소한 소리들로 끊임없이 바스락댔다. 바닥에 깔린 고급 카펫과 하얀 와이셔츠에 나비넥타이를 맨 종업원마저 없었더라면, 그곳은 서로 상관없는 사람들을 한곳에 모아 놓은 특징 없는 공간에 불과했다. 그러나 간간이 마실 것을 입으로 가져가며 서두르지 않고 이야기하는 사람들의 몸놀림은 누구의 지시라도 받은 듯 하나같이 우아하고 세련돼 보였다. 격조 있게 목소리를 잔뜩 낮춰 말하는 옆 사람들의 대화를 모른 체하며 나 역시 그들처럼 격조를 지키려 하다 보니, 금세 목 뒤가 뻣뻣해지면서 자꾸만 헛기침이 나왔다. 담배를 피우고 싶었지만, 며칠 전부터 시작된 감기로 목이 심하게 부어 있었기 때문에 피울 수가 없었다. 나는 담배를 피우는 대신 왼쪽 새끼손가락으로 귀를 후볐다. 그러자, 금세 진물 같은 것이 손가락에 묻어 나왔다. 얼마 전 헐었던 귓속에 딱지가 앉고 나아가는 것 같더니 또다시 이상이 생긴 모양이었다.

　한동안 중단되었던 지독한 귀파기가 다시 시작된 게 은근히 염려스러웠다. 일단 귀파기가 시작되면 하루에도 몇 차례 거의 무의식적으로 후벼 파는 통에 내 귓속은 늘 얼얼하거나 약간씩 헐어 있어야 했다. 부드러운 면봉이나 귀이개만으로는 성에 차지 않아 새끼손가락까지 동원하는 지독한 귀파기는 번번이 필사적이어서 심한 귀앓이는 물론, 심지어는 병원 신세를 진 적도 여러 번이었다. 매일매일 귓속을 후벼 파듯 내 삶을 끊임없이 분석해야만 직성이 풀리는 나는 명료하게 분석되지 않는 삶의 어떤 국면과 맞닥뜨리게 되면 특히 더 심하게 귀를 후벼 파곤 했다.

　그 삶의 어떤 국면이란 외부 사건의 특이성이나 심각성이 문제가 되는 부문이라기보다는 어떤 사건에 반응하는 자아가 유달리 갈피를 잡지 못하고 혼란에 빠졌을 때를 두고 하는 말인데, 그럴 때마다 나는 귓속에서 어떤 해답을 찾아내기라도 할 듯 맹렬하고 집요하게 귀를 후벼 파는 것이다. 제2, 제3의 자아가 귓속에 있기나 한 것처럼.

몇 달 전 아버지가 돌아가셨을 때도 그랬다. 아버지의 죽음이라는 상황, 아니 아버지의 죽음을 대하는 나의 감정과 태도는 도무지 뚜렷하지가 못했다. 그 불투명함과 애매모호함 때문에 오히려 꽤 오랫동안 아버지의 죽음 주변을 배회해야만 했다. 그때도 나는 어김없이 귀파기에 몰두했고, 그러다가 의사로부터 청각 장애가 올 수도 있다는 경고를 듣고서야 비로소 지독한 귀파기를 멈추었다.

석진이 약속 시간에 맞춰 커피숍 안으로 들어왔다. 입구에 들어서면서 곧바로 나와 눈이 마주치는 바람에 나는 아는 체하며 오른손을 들어 보였다. 석진 역시 며칠 전에도 만났던 사람처럼 약간 고개를 끄덕이는 정도의, 전혀 극적이지 않은 제스처로 가볍게 응답했다. 예전에 비해 조금 살이 찌고 배가 튀어나온 것 외에는 별로 달라진 게 없어 보이는 석진이 자리에 앉자마자 담배를 꺼내 물며 말했다.

「좋아 보인다. 결혼 생활이 괜찮은가 보지.」

「넌 어때?」

「나?」

다른 사람 눈에 비치는 자신의 모습 따위에는 관심도 없는 듯 아무렇게나 담배 연기를 뱉어 내던 석진이 그때서야 비로소 내 얼굴을 똑바로 쳐다보며 희미하게 덧붙였다.

「그럭저럭.」

「결혼은 했고?」

나도 모르게 튀어나온 말이었다. 석진에게 전화를 걸기 전까지만 해도 그를 까마득히 잊고 있었다. 석진과 전화 통화를 하고 나서도 그의 결혼 여부를 궁금해한 적은 한 번도 없었다. 그런데 무슨 영문인지 결혼했냐고 물었던 것이다. 그것도 만나자마자.

몇 년 만에 만나 딱히 할 말을 찾지 못해 튀어나온 질문인지, 아니면 석진에 대해 가장 궁금한 것이 바로 결혼 여부였는지 나로서도 알 수 없었다.

그 순간 담배를 피울 수 있었더라면 아마도 그런 진부한 질문은 하지 않았을지도 모른다는 생각을 하고 있는데, 석진이 마음을 읽기라도 한 것처럼 나에게 담배를 권하며 말했다.

「아직 결혼 못했어.」

예전에도 석진은 종종 나에게 담배를 권했다. 그는 나에게 담배를 권한 최초의 남자였다. 아니 유일한 사람이었다. 같은자리에서 담배를 피우게 되는 경우 대개의 남자들은 주로 어색해할 뿐이었다. 그리고 여자들은 담배를 권하는 문화에 익숙지 않아 각자 자신의 담배를 꺼내 피울 뿐, 다른 사람에게 권하거나 하지는 않았던 것이다.

다른 사람에게 담배를 권하지 않는 것은 나 역시 마찬가지였다. 나에게 있어서 담배는 다분히 사적인 기호품이었고, 따라서 그런 사적인 것을 타인에게 내민다는 것이 좀 그랬던 것이다.

「목이 아파서 자제 중이야.」

그렇게 말하면서도, 석진이 한 번 더 권하면 피울 생각이었다. 그러나 석진은 더 이상 권하지 않았다. 나는 끈적한 욕구가 담긴 시선으로 석진의 담배 피우는 모습을, 아니 석진이 피우는 담배를 바라보았다. 문득 내 시선을 의식한 석진이 담배는 권하지 않고 엉뚱한 말을 끄집어냈다.

「기억나? 내가 군대에서 첫 휴가 나왔던 날……. 지금 생각해 보
면 어설프기 짝이 없는 표현인데, 사실은 그때 너에게 청혼을 하고
싶었던 거야. 네가 눈치 챘는지 모르겠지만…….」

그런 적이 있었다.

몹시 추운 겨울이었고, 그날 우리는 문틈으로 끊임없이 찬바람이
새어 들어오는 허름한 선술집에서 술을 마셨다. 석진이 군대에서 첫
휴가를 나온 날이었다. 추위를 심하게 타는 탓에 난방 시설이 변변
치 못한 선술집에서의 기억을 떠올리자 오로지 추웠다는 생각밖에
나지 않았다. 그날 나는 얼굴이 붉어질 정도로 술을 마셨음에도 온
몸을 사시나무 떨듯 떨었다. 그리고 평소 같지 않게 왠지 황폐해 보
이던 석진의 모습 또한 나를 더 춥게 했던 기억도 났다. 날카롭게 날
이 선 군복 하나만 달랑 입고 외투도 걸치지 않은 석진의 입술 또한
나만큼 새파랗게 얼어 있었던 것도.

그때 석진이 약간 떨리는 목소리로 이렇게 말했던 것 같다.

「입대하기 전날 친구들에게 이끌려 소위 사창가라는 데를 처음 가
봤어. 물론 우리는 술을 꽤 많이 마신 뒤였지. 한 여자가 들어와 내
옷을 벗기려고 했어. 그때 무슨 일인지 네 얼굴이 떠오르면서 술
이 확 깨더라.」

석진이 청혼 운운하는 것이 바로 그때의 이야기를 두고 하는 말이
라는 생각이 들자 문득 웃음이 터져 나왔다.

오래전 그날, 석진이 나에게 건넨 말이 사랑의 고백이었음을 그 당
시 나는 전혀 눈치 채지 못했었다. 자신의 감정을 좀 무뚝뚝하긴 하
지만 비교적 솔직하게, 거침없이 발설하는 석진이 그런 식의 은유를

사용했을 줄은 꿈에도 생각지 못했던 것이다. 그날 나는, 어울리지 않는 분위기에서 어울리지 않는 유머를 하는 석진을 물끄러미 쳐다보았을 뿐이었다. 그리고 석진이 헤어지면서 자신이 복무하는 부대의 주소를 적어 주었지만, 나는 석진이 제대할 때까지 한 번도 편지를 보내지 않았다.

석진의 엉뚱한 고백은 도무지 적절하지 못한 때늦은 고백이었다. 타인에 대해 늘 긴장하는 편인 나는 석진이 비교적 명백하게 자신을 드러내는 그런 사람이기에 편했다. 대부분의 경우 사람들은 자신의 의도를 곧바로 드러내는 것보다 에둘러 표현하는 것이 겸손이고 미덕이라 믿는 모양이지만, 나로서는 몇 겹의 복선 아래 깊숙이 감추어진 상대의 의중을 미루어 짐작하는 일만큼 피곤하고 어려운 일도 없었다. 정직하지 못하고 의뭉한 상대의 의중을 미루어 짐작하는 일이란 겹겹의 안개로 뿌옇게 흐려진 허공에다 대고 화살을 쏘아 올리는 것과 흡사했다. 그래서 나는 과녁을 명중시키지 못한 사실을 뒤늦게 확인해야만 했다. 어디 그뿐인가. 과녁을 벗어난 화살들이 때로는 휘어진 골골로 되돌아와, 방심하고 있는 내 뒤통수를 쳤던 적은 또 얼마나 많았던가 말이다.

지금 석진의 경우도 마찬가지다. 10년 가까이 자신의 의도를 숨기다가 이제서야 털어놓는 그는, 나로서는 한 번도 쏘아 올린 적이 없는 낯선 화살을 되돌려 주면서 나를 당황하게 만들고 있는 것이다. 솔직하고 직선적인 것 같다가도 더러 의외의 행동을 하는 점 또한 석진의 특징이라면 특징이지만, 아무튼 갑자기 달라져 보이는 석진의 얼굴을 꽤 오랫동안 물끄러미 쳐다보고만 있었다.

약간 산만하면서 짙은 눈썹, 좁아 보이는 이마, 심한 축에 속하는 곱슬머리, 콧날은 서 있지만 어딘지 모르게 빈약한 느낌을 주는 코, 오래전 내 입에 키스했던 의외로 육감적인 입술, 그리고 두껍고 매끄러울 것 같은 누르스름한 피부. 둥그스름하고 부드러운 이미지로만 알고 있던 석진의 이목구비를 나는 처음으로 꼼꼼히 살펴보았다. 그때 내 시선을 의식한 석진의 눈빛이 문득 흔들리면서 방향을 잃었다. 곧이어 석진은 곤혹스러운 표정을 감추지 못하며 담뱃갑에서 두 개비째 담배를 꺼내 물었다. 담배 연기가 묘하게 일그러지는 석진의 얼굴을 어렴풋이 가려 주었다. 담배 연기가 아니었다면 석진의 얼굴이 보기 흉하게 일그러지다 못해 형체를 알아보기 힘들 정도로 녹아내렸을지도 모른다는 생각을 하며 나는 얼른 시선을 다른 쪽으로 돌렸다. 상대의 시선을 의식하게 될 때, 특히 무방비 상태에서 느닷없이 그런 경우를 당하게 되었을 때의 기분이 어떠하다는 것을 나도 알고 있어서였다.

시선에의 히스테리.

석진이 내 시선을 피하는 것도 그렇고, 내가 필요 이상으로 상대의 눈을 빤히 들여다보는 것도 결국은 똑같은 시선에의 히스테리다. 석진이 타인의 시선을 피함으로써 자신을 보호하려 한다면, 나는 타인의 시선을 오히려 주목함으로써 타인으로부터 나를 보호하고자 한다. 진정한 의도와 감정을 종종 감추는 타인은 언제나 두렵다. 그래서 나는 어떻게든 상대의 눈빛을 해석하려고 애쓴다. 무수한 은유의 숲 뒤에 감춰진 상대방의 진정한 의도와 감정을 정확하게 포착하기 위해서는 그가 내뱉는 말보다 그의 눈빛에 주목하는 편이 오히려 낫다. 말보다는 눈빛이 더 정직하다고 생각하는 것도 편견일지 모르지만, 나는 상대의 눈빛을 나름대로 해석해야만 비로소 타인에 대한 불안으로부터 벗어날 수 있다. 하지만 그런 식의 주목은 종종 오해를 불러일으키거나 상대를 불쾌하게 만들었다. 거의 히스테리에 가까운 내 시선에 심지어는 상처를 입는 사람도 더러 있었다. 어쩌면 석진 역시, 그런 나의 시선에 부담을 느끼는지도 모를 일이었다.

사랑하는 감정으로부터 비롯된 것이라고는 결코 말할 수 없는, 그야말로 사라져 버린 키스를 되찾고 싶은 욕구에 불과한, 우발적인 예전의 키스 때 그랬던 것처럼 언제라도 없었던 일이 되어 버릴 수 있는 그런 방임을 나는 석진에게 기대했다. 그런데 석진은 단지 바라보았을 뿐인 내 시선에조차 예민하게 반응했다. 나는 그런 석진의 반응이 부담스러웠다. 그리고 어떤 이유에서 발설된 것인지 알 수 없는 석진의 뒤늦은 고백 역시, 자유롭게 그에게로 향하려 했던 내 마음을 주춤하게 만들었다.
예전과 마찬가지로 지금도 나는 석진을 사랑하지 않는다. 단지 나는, 석진을 통해 내가 갈구하는 진정한 의미의 키스를 되찾고 싶을 따름이다. 그러므로 유효 기간이 지나도 한참 지난 석진의 뒤늦은 사랑 고백은 모른 체 삼킬 수도 없고, 그렇다고 함부로 뱉어 버릴 수도 없는 상한 음식처럼 껄끄럽고 부담스러웠다.
담배 한 개비를 피우는 동안, 어느 정도 표정을 수습한 석진이 재떨이에 담배를 비벼 끄며 말했다.
「어디 가서 술이나 한잔하지 뭐.」
커피값을 계산하고 호텔 문을 나선 우리는 대학 시절 우리가 간혹 술을 마셨던 대학가의 술집과 분위기가 비슷한 호프집으로 자리를

옮겼다. 늘 낡은 코르덴 바지 차림이던 대학 시절과는 달리 말쑥하
게 양복을 입었는데도, 호텔 커피숍보다는 남루한 호프집이 아직까
지 더 편한지 석진은 방금 전에 비해 한결 활발해 보였다.

　예전에 그랬던 것처럼 거침없이 술잔을 내밀며 술을 권하면서도,
결코 나를 쳐다보지 않는 석진이 화제를 바꾸어 파키스탄의 돌산에
관해 제법 오래 떠들었다. 우여곡절 끝에 지금은 선배가 운영하는
여행사에 근무하고 있고, 그래서 얼마 전 파키스탄에 다녀왔다는 석
진은 그곳의 자연을 이야기하며 꽤 여러 번 '장쾌한'이라는 단어를
입에 올렸다. 일상의 대화에서는 흔하게 사용되지 않는 그 형용사가
석진의 입에서 처음 나왔을 때는, 파키스탄이라는 나라에 관한 이야
기가 새롭게 여겨지기도 했다. 그런데 문장의 앞뒤 맥락과는 상관없
이 너무 자주 반복되자, 이내 진부하고 상투적으로 들렸다. 그래서
그런지, 석진과 마주 앉아 있는 두어 시간 동안 나는 몇 번씩이나 귀
를 후비고 싶은 충동을 느꼈다. 지루했던 것이다. 하지만 손가락을
집어넣자마자 손가락 끝에 대뜸 불쾌한 물기가 묻어 나와 더 이상
귀를 후빌 수가 없었다. 나는 귀를 후비는 대신 자주 자세를 바꿔 앉
거나, 술잔 옆에 놓인 나무젓가락을 공연히 만지작거리며 순간순간
끼어드는 무료함을 달래야 했다.

　전혀 새로울 것이 없는 일상적인 관계에서 오히려 권태를 느끼지
않는 것은 기대하는 바가 없기 때문이다. 그러나 근 10년 만에, 혹은
처음 만난 상대에게서 도리어 권태를 느끼는 것은 새로운 무언가를
끊임없이 기대하기 때문이다.

　석진과 함께한 몇 시간 동안, 내가 몰두할 수 있었던 것은 그가 호

텔 커피숍에 들어섰을 때로부터 불과 몇 분 정도가 고작이었다. 몇 년 사이 좀 변한 것 같은 석진의 모습이 잠시 내 관심을 끌었던 것이다. 그러나 예전에 비해 약간 달라진 것 같은 그의 모습이 더 이상 낯설지 않고 눈에 익게 되자, 이내 다른 생각들이 끼어들며 무료해지기 시작했다. 예상치 못했던 석진의 고백이 잠시 나를 어리둥절하게 하고 또 한 번 열중하게 만들긴 했지만, 그 외의 시간들은 그야말로 아무것도 아닌 무의미한 시간들이었다. 그래서 마지막 술잔을 비우고 술집에서 나와 헤어지게 되었을 때, 나는 허전하기는커녕 오히려 홀가분했다. 그런데 또 연락하자며 손을 내미는 석진의 손을 마주 잡는 순간 갑자기 더 할 이야기가 남은 것 같은 기분이 들었고, 그래서 나는 뒤돌아 가는 석진의 모습을 한 번 더 쳐다보았다.

석진과의 헤어짐 끝에 약간의 여운이 없었던 것은 아니나 이내 그를 생각한 것도 아닌데, 그날 밤 꿈속에 나타났다. 석진은 몇 시간 전 만났을 때 입었던 옷을 그대로 입고 있었지만, 전체적인 분위기는 대학 시절의 모습이었다.

석진이 말한 파키스탄의 돌산 같은 곳에서 석진과 나는 조금 떨어져 앉아 있었다. 그러다가 갑자기 어둠이 찾아왔던가. 동시에 머릿속을 환하게 밝히고 있던 어떤 불빛이 완전히 꺼져 버리고 말았다. 두려움에 이어 야릇한 흥분이 은밀하게 발가락을 간지럽혔다. 그때 따듯하고 부드러운 무엇이 살그머니 입술 끝에 와 닿았다. 석진이었다. 아니, 석진의 입술이었다. 곧이어, 뜨겁게 달아오른 석진의 혀가 입 안 가득 밀려 들어왔다. 아득해지는 느낌이 들면서 미치도록 귀가 가려웠다.

18

급기야 귓병이 나고 말았다. 간밤에 꿈을 꾸면서 나도 모르게 귀를 심하게 후볐던 게 틀림없었다. 아침에 눈을 떠보니, 얼마나 지독하게 팠는지 왼쪽 새끼손가락에는 검붉은 핏자국이 묻어 있었고 귓속은 몹시 욱신거렸다.

마침 토요일이라 일찍 퇴근해 이비인후과에 들렀다. 의사는 또 청각 장애 운운하며 겁을 잔뜩 주었다. 굳이 의사의 말이 아니더라도 귀파기를 자제해야 한다고 다짐하고 있었는데, 약간 과장이 섞인 듯한 의사의 말을 듣자 오히려 끝까지 귀를 후벼 보고 싶은 충동이 일었다.

파괴적인 결과가 뻔히 짐작됨에도 불구하고 왠지 끝까지 고집을 부려 보고 싶은 그런 욕망이 내 속에는 늘 도사리고 있다. 나는 종종 줄담배를 피운다. 심할 때는 다섯 개비까지 연달아 피우기도 한다. 내가 이처럼 담배에 집착하는 것은 피우는 순간의 만족감 때문이라기보다는 담배를 피우고 싶은 욕구가 발생했을 때 느끼는 거의 완전에 가까운 지향, 혹은 사로잡힘, 바로 그것 때문이다. 늘 나를 매혹시키는 것은 온몸으로, 전적으로 요구하는 바로 그 상태인 것이다. 그러므로 정작 피우는 순간의 쾌감은 담배를 향한 팽팽한 욕구에 비하면 아무것도 아니다. 그래서 나는 네 개비째 피우면서도 곧이어 피우게 될 다섯 개비째 담배를 욕망하는 것이다.

알코올로 소독된 거즈가 귓속의 상처를 닦아 내는 동안, 쓰라린 통증과 시원한 쾌감이 동시에 교차했다. 귓속을 들여다보며 연신 콧김을 내뿜던 의사가 치료를 끝낸 후 대문을 봉쇄하듯 커다란 반창고 하나를 왼쪽 귀에 붙여 주었다. 병원 문을 나서는데 중요한 즐거움 하나를 빼앗긴 것처럼 허전했다.

나는 병원에서 가장 가까운 가게에 들러 담배 한 갑을 샀다. 아직 감기가 낫지 않아 목이 아팠지만, 담배에 대한 욕구는 목의 통증보다 훨씬 더 강렬하고 고집스러웠다. 담배를 피울 만한 마땅한 장소를 찾기 위해 두리번거리다가, 병원에서 얼마 떨어지지 않은 곳에 위치한 작은 카페로 들어갔다.

내가 담배를 피우는 데 있어서 장소를 가리는 것은 은밀한 즐거움을 가능한 한 방해받기 싫어서이다. 담배를 피우면서 약간의 오르가슴을 기대하기도 하는 나로서는, 그것이 비록 지극히 보편적인 행위라 할지라도 어떤 비밀스러움 속으로 숨고 싶은 것이다. 그래서 나는 손님이 많지 않은 작은 카페나 한적한 공원 벤치, 혹은 늦은 밤 아파트의 깜깜한 베란다에서 피우는 것을 좋아한다. 특히 아무도 출근하지 않은 빈 사무실에서 커피와 함께 하루의 첫 담배를 피우는 기분은 정말 짜릿하고 상쾌하다.

　어중간한 낮 시간이라 그런지, 카페 안에는 손님이 한 사람도 없었다. 표지가 닳을 대로 닳아 너덜해진 여성지를 들여다보며 한쪽 다리를 까닥거리고 있던 여종업원은 내가 미처 자리를 잡고 앉기도 전에 물컵을 들고 와 말없이 주문을 재촉했다.

　주문한 지 채 1분도 안 돼 가져다 준 커피는 불쾌하게 미지근했지만, 무슨 향인지 냄새는 그런대로 괜찮았다. 커피 한 모금이 입 안을 적시자, 꽤 오랫동안 니코틴에 목말라 있던 목구멍이 갑자기 격렬하게 반응했다. 커피를 마실 때는 반드시 담배를 피우던 습관 때문이었다.

　나는 목구멍에서 '담배'라고 외치는 소리가 나도 모르게 터져 나오기 전에 얼른 담배에 불을 붙여 가슴 깊숙이 연기를 빨아들였다. 담배 연기는 애타게 연인을 기다리듯 잔뜩 긴장하고 있는 목구멍을 슬쩍 지나쳐, 뱃속 깊은 곳까지 들어갔다가 이내 되돌아 나왔다. 그러자 머리의 꼭대기, 즉 정수리께가 쥐가 난 듯 저릿하면서 어지러웠다. 그 어지럼증이 싫지 않아 충분히 음미한 다음 다시 담배 연기를 빨아들여 보았지만, 첫번째 한 모금을 들이마셨을 때와 같은 야릇한 어지럼증은 두 번 다시 느껴지지 않았다. 첫 담배, 혹은 첫 모금의 쾌감.

　내가 이토록 오래 담배에 연연하는 것도 어쩌면 그 첫 모금의 담배 연기에 대한 기억 때문인지 모른다.

　담배를 처음 입에 댄 것은 재수를 하던 열아홉 살 때였다. 대학 시험에 떨어지고 입시 학원을 다니던 그때, 나는 늘 우울한 기분에 사로잡혀 있었다. 오로지 집과 학원을 오가며 공부에만 매달리는 단조로운 상황에도 불구하고 어떤 경위로 발생했는지 알 수 없는 격한 감정이 종종 나를 송두리째 흔들어 놓았는데, 그 감정의 내용은 주로 극단적인 허무나 우울이었다.

그때의 감정들은 아무것도 아닌 삶을 아무것도 아닌 것으로 받아들이고 싶지 않은 나의 발버둥이었고, 눈치 채고 싶지 않은 삶의 권태와 감금의 기미를 눈치 챈 나의 난폭한 히스테리였다. 그런데 문득 담배가 나를 유혹했고, 담배는 극단적인 허무와 우울로부터 잠시 잠시 벗어날 수 있도록 도와주었다.

그날, 이유 없이 학원가기를 포기한 나는 혼자 집에 남아 있었다. 매일 집을 지키던 엄마도 마침 외출하고 없었다. 하릴없이 집 안을 어슬렁거리는데, 아버지가 놓고 나간 담배 케이스가 눈에 띄었다. 나는 남아 있던 아홉 개비의 담배 중 세 개비를 꺼냈다. 담배를 손에 쥐는 순간 심하게 가슴이 두근거리며 이래도 되나 싶었지만, 나는 망설이지 않고 내 방으로 들어갔다.

책상 서랍 안에는 알록달록한 성냥갑들이 가득 들어 있었다. 카페에서 커피를 마시고 나올 때마다 하나씩 가져온 것들이었다. 담배를 피우지 않으면서도 잊지 않고 성냥갑을 챙긴 것은 무의식적인 흡연 욕구 때문이었을까? 나는 다양한 색깔과 모양의 성냥갑들 중에서 디자인이 제일 단순해 보이는 것을 꺼내 그어 보았다. 물론 한 번에 성공했다. 불길은 갑자기, 도발적으로 푸식 소리를 내며 크게 타올랐다. 진달래색 유황이 순식간에 검은색으로 바뀌면서 이내 불길의 크기가 작아졌다. 나는 그때서야 담배 한 개비를 입에 물었다. 처음 입에 대보는 담배임에도 오래전부터 담배를 피워 온 상습적인 흡연자처럼 익숙한 담배에의 욕구가 몸의 은밀한 곳에서 꿈틀거렸다. 그리고 문득 관능적인 감정이 입술 주변을 스쳐 지나갔다. 나무 타는 냄새와 함께 크기가 급속히 줄어드는 성냥개비의 불길을 두근거리는 심정으로 담배 끝에 갖다 댔다. 한 번도 예행 연습을 하지 않았지만, 신기하게도 입술은 본능적으로 담배 연기를 빨아들이기 시작했다. 입 안 가득 들어온 연기를 어떻게 하지 못해 머금고 있다가 조금씩 조심스럽게 삼켜 보았다. 두어 번 잔기침이 나면서 눈가에 약간 눈물이 맺혔다. 목이 따갑고 아팠지만 오래전부터 기대했던 어떤 기분을 맛본 느낌이었다. 아늑하고 포근한 가운데서도 느낄 수 있는 예리하고 날카로운 자각, 혹은 섬세하고 부드러우면서도 몹시 격정적인, 쾌변 직전의 서늘한 쾌감 같은. 그리고 완전한 정적의 안정적인 만끽.

아무튼 그것은 결코 단순하지 않은 매력적인 첫 경험이었다.

붕대를 잘라 속에 대고 만든 커다란 반창고를 한쪽 귀에 붙이고 내가 세 개비째 담배를 연달아 피우는 사이, 건성으로 여성지를 뒤적이던 여종업원은 자주 흘끗거리며 쳐다보았다. 묘한 뉘앙스를 풍기는 그녀의 시선은 별로 기억하고 싶지 않은 몇몇 순간들을 다시 떠올리게 만들었다.

가능한 한 비밀스럽게 담배를 피워야 한다는 사실을 누가 가르쳐 주지 않아도 알고 있었던 나는 처음 한동안, 내 방이 아닌 다른 곳에서는 결코 담배를 피우지 않았다. 담배 피우는 여자에 대해 많은 사람들이 왜 그토록 불쾌해하는지 나로서는 납득하기 어려웠지만, 내가 사는 이 땅의 현실은 어쨌든 그랬고, 그런 그들과 무의미한 신경전을 벌이고 싶지 않았던 것이다.

나는 매일 밤 식구들이 모두 잠든 것을 확인한 다음, 그 무렵의 하루치 분량인 다섯 개비를 내 방에서 피웠다. 담배를 피울 때는 반드시 창문을 열어 놓았다. 그러나 2, 3분 간격으로 연달아 피웠기 때문에 다섯 개비를 다 피우고 나서도 한참 동안 창문을 열어 놓고 환기를 시켜야만 했다. 연달아 피워 댄 담배 때문에 급속도로 피곤해진 나는 미처 창문을 닫지 못한 채 잠들기 일쑤였다. 그러다 보니 늘 감기 기운에 시달려야 했다. 뿐만 아니라 열어 놓은 창문 틈으로 스며든 찬 공기에 밤새 노출되어 있던 몸은 아침이면 죽은 사람처럼 싸늘하고 축축했으며, 불쾌하기 짝이 없을 정도로 무거웠다. 그래서 어느 날부턴가 나는 방 안에 담배 연기가 남아 있는 줄 알면서도 일찍 창문을 닫아 버렸다. 그 바람에 내 방에서는 항상 퀴퀴한 냄새가 났다. 어느 날 밤, 엄마가 불현듯 내 방문을 열어젖힌 것도 방 안에 잔뜩 밴 냄새 때문이었을 것이다.

그날 나는 감기 기운으로 무겁던 머리가 꽤 맑아져 제법 상쾌한 기분으로 그날의 첫 담배를 피우고 있었다. 한 번의 들숨과 날숨. 엄마가 밤중에 느닷없이 내 방문을 열었을 때, 나는 그날의 첫 담배를 한 모금 들이마셨다가 내뱉던 참이었다. 단 한 모금의 담배 연기에도 방 안은 온통 자욱해졌다. 담배 냄새, 아니 담배 연기의 독한 냄새도 코를 찌를 정도였다. 단 한 모금의 담배 연기만으로도 온 방이 자욱해지고, 방 안 가득 냄새가 진동한다는 사실을 그날 처음 깨달았다. 부드러운 즐거움이었던 담배 연기가 갑자기 부담스럽고 수치스러운 연기로 돌변한 것은, 몰래 숨어든 도둑이라도 잡을 듯 와락 방문을 열어젖힌 엄마 때문이었다.

손가락 사이에 담배를 끼운 채 다리를 꼬고 의자에 앉아 있던 나는 경악해 마지않는 엄마의 얼굴을 놀란 눈으로 쳐다보았다. 불시에 맞닥뜨린 엄마와 딸의 표정이 한편으로는 완벽하게 대조를 이루면서 다른 한편으로는 닮아 있었다. 두 사람 모두 아연해하고 당혹스러워했으며, 또 서로 조금씩 다르게 분개하고 절망했다. 엄마와 딸 사이의 거리는 대략 2미터 정도 되었고, 엄마는 산만하게 허공을 맴돌던 담배 연기가 자신의 볼에 미처 가 닿기도 전에 말없이 방에서 나가 버렸다. 나는 약간 자포자기한 심정이 되어 두어 모금 더 피웠다.

　고등학교 때 이미 딸로부터 배반당한 경험이 있는 엄마는 나의 담배 피우는 모습을 보고 아연실색했는데도, 뭐라고 선뜻 말을 꺼내지 않았다. 엄마의 눈으로 봤을 때 내가 담배를 피운다는 것은 명백한 타락이었을 것이다. 하지만 딸의 타락을 자신의 탓이라고 여기기라도 하는지, 나와 마주칠 때마다 깊은 한숨을 내쉴 뿐 더 이상 아무런 말도 하지 않았다.

　그날 이후, 나는 더 이상 방에서 담배를 피우지 않았다. 대신 바깥에서 피울 장소를 물색해야 했는데, 그러던 중 발견한 곳이 학원 부근의 후미진 카페였다. 카페에서 담배를 피우는 기분은 내 방에서 혼자 피울 때와는 사뭇 달랐다. 사람들의 시선을 의식하며 담배를 피운다는 것은 결코 유쾌하지 못한 일이었다. 담배와의 은밀한 교감이 반감될 수밖에 없었다. 그래서 별다른 기분을 느끼지 못한 채 담배를 피우게 되는 경우가 더 많았다. '감히 여자가' 하는 눈초리로 쳐다보는 경직되고 편협한 시선들을 의식하면서 때로는 유치한 쾌감을 맛보기도 했으나, 그것은 말 그대로 유치한 쾌감일 뿐이었다.

그러던 어느 날, 카페를 드나들기 시작한 지 한 달 남짓되었을까. 학원 수업을 마치고 그 카페에 들어섰을 때, 다른 때와는 달리 손님이 북적거렸다. 그냥 되돌아 나갈까 하는데, 다행히 내가 주로 앉던 구석 자리가 비어 있었다. 나는 평소 하던 것처럼 자리에 앉자마자 담배를 꺼내 물었다. 그 무렵 눈인사 정도는 하게 된 주인 여자가 묻지도 않고 커피를 갖다 주었다. 뜨거운 커피를 마시는 둥 마는 둥 한 모금 삼킨 나는 곧바로 담배에 불을 붙였다. 낯선 남자의 바지가 내 시야를 가로막은 것은 담배 한 개비가 절반쯤 타 들어갔을 때였다.

느닷없이 나타나 시야를 가로막는 후줄근한 바지가 누군지 궁금해 고개를 들어 얼굴을 확인했다. 처음 보는 얼굴이었다. 그런데 무슨 일인지 남자는 화가 잔뜩 난 얼굴로 나를 잡아먹기라도 할 듯이 노려보았다. 족히 오십은 되어 보이는 남자가 나를 노려보는 이유를 전혀 눈치 채지 못해 의아한 표정으로 다시 한 번 그를 확인하기 위해 고개를 들었다. 바로 그때 남자의 투박한 손이 내 뺨을 사정없이 때렸다. 그리고 남자는 내 손에 들려 있던 담배를 거칠게 낚아채 재떨이에 눌러 끈 다음, 다시 한 번 나를 노려보고는 휑하니 카페에서 나가 버렸다.

졸지에 벌어진 해프닝에 넋이 나간 나는 완전히 정지된 상태로 멍하니 앉아 있었다. 카페 안의 모든 사람들이 여러 가지 의미가 담긴 시선으로 나를 구경했다. 그날 나는 세상에 태어나 처음으로 사람들의 구경거리가 되었고, 세상에 태어나 처음으로 뺨을 맞았다. 그것은 수치나 모욕의 차원을 훨씬 넘어선 것이었다.

그 사건으로 충격을 받은 나는 일주일 넘게 심한 고열에 시달렸다. 그리고 지금까지도 그때 내 시야를 가렸던 남자의 체크 무늬 바지와 비슷한 바지만 보면 참을 수 없는 적의로 부르르 몸이 떨리곤 한다.

세 개비째 담배를 연달아 피우고 나자, 목구멍이 찢어질 것처럼 아프고 따가웠다. 여전히 여성지를 뒤적이는 종업원에게 커피값을 지불하고 카페에서 나오면서 담뱃갑을 통째로 버려 버릴까도 생각했지만, 왼쪽 귀를 막고 있는 반창고를 떠올리자 다시 미련이 생겨 그만두었다. 귀를 후빌 수 없게 된 마당에 담배마저 피우지 못한다면 너무 끔찍할 것 같았다.

자정이 가까운 시각, 늦겠다는 전화나 메모 한 장 남기지 않고 외출한 나현우는 아직도 돌아오지 않고 있다. 나는 베란다에서 열아홉 개비째 담배를 피웠다. 담뱃갑에서 담배를 꺼내 피울 때마다 그것이 몇 개비째인가를 헤아리는 버릇이 있기 때문에, 마지막 남은 담배 두 개비가 담뱃갑의 제일 안쪽에, 약간 비스듬히 쓰러진 채 숨어 있다는 것을 굳이 확인하지 않고도 알 수 있었다.

낮에 카페에서 줄담배를 피워 목이 쓰리고 아픈데도 불구하고, 집으로 돌아와 계속해서 피워 대는 바람에 남은 담배 개수는 급속도로 줄어들었다. 하지만 잠들기 직전 드문드문 별이 보이는 베란다에서 하늘을 올려다보며 피우는 담배를 무엇보다도 즐기는 나는 마지막 두 개비를 애써 아껴 두었던 것이다.

깜깜한 베란다에서 열아홉 개비째 담배를 피우는 순간, 나는 비로소 혼자가 된 기분이었다. 베란다에서 밤하늘을 올려다보며 피우는 마지막에서 두 번째 담배는 그 느낌이 늘 각별했다. 그것은, 마지막

하나가 아직 남아 있다는 데서 오는 약간의 여유와 마지막 직전이라는 긴장을 동시에 느끼게 했다. 그래서 오래 음미하며 천천히 피웠다. 그러면서 하루를 정리해 보기도 하는데, 뱃속 깊숙이 빨아들인 담배 연기는 낮 동안 산발적으로 떠올랐다 사라진 생각과 감정의 엉성한 틈들을 꼼꼼하게 메워 주었다.

오늘 오전, 나에게 걸려 온 전화는 모두 세 통이었다.
출판사에서 전화벨이 울릴 때마다 나는 누군가의 전화를 기다리는 사람처럼 긴장했다. 그러다가 오전 열한시경, 강희의 전화를 받았을 때는 내가 듣기에도 어색할 정도로 목소리가 휘면서 잔기침마저 나왔다.
「특별히 기다리는 전화라도 있는 거야? 목소리가 왜 그래?」
강희의 엉뚱한 지적에 비로소 석진의 전화를 기다리고 있었던가, 하는 생각을 했다. 석진을 만났던 그날 밤 석진과 키스하는 꿈을 꾸었고, 그 때문인지 문득문득 그를 떠올리기도 했던 것이다.
「기다리기는, 무슨…….」
가끔 강희는, 내가 나 자신을 알아채는 것보다 더 빨리 나를 눈치채, 나를 당황하게 만들었다. 소설을 쓰는 강희는 징그러울 정도로 사람의 심리를 파악하는 자신을 늘 못마땅해하면서도, 점점 더 예리하고 날카로워졌다. 강희가 심심찮게 남자를 만나면서도 사랑에 빠지지 않는 것은 그래서였다. 만나는 남자들의 심리가 너무 빤히 들여다보여 도무지 신비감이 느껴지지 않는다고 종종 투덜거렸던 것이다.
「네 목소리가 딱 그런데, 잡아떼기는……. 요즘 연애라도 하는 거니?」

강희의 입에서 느닷없이 튀어나온 연애라는 단어가 불현듯 나를 환기시켰다.

연애?

석진과 내가 연애를 한다?

생소하기 짝이 없는 문장이었다. 그러나 대부분의 사람들이 봤을 때, 어쩌면 석진과 나는 뒤늦은, 그리고 떳떳지 못한 연애를 시작하려고 하는 사람들처럼 보일 수도 있었다.

「그래, 어쩌면 바람이 난 건지도 모르지.」

「정말 그런 거야?」

강희가 갑자기 목소리를 높이며 호기심을 드러냈다.

「어떻게 설명해야 할지 모르겠는데……. 뭐랄까, 나는 단지 잃어버린 키스를 되찾고 싶을 뿐이야.」

「잃어버린 키스? 너무 추상적이다. 구체적으로 말해 봐.」

「말 그대로야. 나는 키스를 잃어버렸고, 그래서 잃어버린 키스를 찾고 있는 중이야.」

「상대가 누군데?」

「상대가 누군가는 중요치 않아. 내가 찾고자 하는 것은 본래의 의미를 간직하고 있는 키스 그 자체이지, 구체적인 입술이 아니니까.」

「네 말, 무슨 뜻인지 알 것도 같은데, 좀 황당하다. 네가 관념주의자라는 것은 알지만, 이런 문제는 그런 식으로 풀어서는 안 되는 거 아냐? 특히 키스는 허공에다 대고 혼자 하는 게 아니잖아. 반드시 구체적인 육체가 필요한 거잖아. 현우 씨와 무슨 문제라도 있는 거니?」

「문제? 있다면 있고, 없다면 없어.」

「너 현우 씨 사랑하잖아. 이제 싫어진 거야?」

「물론 나는 아직도 나현우라는 남자를 사랑해. 아니 사랑해야 한 다고 생각해. 그런데…… 그런데 말야……. 우리는 더 이상 키스 하지 않아.」

「키스에 그렇게 연연해하는 이유가 도대체 뭐야?」

「뭐랄까……. 키스는 사랑하는 사람들의 육체와 영혼이 가장 순 수하고 완전하게 결합하게 될 때 저절로 이루어지는 상징적인 행 위라고 생각해. 사랑하는 사람들의 가장 빛나고 아름다운 순간이 라고 할까. 그런데 나현우와 나는 더 이상 키스하지 않는 사이가 되어 버린 거야.」

「그래서? 그래서 다른 남자를 만나게 된 거야? 아직도 현우 씨를 사랑한다면서? 그럼 그 남자는? 그 남자도 사랑하는 거야?」

「그 남자를 사랑하는 건 결코 아니야. 단지 나는 키스를 잃어버렸 고, 그래서 문득 그 남자와 키스해 보고 싶어진 것뿐이야. 그 남자 는 나의 첫 키스 상대였거든.」

「넌 사랑하지도 않는 남자와 키스할 수 없는 애잖아?」

「내가 어떤 인간인지는 나도 잘 모르겠어. 특히 요즘 들어서는 더 그래. 아무튼 나는 사라져 버린 키스를 추적해 보고 싶을 따름이 야.」

「정말 어렵다 어려워.」

마지막 담배는 열아홉 개비째 담배에 비해 허망하고 허술하기 짝이 없었다. 담뱃갑에서 마지막 담배를 꺼내면서 이미 조급해지고 여유가 없어진 나는 서둘러 체념하듯 피워 없앴다. 급하게 빨아들인 담배 연기 때문에 목은 물론이고 가슴까지 심각할 정도로 아팠다. 그 순간, 내일은 담배를 사지 않으리라 결심했지만 과연 그럴 수 있을지 자신이 없었다.

19

　새벽 두시까지 나현우를 기다리다가 깜박 잠이 들었던 것 같은데 깨어 보니 새벽 다섯시였다. 침대 옆 자리는 싸늘하게 식은 채 비어 있었다. 현관과 붙어 있는 서재에도 그는 없었다. 결혼한 이후 외박을 한 것은 이번이 처음이었다. 서재에 감도는 냉기와 함께 가슴속이 싸늘해지면서 끝났다는 생각이 들었다.

　현관문 아래쪽의 동그란 구멍을 통해 우유가 배달되어 들어온 것은 아침 여섯시경이었다. 그때 전등도 켜지 않은 채 거실 소파에 꼿꼿이 앉아 있던 나는 깜짝 놀라지 않을 수 없었다. 기형적인 괴물의 커다란 눈에서 생각지도 못한 이물질이 튀어나오듯 느닷없이 구멍의 뚜껑이 열리며 우유 팩이 현관 바닥에 떨어졌던 것이다.
　시도 때도 없이 불쑥불쑥 열려 사람을 놀라게 하는 그 구멍에 대해 아무리 해도 익숙해지지 않는 나는 매번 처음 놀라듯 했다. 아침 일찍 배달되는 신문과 우유는 그렇다 치더라도, 낮 시간에 아무런 예고도 없이 들이밀어지는 각종 유인물들은 불쾌하다 못해 위협적이었다. 특히 나현우와 함께 며칠 집을 비우고 돌아왔을 때, 나갈 때는 없었던 낯선 물건이 현관에 떡하니 놓여 있는 것을 보면 나도 모르는 사이에 누군가 내 몸을 더듬고 지나간 것처럼 오싹했다. 무슨무슨 궁 아니면 무슨무슨 장이 대부분이라 어느 게 어느 건지 도무지 구분하기 어려운 제목의 중국집에서 뿌리는 광고물이 제일 많았는데, 그중에서도 일회용 이쑤시개가 가득 담긴 부피가 제법 큰 종이상자는 특히 거슬렸다. 크기가 작고 단출한 스티커나 얇은 광고지 등은 그래도 넘어갈 만한데, 광고지라기보다는 구체적인 물건에 가까운 이쑤시개통은 마치 누군가 집 안으로 들어와 놓고 간 것만 같아, 볼 때마다 이물스러웠던 것이다. 1년을 쓰고도 남을 만큼 많은 양의 이쑤시개를 공짜로 돌리는 중국집 주인의 심리는 소비자에게 자기네 음식을 팔아 달라고 부탁하는 쪽보다는 부담 주고 위협하는 쪽에 더 가까운 것 같았다. 나는, 그런 식으로 집 안에 불법 침입한 이쑤시개통을 평상시 사용하지도 않지만 버리자니 아까워 몇 개째 손도 대지 않은 채 싱크대 서랍 안에 쌓아 두었다.

원래 받던 드라이클리닝값을 커다란 가위표로 보기 흉하게 지우고, 그 옆에 '파격 인하'라는 글씨를 파격적으로 크고 굵게 써놓은 빨래방 광고지도 불쾌하기는 마찬가지였다. 남의 집 안에 소리도 없이 들어와 시위라도 하듯이 파격을 강조하는 조악하기 짝이 없는 빨래방 광고지는, 얼른 쓰레기통에 내다 버리는 것이 상책이었다. 그러지 않으면 어느 구석엔가 처박혀 있다가 잠시 맥을 놓을 때마다 세뇌시켜 급기야는 하루 종일 '파격'이라는 단어 속에 나를 가둬

놓기 일쑤였다.

중국집이나 빨래방의 적극적인 공세에 비하면 닭도 아니고 오리도 아닌 것 같은 동물의 그림이 그려진 치킨집 스티커는 오히려 애교스러웠다. 노란색 바탕에 빨간색 테두리를 친 명함만 한 크기의 치킨집 스티커에는 몇 달 전이나 지금이나 변함없이 똑같은 메뉴와 가격이 표시되어 있을 따름이었다.

나는 현관 바닥에 모로 쓰러져 있는 우유 팩을 한참 동안 방치했다. 아직 해가 뜨지 않아 바깥이 컴컴해서 그런지, 구멍의 뚜껑이 느닷없이 열리는 바람에 생긴 무섬증이 쉬 가시지 않아서였다. 그리고 집 안에 나 혼자밖에 없다는 생각을 하자, 우유를 가지러 현관으로 갔다가 자칫 구멍 저쪽에 숨어 있던 낯선 손이 내 다리를 낚아챌지도 모른다는 해괴망측한 상상마저 들었다. 서로 부대끼고 고통을 당하면서도 사람과 사람이 어울려서 살아가야만 하는 제일 큰 이유가 고독 때문이 아니라 두려움과 공포 때문이라는 사실이 새삼 절실하게 와 닿았다.

외부에 대한 막연한 두려움과 공포가 때로는 인간의 생존 자체를 위협할 수도 있다는 것을 처음 깨달은 것은 고등학교 2학년 때였다.

외가 쪽 친척 가운데 한 사람이 상을 당해 아버지와 엄마가 집을 비우는 바람에 그날 나는 혼자 집에 있었다. 비바람이 심하게 몰아치는 밤이라 쉽사리 잠이 오지 않았다. 잠자리에 들기 전부터 이미 무서워 불도 끄지 않고 자리에 누웠는데도, 덜컹거리는 창문 소리와 귀신의 휘파람 같은 바람 소리가 영 신경에 거슬렸던 것이다. 잠을 청하기 위해 마음속으로 하나 둘 숫자를 헤아려 보기도 했지만, 잠이 오기는커녕 오히려 더 말똥말똥해졌다. 그리고 시간이 흐를수록 점점 가슴이 죄어 오면서 무서움의 강도가 심해졌다. 벽에 걸린 시계의 초침 소리가 그토록 크게 귓속을 파고든 것도 그때가 처음이었다. 1초 간격으로 째깍거리는 시계 소리와 그에 맞춰 가슴이 쿵쾅거리는 소리에 온 신경이 집중되었다. 나는 터지기 직전의 폭발물처럼 위험 수위에 달한 심장을 진정시키려고 반듯이 누워 가슴 위에 두 손을 가지런히 올려놓았다. 바로 그때였다. 마치 하늘이 깨지는 것 같은 천둥소리와 함께 시퍼런 번갯불이 사형터의 망나니가 휘두르는 칼날처럼 방 안을 쩍 갈라놓았다. 그 바람에 자지러질 듯 놀란 나는 자리에서 벌떡 일어났다. 곧이어 이 부딪치는 소리가 나기 시작하면서 온몸이 사시나무 떨리듯 부들부들 떨렸다. 장롱이 놓인 한쪽 구석으로 몸을 숨긴 나는 아까보다 더 심하게 덜컹거리는 창문을 노려보며 몸을 있는 대로 웅크렸다. 나로서는 도저히 대항할 수 없는 무시무시한 괴물이 금방이라도 창문을 열고 들어올 것만 같았다. 머릿속에서는 소리도 아니고 뭣도 아닌 이상한 것들이 와글와글 들끓으며 나를 산산이 분열시켜 놓았다.

세상에 태어나 내가 겪었던 시간들 중에 가장 길었던 그 밤을 나는 지금도 생생히 기억하고 있다. 그 시간은 영원히 끝나지 않을 것 같은 끔찍한 악몽이었고, 그것은 그날 이후로도 꽤 오랫동안 나를 공포로 묶어 놓았다. 작은 소리에도 깜짝깜짝 놀라고, 집 안의 등이란 등은 다 켜놓아야만 마음이 편안해지는 습관이 생겨난 것도 그때부터였다. 특히 그 일을 겪고 난 직후에는, 집 밖에 나가는 것조차 무서워할 정도로 극심한 공포에 시달렸다. 문득 무서운 생각이 들기 시작하면 귓바퀴에서 웅 하고 비행기 뜨는 소리가 나는 것도 그 일

로 인해 얻은 고질병이었다. 순식간에 한 인간을 통째로 집어삼키고
도 남을 두려움에 비하면 외로움 따위는 차라리 사치였다. 나현우와
의 이혼을 생각할 때마다 자신이 없어지는 가장 큰 이유도 어쩌면
그런 공포와 두려움 때문일지 몰랐다.

강희로부터 전화가 걸려 온 것은 아침 아홉시경이었다.
그때 나는 전화기가 놓인 거실의 탁자 옆에 앉아 전날 신문을 보
면서 그러잖아도 전화기 쪽으로 신경을 곤두세우고 있던 중이었다.
이미 끝났다는 생각을 하면서도 나는 떨쳐 버리지 못하는 습관처럼
나현우의 전화를 기다렸던 것이다. 그래서 전화벨이 울렸을 때, 나현
우일 거라 믿어 의심치 않았다. 하지만 기다렸다는 듯 대뜸 전화를
받아서는 안 될 것 같아 네 번째 울릴 때 비로소 수화기를 들었다.
그리고 그를 의식하며 착 가라앉은 목소리로 전화를 받았다. 그런데
강희였다.
「나야. 아직 자고 있었던 거니? 목소리가 왜 그래? 너무 일찍 걸었
  나?」
삶의 권태와 시시함을 이야기할 때도 변함없이 하이 소프라노에
서 내려올 줄 모르는 강희의 밝고 건강한 목소리가 마치 곁에서 이
야기하듯 크게 들려왔다.
「아니, 괜찮아…….」
시큰둥하게 전화를 받는 내 목소리에서 대뜸 이상한 낌새를 눈치
챈 강희가 물었다.
「왜? 무슨 일이라도 터진 거야?」
속마음을 일일이 설명하지 않아도 익히 짐작해 주는 친구가 있다

는 것은 행운이라면 행운일 것이다. 그러나 간혹 강희의 아는 체가 부담스러울 때도 있었다. 나는 강희가 그냥 넘어가 주기를 바라며 뭉개듯 말했다.

「사는 게 늘 그렇지 뭐.」

강희는 그런 내 감정까지도 읽었는지 시원스레 말했다.

「너 지금 이야기하기 싫구나, 알았어. 그럼 네 얘긴 관두고 내 이야기나 하자. 사실 어제 출판사로 전화했을 때 말하려고 했는데, 네가 너무 심각해서 말이야……. 나 아무래도 결혼해야 할 것 같아.」

「네가? 결혼?」

강희가 결혼할 거란 생각은 한 번도 해본 적이 없었다. 여태까지 내가 알고 있는 강희는 결혼 따위와는 도무지 상관없는 여자였다. 그런데 결혼이라니?

「살아가는 데 있어서 아무래도 남자는 필요할 것 같아. 여러 가지 측면에서 말야. 그렇다고 우리나라 문화가 여자들이 결혼하지 않고도 그런 문제들을 해결할 수 있을 만큼 충분히 자유롭지도 않잖아. 그리고 무엇보다도, 평생 혼자 살아갈 자신이 없어. 외로움이라는 것도 따지고 보면 아무것도 아닌데 싶으면서도, 막상 평생을 혼자 살아야 한다고 생각하니까 끔찍한 거 있지.」

「사랑하는 남자라도 생긴 거니?」

나는 여전히 얼떨떨한 상태에서 별 뜻 없이 물었다.

「물론이지.」

강희의 대답은 의외로 선선했다. 그래서 도리어 믿기지 않았다. 그리고 배반감을 느꼈다. 그녀는 항상 소위 말하는 사랑을 조롱하지 않았던가?

「다른 사람들이 들으면 사랑이 아니라고 할지도 모르지만, 아무튼 그 남자를 어느 정도는 사랑해. 서로 필요로 한다는 것만큼 확실한 사랑이 어딨겠어, 안 그래? 그리고 그 필요라는 것이 반드시 감정적인 것이어야만 한다는 것도 억지 아냐? 따지고 보면 감정이라는 것도 다분히 현실적인 필요로부터 발생하는 그런 것 아니겠어?」

강희는 결혼에 대해서도 여전히 궤변을 늘어놓았다. 그러나, 생각해 보면 강희의 말이 단순한 궤변만은 아니었다. 오로지 사랑 어쩌고 하며 결혼한 남녀일수록 그들의 결혼 생활은 수시로 삐거덕거리며 심한 균열로 위태로워지기 일쑤가 아니던가 말이다. 결혼 생활이라는 딱딱하고 지루한 일상은 절제심 없이 함부로 불타오르며 광기를 내비치는 사랑을 담기에는 전혀 걸맞지 않은 그릇이었다. 그러므로 소위 감정만으로 사랑하는 사람들의 목표가 결혼이라는 사실은 터무니없는 아이러니일 수도 있었다.

사랑으로 결혼하는 자들이 추구하는 것은 완전한 사랑으로 영원히 함께하기이지만, 냉정하게 말하면 인간의 심성은 완전과 영원을 실현시키기에는 애초에 글러 먹은 방만한 존재이다. 안정된 가정을 추구하면서도 한편으로는 자유를 포기하지 못하는 것이 오늘날 인간들에게 짊어지워진 숙명이다. 너무 일찍 세상으로부터 버림받아 내동댕이쳐진 우리는 그래서 완전하고 영원한 사랑을 갈구하지만, 혼자만의 방에서 쓸쓸하게 지내던 때의 그 싸늘한 쾌감 또한 잊지 않고 있기 때문에 자주 뒤척이는 것이다. 사랑과 자유 사이에서 끊임없이 저울질당해야만 하는 결혼 생활은 대부분의 경우 불행하고 지옥 같지 않을 수 없다. 따라서 불행한 지옥으로부터 아직 벗어날 생각이 없는 사람들은 제3의 방법을 찾아내야만 할 것이다. 극단적인 사랑이나 극단적인 자유가 아닌 제3의 방법을 말이다. 그런데 그 방법이라는 것은 과연 있기나 한 걸까?

「너, 내가 반대해도 결혼할 거지?」

나는 강희의 결혼을 반대할 만한 충분한 이유나 나름대로의 이론적인 근거도 없으면서 괜히 한번 찔러 보았다. 사랑이나 결혼 따위와는 상관없는 것처럼 굴다가 느닷없이 내 뒤통수를 치는 강희의 뻔뻔함에 대한 심통이었다.

그러자 강희가 소리나게 웃으며 대꾸했다.

「네 얘기가 설득력이 있으면 네 말을 들을 수도 있어, 아직은.」

말은 그렇게 하지만 이미 결혼을 결정한 듯한 뉘앙스가 짙게 풍겼다. 기대도 하지 않았지만, 그래도 약간 맥이 빠지고 서운해 퉁명스럽게 말했다.

「계집애! 여유 부리기는.」

그런 내 반응에 신경이 쓰였는지 강희가 장난기를 거두고 제법 진지한 투로 말했다.

「이런 얘기 하기가 좀 그렇긴 한데…… 사실은 말야, 얼마 전에 그만 사고를 쳤지 뭐야.」

「사고라니?」

「넌 결혼까지 한 애가 어찌 그러니. 남자와 여자가 만나서 사고칠 일이라는 게 결국 뭐겠어? 숙맥처럼 굴지 말고 대충 알아서 짐작해. 그렇다고 반드시 그것 때문에 결혼을 생각하게 된 건 아니지만…… 아무튼 나쁘진 않았어. 사실 나 숫처녀였거든.」

강희는 계속해서 나를 놀라게 하고 있었다. 자유분방으로 치면 둘째가라면 서러워할 그녀가 숫처녀라니. 느닷없이 결혼하겠다고 말한 것보다 더 경악할 만한 사건이었다.

「농담이야, 정말이야?」

「미혼 여자가 아직 숫처녀라는 사실이 그렇게도 이상한 거니? 내가 그렇게 헤프게 보였나?」

그런 식으로 시종 사람을 헷갈리게 만들던 강희는 전화를 끊기 전 덧붙인 한마디까지도 가관이었다.

「언제 한번 시간 내서 점이나 같이 보러 가자.」

어울리지 않게 종종 점을 보러 다니는 강희는 마치 영화나 보러 가자고 말하는 것처럼 아무렇지도 않게 말했다. 강희의 엉뚱함이, 꽉 짜인 틀 속에만 갇혀 사는 나에겐 더러 신선하기도 했지만 썩 마음에 들지는 않았다. 일관성 없이 불쑥불쑥 튀어나오는 돌발성을 나는 좋아하지 않았던 것이다. 적어도 내가 아는 강희는 나름대로 자신을 분석할 줄도 아는 이성적인 인간이었다. 따라서 그녀가 점집 운운하는 것은 왠지 앞뒤가 맞지 않아 보였다. 그럴 때마다 나는 강희에 대해 다시 한 번 생각하게 되었고, 또 거리감을 느꼈다.

두어 달 전, 느닷없이 불려 나가 그녀의 손에 이끌려 점집을 찾아갔을 때도 마찬가지였다. 미친 여자의 치마끈처럼 알록달록한 헝겊 조각이 매달려 있는 대나무 작대기를 대문 앞에 꽂아 놓은 점집의 입구에서부터 나는 속이 메스껍고 어지러웠다. 그런데 강희는 자주 드나드는 친척집이라도 되는 듯 모든 행동이 자연스러웠다. 아니 자연스럽다 못해 기괴스러웠다. 구천을 떠도는 귀신을 불러내기라도 하는지 음산하기 짝이 없는 휘파람 소리를 내며 갑자기 눈을 희번득이는 무당 앞에서, 연신 양 손바닥을 비비대며 머리를 조아리는 강희의 모습은 아무리 보아도 내가 알고 있는 그녀가 아니었다. 가만히 있어도 눈에서 광기가 흐르는 무당보다, 그리고 방 안 곳곳에 붙여 놓은 갖가지 형상의 잡신들보다 강희의 하는 양이 더 기이했던 것이다. 더 놀라운 것은 마침내 귀신을 불러들인 무당이 강희의 운명을 이야기하기 시작했을 때 강희가 보인 반응이었다. 자기 목소리가 아닌 다른 사람의 목소리로 말하는 무당의 말 한마디 한마디를 삼키기라도 할 듯 받아들이는 강희는 이미 무당이 하는 말의 노예가 되어 있었다. 때로는 목소리를 높여 소리치기도 하고 때로는 부드럽게 달래기도 하는 말 앞에서, 강희는 금방 주눅이 들었다가 또 금세 울먹이기도 했다. 무당의 말은 도저히 거역할 수 없는 무시무시하고 강력한 권력이었고, 강희는 꼭두각시 인형처럼 그 권력에 흔쾌히 지배당했던 것이다. 소설가로서 언어를 다루는 일을 하는 강희가 그렇듯 절대적으로 언어에 지배당한다는 것이 충격적이면서도 아이러니컬했다.

말이 곧 권력이 될 수도 있다는 사실을 그날 처음 깨달은 나는 내 사주도 한번 보라는 강희의 권유를 기어코 마다했다. 자신의 운명에 관한 한 어느 누구보다 내가 제일 잘 알고 있다고 믿는 만큼 생전 처음 보는 무당에게 내 운명을 점치게 하고 싶지 않았다. 아니, 그것보다는 강희가 하는 양을 곁에서 지켜보면서 두려움을 느꼈기 때문이었다. 다시 휘파람을 불어 또 다른 귀신을 불러낸 무당이 내 운명을 점치기 시작했을 때, 나 역시 강희처럼 그녀의 말에 노예가 될지도 모를 일이었다. 그래서 살며시 강희의 손을 끌어당기며 그만 일어서려고 하는데, 광기 어린 눈초리로 나를 지그시 바라보던 무당이 던지듯 한마디 내뱉었다.

「당신에게는 신기가 있어. 언젠가 한번은 나를 찾아오게 될 거야.」

무당의 입에서 나온 '신기'라는 단어에 불에 덴 듯 놀란 나는 강희의 팔목을 잡아끌며 도망치듯 점집을 빠져나왔다. 계속 그 앞에 앉아 있다 보면 나도 모르게 신기가 도질 것 같았다. 점집을 벗어나서도 불쾌하고 두려운 마음은 여전했다. 골목 모퉁이를 돌아섰을 때에야 비로소 뒤를 돌아보았다. 몇 걸음 뒤처져 따라오던 강희가 놀리듯 말했다.

「뭐가 그렇게 무서워?」

무당의 말에 꼼짝없이 지배당하던 아까와는 딴판으로 강희는 여유만만했다. 그런 강희의 태도가 의아스러워 이마에 배어 나온 식은땀을 훔치며 물었다.

「넌 아무렇지도 않니? 아까 보니까 심각하던데…….」

강희는 의외로 무덤덤하게 말했다.

「그냥 스트레스 한번 푸는 거지 뭐. 솔직히 그 여자가 하는 말을 어떻게 다 믿어.」

어이가 없어 물끄러미 쳐다보자 강희는 빙긋이 웃으며 한마디 덧붙였다.

「주사 한 대 맞은 거야, 마약 주사. 누구나 자기 나름대로 풀고 사는 방식이 있잖아 왜. 꼭 막혔을 때는 뚫어 줘야 하거든. 한 번씩 찾아가서 그러고 나면 좀 후련해져. 일종의 중독이지 뭐.」

강희의 그런 태도가 한편으로는 여유처럼 보였고, 다른 한편으로는 포기와 체념으로 비쳐 마음이 씁쓸했다. 그래서 잠시 우울한 표정을 짓고 있는데, 강희가 갑자기 내 등을 치며 놀렸다.

「그러나저러나 너 큰일났다. 아까 그 여자가 너에게 신기가 있다

고 했잖아? 까딱하다가는 너 무당 되겠다. 자리 깔고 앉게 되면 제
일 먼저 내 점부터 봐주라.」

내가 침울한 표정을 짓는 것이 무당의 말 때문이라고 생각했는지
강희가 너스레를 떨었다. 종종 언니처럼 구는 강희의 마음 씀씀이
가 고마웠지만, 그날따라 몹시 멀게 느껴지는 것은 어쩔 수 없었다.

강희와의 전화 통화를 끝내고 나서도 나는 계속해서 신문을 뒤적
였다. 지난밤 어디서 무얼 하며 밤을 새웠는지 그때까지도 아무 연
락이 없는 나현우에 대한 생각을, 그리고 또다시 머릿속을 가득 채우
기 시작하는 불쾌한 상상을 쫓아 버리기 위해서였다.

요즘 프랑스에서 유행한다는 '팍(pacs)'에 관한 기사가 눈에 띄었
다. 결혼도 동거도 아닌 제3의 제도라고 하는 팍은 서류화된 계약
결혼쯤으로 번역될 수 있다고 하는데, 결혼보다는 책임감이 덜 따르
고 동거보다는 강한 유대감을 형성한다고 했다. 거추장스러운 결혼
식 따위는 생략하고 두 당사자가 서명한 계약서를 법원에 제출하기
만 하면 부부로서의 효력이 발생하는 만큼, 이혼을 할 때도 어느 한
쪽이 법원에 계약 파기서를 제출하고 상대에게 그 사실을 등기 우편
으로 통지하기만 하면 끝난다는 것이다. 동거보다는 좀 더 책임감이
있다는 것을 상대에게 보여 주면서도, 한편으로는 결혼이라는 굴레
에 얽매이기를 싫어하는 프랑스 인들이 찾아낸 해결책으로서의 팍
은 도입된 지 1년 만에 약 3만 쌍이 등록할 정도로 인기였다. 요즘
한국 사람들이 제3의 방식으로서 선호하는 불륜에 비하면 선명하고
명쾌한 방식이 아닐 수 없었다.

동거나 계약 결혼 등을 아직 하나의 제도로서 인정하지 않는 한국

사람들은 대부분 결혼이라는 제도를 선택하지만, 안주와 자유 사이
에서 끊임없이 방황하는 것은 서양 사람이나 우리나 마찬가지일 것
이다. 그러나 분명한 것을 좋아하는 서양인들은 가능한 한 합리적인
새로운 제도를 찾아내기 위해 애쓰고, 노골적인 변화를 싫어하고 겉
치레를 중시하는 우리는 뒷구멍으로 엉뚱한 짓을 한다. 그래서 우리
네 가정은 겉으로 평화로워 보이지만, 속을 들여다보면 하나같이 썩
어 있는 경우가 많다.

적당한 타협이 가능해진 미지근한 관계.

결혼한 지 1년여가 지난 지금 나현우와 나의 관계도 이렇게 정리
될 수 있다. 따라서 우리는 사랑하는 연인 사이라기보다는 그럭저럭
서로에게 적응한 친구 사이에 더 가깝다. 함께 나누다가도 느닷없이
상대의 숨결을 부담스러워하며 등을 돌리는 그런 경우를 수도 없이
경험한 우리는 결혼을 유지시키기 위한 차선책으로서 '친구처럼'이
라는 미지근한 관계에 암묵적으로 동의했다. 상실과 실망만을 안겨
주는 그런 관계를 묵인하면서까지 결혼 생활을 유지해야만 하는 분
명한 이유가 무엇인지는 알지 못한 채.

강렬한 열정과 호기심이 사라져 버린 자리를 대신해서 찾아든 것
은 나른하고 맥 빠진 평화였다. 저녁 시간에 간혹 마주 앉아 맥주잔
을 기울이기도 하는 우리는 똑 부러지게 기억할 만한 대화를 나누지
는 않았지만 그런대로 편안했고, 주말이면 함께 쇼핑을 하거나 차를
타고 제법 멀리 여행을 떠나기도 했다. 물론 서로 다르다는 이유 때
문에 자주 싸우기도 했는데, 결혼해서 함께 사는 1년여 동안 비슷한
상황의 비슷한 싸움을 수없이 반복한 경험이 있는 우리는 그런 식의

차이를 은근슬쩍 비켜 가며 정면충돌하지 않는 방법 또한 알고 있다. 상대의 어떤 부분이 마음에 들지 않아 공격하고 싶을 때는 정색을 하고 말하기보다 유머러스하게 말하고, 치명적인 독이 묻어 있을 수도 있는 상대의 농담이 나를 향해 날아올 때는 그것이 농담이라는 점을 다시 한 번 상기한다. 적당히 평화로운 관계를 유지하기 위해서는 적당한 유머가 반드시 필요한 것이다.

그리고 결혼하기 전 연인이었을 때는 상대의 취향과 습관을 어느 누구보다 잘 알고 있어서 서로에게 위안이 되기도 했는데, 결혼한 후의 우리는 누구보다 상대를 잘 알기 때문에 더 악랄하게 서로에게 상처를 입히기도 한다. 나현우는 인간이 지닌 온갖 부조리와 누추함을 나에게 확인시켜 주는 존재이며, 또 그는 너무 가까이서 모순에 찬 나를 낱낱이 지켜보는 그런 존재이다. 게다가 우리는 함께 살고 있다는 이유만으로, 상대와는 상관없이 발생한 온갖 자질구레한 감정들을 느닷없이 쏟아 놓아 짜증나게 하고 상처내는 경우도 더러 있다. 나현우가 아닌 다른 누군가로부터 받은 모욕과 불쾌감 혹은 도저히 설명하기 어려운 내 속의 모순된 감정들은 이상한 형태로 우글쭈글해지고 딱딱해져 있다가 문득 나현우를 향해 용수철처럼 튀어 오르곤 했던 것이다. 그렇게 되면, 무방비 상태에서 터무니없이 공격당한 나현우는 잠시 어리둥절해하다가 이내 반격을 가했다. 미처 분출시키지 못해 자기 속에서 들끓고 있던 나와는 상관없는 감정의 찌꺼기들을 내가 그를 공격한 것 이상으로 무자비하게 나를 향해 되날리는 것이다. 그것은 말 그대로 악순환이었다.

사랑하는 사람들이 서로에 대해 비정상적으로 너그럽고 친절하다가 까닭 없이 상대를 적대시하게 되는 경계 지점은 어디쯤일까?

나는 나현우에게 그런 적대감을 느낄 때마다 그를 선택한 것이 돌이킬 수 없는 오류였음을 인정하지 않을 수 없었다. 그러나 나의 선택이 오류였음을 인정하는 것은 곧 나의 정체성을 부정하는 것이나 마찬가지다. 한때는 내 속에 분명히 존재했던, 아니 내 전체를 사로잡았던 그에 대한 사랑의 감정이 지금은 적대감으로 변했다는 것은 곧 나 자신의 변질이고, 나를 부정하는 것이다. 지금 적대감을 느끼는 상대는 곧 까닭 없이 호감을 품었던 바로 그 상대가 아닌가 말이다. 달라진 것은 상대가 아니라 상대를 대하는 나이며, 나의 감정인 것이다.

결혼하고 처음 한동안 나현우는 영화의 한 장면 같은 아침을 기대했는지도 모른다. 예컨대 자신보다 30분쯤 먼저 일어나 깨끗이 몸단장을 하고 앞치마를 맨 아내가 향기로운 냄새를 풍기며 잠들어 있는 자신을 부드럽게 깨우는 그런. 그리고 나 역시 매일 아침 눈을 떴을 때 지난밤 나누었던 사랑의 여운이 그때까지도 가시지 않은 그윽한 눈길로 나를 바라보는 나현우를 기대했는지도 모른다. 그러나 그런 기대가 얼마나 터무니없고 불가능한 것인가를 너무 일찍 깨달아 버린 우리는 약간 허전하고 쓸쓸해 보이는 상대의 등을 모른 체하며 살아가는 것이 오히려 최선이라고 생각한다. 현명하게 결혼 생활을 유지하기 위해서는 남편 혹은 아내가 결국은 철저한 타인이라는 사실을 냉정하게 깨달아야만 하는 것이다.

함께 사는 나현우가 사실은 얼마나 먼 존재인가를 일깨워 준 일들 중 지금도 생생하게 기억나는 사건 하나가 있다.

결혼한 지 한 달 남짓되던 그날, 평상시처럼 나는 퇴근하자마자 집으로 가기 위해 종종걸음을 치며 전철역으로 향했다. 결혼하기 전에는 퇴근 후 직장 동료들과 어울려 술을 마시기 일쑤였는데, 결혼을 하고 나서부터는 퇴근과 동시에 집으로 달려가기 바빴던 것이다.

퇴근 시간이라 지하철역은 말도 못하게 붐볐고, 심하게 오염된 공기 때문에 숨이 막힐 지경이었다. 매일 지하철을 기다리고 있을 때마다 느끼는 조갈증이 그날도 어김없이 나를 안절부절못하게 만들었다. 그래서 나는 공연히 주위를 두리번거리며 서성였다. 그러다가 내가 서 있던 자리에서 얼마 떨어지지 않은 곳에서 나현우를 발견했다. 집에서 글을 쓰고 있어야 할 그가 그 시각 그곳에 있는 것도 의외였고, 볼일이 있어서 외출했다가 들어가는 길이라면 나에게 연락해 함께 들어가자고 했을 수도 있는 노릇이었다. 다른 곳도 아니고 늘 내가 지하철을 타는 부근에서 일을 봤다면 더 더욱 그랬어야 할 터였다. 그런데 나현우는 연락하지 않았고, 그 바람에 우리는 우연히 그곳에서 마주치게 되었던 것이다. 예기치 않은 장소에서 나현우를 발견하게 된 나는 얼른 그에게 다가가지지 않았다. 내가 퇴근하는 그 시각 그곳에서 지하철을 탈 거면서 연락하지 않은 것이 서운했던 데다가, 갑자기 나현우가 너무 낯설게 여겨졌던 것이다. 익명의 타인들 틈에 끼여 있는 나현우는 집에서 늘 보던 익숙한 그가 아니었다. 멍한 시선으로 앞쪽을 응시하고 있는 그의 모습은 내가 한 번도 본 적이 없는 낯선 것이었다. 지치고 무표정한 무리에 섞여 멍하게 지하철을 기다리며 서 있는 그는 특별히 내 시선을 끌 만한 구석이라고는 하나도 없는 인파 속의 한 사람일 뿐이었다. 서점의 이벤트 홀에서 많은 사람들의 주목을 받으며 마음을 흔들어 놓았던 시인 나현우가 아니었다. 그런 그를 어떻게 사랑할 수 있었는지 의심스러울 정도였다. 우연히 객관적으로 바라본 그의 모습은 그나마 나에게 남아 있던 환상마저도 깡그리 앗아가 버리고 말았던 것이다. 나는 그런 그를 아는 체하고 싶지 않아 슬그머니 시선을 돌렸고, 바로 그 때 열차가 도착했다.

나현우가 나를 발견한 것은 열차를 타고 나서였다. 빈자리를 찾다가 나를 발견한 그는 꽤 놀란 모양이었다. 어색하고 불편한 표정을 감추지 못했다. 나현우 역시 예기치 않은 장소에서 만나게 된 내가 반갑기보다는 오히려 낯설고 부담스러웠던가 보았다. 서먹하고 썰렁한 기분을 못내 감출 수 없었던 우리는 덜컹거리는 전철 안에서 한마디도 나누지 않았고, 집으로 돌아와서도 저녁 내내 서로에게 냉담했다. 느닷없는 맞닥뜨림으로 스스로도 미처 깨닫지 못하고 있던 마음의 진실을 들켜 버린 우리는 각자 상처 입은 채 우울했던 것이다.

그날 이후 우리는 함께 있으면서도 종종 쓸쓸했다. 그리고 그런 쓸쓸함을 너무 노골적으로 드러내거나 아는 체했을 때 발생할 수도 있는 극단적인 파국을 피하기 위해 오히려 더 서로를 배려하거나 예의를 지켰다. 하지만 빛 바랜 사랑 뒤에 남은 작위적인 예의와 배려는 늘 아슬아슬하고 서글프기 마련이었다.

아무 연락도 없이 외박을 하고 아직까지 들어오지 않고 있는 나현우를 기다리면서 내가 놀라울 정도로 느긋한 것도 서글퍼진 우리의 관계를 입증해 주는 것일 터였다. 어쩌면 아닐 수도 있겠지만, 지난 밤 나현우는 김현진과 함께 있었을 거라는 생각을 떨칠 수 없었다. 그럼에도 나는 예전 같지 않게 별로 흔들리지 않았다.

약간 잠을 설쳤고, 가슴 한가운데가 딱딱해진 것 말고는.

20

석진이, 만난 지 일주일째 되는 날인 월요일에 다시 전화했다.

일주일 전 석진을 만나고 난 후, 며칠 동안 나는 묘한 상태에 빠져 있었다. 의식은 누가 찍어 눌러 놓기라도 한 듯 딱딱하게 경직되어 있음에도 몸은 붕붕 떠다니며 자꾸만 어딘가로 향하고 있었던 것이다. 꿈 때문이었다. 일주일 전 석진을 만났던 그날부터 매일 밤 그의 꿈을 꾸었는데, 그 내용이라는 것이 참 그랬다.

첫째 날 밤에는 석진과 키스를 했고, 둘째 날 밤에는 석진의 알몸을 훔쳐보았다. 꿈을 꾸면서 심하게 귀를 후비는 통에 급기야 귓병이 난 것도 그 무렵이었다. 그리고 어젯밤에는 드디어 석진과 섹스하는 꿈까지 꾸었다.

우리는 호텔 방 한가운데 서서 오래전부터 누적되어 온 것 같은, 혹은 새롭게 시작된 것 같기도 한 감정이 시키는 대로 길게 키스했다. 어디서부터 어디까지가 감정이며 어디서부터가 감정과는 무관한 욕정인지 알 수 없었다. 키스 도중 우리의 몸은 비슷하게 뜨거워 졌고, 비슷하게 젖어 들었다. 한 번은 거의 무의식적으로, 또 한 번 은 절반쯤 의식하는 상태로 치러진 두 번의 섹스가 끝날 때까지 모 든 것은 지극히 자연스러웠다. 우리의 모든 행위는 당연한 듯했으며, 행위가 이루어지는 사이 내 머릿속은 하얗게 비어 있었다. 현실에서 는 쉽게 경험하기 어려운 환상적인 결합이었다. 섹스를 할 때마다 거추장스럽게 끼어들어 육체를 방해하던 자의식이 배제된 꿈속의 섹스는 한마디로 산뜻하고 상쾌했다.

석진과의 키스를 꿈꾸면서 내가 진정으로 원하는 것은 무엇일까?
완전하고 격렬한 감정의 확인?
나의 전 존재를 장악할 수 있는 열정적인 감정.
요즘 들어 나에게 가장 절실한 것은 바로 그것이다. 너무 격렬해 서 발생과 동시에 다른 모든 것을 집어삼켜 버리고 마는 그런 감정 말이다. 굳이 사랑이라는 감정과 결부된 것이 아니라 하더라도, 나 는 늘 완전한 격렬함을 기대해 왔다. 손에 잡힐 듯 분명하게 실체를 확인할 수 있고, 시작과 끝이 결코 다르지 않은, 그래서 한 번도 변질 을 경험하지 않은 그런.
하지만 지금까지 경험한 바에 의하면, 삶에 있어서 내가 기대한 진 정한 격렬함이란 결코 없었다. 과장된 격렬함, 혹은 격렬한 척하는 것만이 있을 뿐이었다. 그래서 나는 늘, 아직은 삶이 아닌 삶 이전에 존재하고 있는 느낌이었고, 때문에 끊임없이 내일의 저쪽—어쩌면 죽음이 기다리고 있을지도 모를—을 생각하며 막연한 뭔가를 기다 렸다.

나현우와의 사이에서 키스가 사라진 것에 대한 자각만 해도 그렇다. 그때 나는 열정적인 감정의 사라짐을 아쉬워했던 것이지 입술의 욕구를 생각한 건 아니었다. 그런데 어째서 꿈속에서 나는 육체적인 접촉에만 몰두하고 있는 것일까? 미처 짐작하기도 전에, 종종 나를 배반하는 나의 육체를 어떻게 해석해야 하나?

꿈속에서 석진과 키스를 하고, 그와 섹스를 한 내 몸은 현실에서도 가볍게 상기되어 있지 않은가 말이다.

육체는 언제나 나를 벗어나 제멋대로 움직이는 그 무엇이다.

내 몸에 대해 알고 있는 것이라고는 약간 냉정해 보이는 얼굴과 빈약하고 왜소한 손발, 그리고 1미터 60센티미터 남짓의 키 정도가 전부다. 나는 그런 나의 외모에 대해 특별한 애정도 없고, 그렇다고 별달리 거부감을 느끼는 것도 아니다. 내 의지와는 상관없이 결정된 외모가 가끔 낯설어 보일 때가 있긴 하지만, 내 이름이 한지오인 것을 따질 필요가 없듯이 나에게 주어진 육체도 그냥 받아들이는 것 외에 달리 도리가 없는 것이다. 따라서 나에게 육체라는 것은 나와는 별 상관 없는, 타인을 위해 존재하는 이름 같은 것에 불과하다. 요컨대 나는 육체의 자주성을 전혀 인정할 수 없는 것이다.

음식을 먹고, 또 그것을 배설하는 것조차 의식과 결부시켜 생각해 왔던 나는 종종 나를 괴롭히는 위장병과 변비 따위의 육체적 반란을 이해하기 어려웠다. 그때마다 터무니없이 나를 지배하려 드는 육체에 대해 분개했다. 나를 둘러싸고 있는 껍데기일 뿐인 육체가, 알지 못하는 논리로 나를 움직일 수도 있다는 사실을 용납할 수 없었다. 그런데 육체는 가볍게 치부했던 것과는 달리, 치밀하고 정교하며 비밀스러운 것이었다.

어디 그뿐인가? 육체는 늘 관념보다 앞서, 미처 눈치 채지 못한 부분까지도 나에게 말해 주곤 했다. 그러므로 석진과 정사를 벌이는 꿈을 계속해서 꾸는 것 역시, 내가 알지 못하는 육체의 또 다른 자기주장일지도 모른다.

모든 감정은 반복되는 경험의 횟수와 반비례한다. 유사한 일을 두 번째 경험하게 되었을 때의 감정은 결코 첫번째 감정만큼 강렬하지도, 순수하지도 못하다.

일주일 만에 다시 연락한 석진이 호텔 커피숍에 먼저 나와 앉아 있는 모습을 발견했을 때, 맨 먼저 머릿속을 스친 것은 '습관적'이라는 단어였다.

지난번 만남 이후, 문득문득 석진을 떠올리며 연락을 기다렸던 건 사실이었다. 그러나 그 기다림이 정확하게 무엇을 의미하는지는 분명치 않았다. 석진에 대한 감정을 사랑이라는 말로 규정하기에는 도무지 어울리지 않았고, 그렇다고 육체적인 욕구만으로 해석할 수도 없었다. 그것은 얼마든지 조절 가능한 가벼운 욕구에 불과했던 것이다. 게다가 마음 한구석에 석진과의 새삼스러운 관계로 인해 쓸데없이 복잡해지고 싶지 않다는 생각도 있었기 때문에, 석진을 만나러 가는 것이 지난번만큼 신선하게 와 닿지 않았다. 그래서 그런지 호텔 커피숍에 앉아 있는 석진을 보자마자 '습관적'이라는 단어가 떠올랐고, 동시에 권태를 느꼈다.

방금 전 뜨거운 물에 샤워라도 하고 나왔는지 불그레한 기운이 아직도 감도는 석진의 얼굴이 왠지 음흉해 보였다. 아마도 근처의 사우나탕 같은 데서 막 나온 모양이었다.

「사우나 갔다 왔어?」

자리에 앉자마자 내가 물었다.

석진은 불온한 의도를 들키기라도 한 사람처럼 얼굴을 붉히며 얼버무렸다.

「그냥…… 몸이 좀 찌뿌듯해서……. 어젯밤에 술을 많이 마셨거든.」

아는 체하지 말걸 그랬나 싶었지만 갑자기 짓궂게 굴고 싶어져 한마디 더 보탰다.

「비누 냄샌지 향수 냄샌지, 냄새가 좀 강한데?」

사실 석진에게서는 지난번과 다르게 야릇한 냄새가 강하게 풍겼던 것이다. 남자들이 쓰는 향수가 대개 그렇듯이, 석진에게서 풍기는 냄새도 강하고 자극적이었다.

「사우나탕에 있길래 한번 써본 거야. 냄새가 싫어?」

냄새가 싫으냐고 묻는 석진의 말이 마치 자기와 키스하는 것이 싫으냐고 묻는 것처럼 내 귀에 들렸다. 석진의 의도가 그런 것인지, 내가 먼저 오해를 한 것인지 애매했다. 아무튼 나는 바람난 남자와 여자가 흔히 나눌 법한 들척지근한 대화를 더 이상 계속하기가 싫어졌다. 그래서 이야기의 방향을 다른 쪽으로 돌렸다.

「야학 학생들은 아직도 만나?」

내 말에 문득 과거로 되돌아간 석진의 표정이 눈에 띄게 침울해졌다.

「아직도 그들을 기억하고 있어? 나는 다 잊어버렸는데…….」

그들에 대한 기억이 다 지워져 버린 것이 아니라 오히려 너무 생생해 잊고 싶어하는 것 같은 석진의 심정을 어렴풋이 짐작한 나는 괜한 이야기를 꺼냈다는 생각을 하지 않을 수 없었다. 현재와 연결되지 못한 채 잘려 나가 버린 과거는 대부분의 경우 상처였다. 그런데 나는 생각도 없이 석진의 상처를 건드리고 말았던 것이다.

「야학 학생들과 헤어지게 되었을 때 이미 내 삶도 끝난 거나 마찬가지야. 그때 나는 혼자 살아남기 위해 그들을 외면해 버리고 말았어. 아니, 팔아넘겼다고 말하는 것이 더 정확할 거야. 내가 버티지 못하고 꺾이는 바람에 야학이 박살났거든.」

3학년 1학기가 끝날 무렵, 석진이 느닷없이 군대에 가게 된 것도 그런 일련의 사건들 때문이라는 건 대충 들어서 알고 있었다. 하지만 그때의 일로 석진이 완전히 절망에 빠지고 말았다는 것은 처음 알게 된 사실이었다. 갑자기 석진에게 연민을 느낀 나는 고개를 떨군 채 담배를 피우는 석진을 안타까운 심정으로 쳐다보았다. 내 시선을 의식한 그가 고개를 들어 내 눈을 빤히 들여다보며 말했다.

「너를 안고 싶어.」

분명하고 또렷한 목소리로 석진이 그렇게 말했을 때, 나는 전혀 놀라지 않았다. 석진을 만나러 나올 때 이미 이런 사태를 예감하고 있었던 것이다. 그러나 좀 더 신성하고 경건한 절차 같은 것을 막연히 기대했던 나는, 야학과 관련된 자신의 절망을 이야기하다가 느닷없이 나를 안고 싶다고 말하는 석진의 방식에 가볍게 실망하지 않을 수 없었다. 그래서 그의 말에 얼른 반응하지 않고 물끄러미 석진을 쳐다보았다.

「지금 너를 안고 싶어.」

　자신의 의사를 다시 한 번 밝히는 석진의 표정은 아까와 마찬가지로 무덤덤해 보였다. 물끄러미 쳐다보는 내 눈빛을 피해 얼른 다른 쪽을 쳐다보는 석진을 유심히 관찰했다. 무덤덤한 표정 뒤에 깊숙이 감춰져 있을지도 모를 어떤 불안과 설렘을 확인하기 위해서였다. 너무 오래되고 닳아서 더 이상 불안해하거나 쑥스러워할 모서리조차 남아 있지 않은 욕망보다는, 아직도 신선하고 새로울 수 있는 그런 욕망을 나는 기대했던 것이다. 그것이 비록 무책임하기 짝이 없는 기대라 할지라도 말이다.

　그러나 어깨를 축 늘어뜨린 채 힘없이 자리에서 일어서는 석진의 등을 바라보면서 나는 알아차렸다. 오래전 이미 자신의 삶은 끝장나 버리고 말았다고 말하는 석진에게서 신선하고 빛나는 흥분을 기대한다는 것이 얼마나 터무니없는 것인가를.

　커피숍에서 호텔 7층의 제일 끝 방으로 자리를 옮긴 우리는 이미 식어 버린 욕망을 뒤늦게 길어 올리려는 듯 서로를 끌어안았다. 그러나 어정쩡한 자세로 더 이상 어찌해 보지 못하고 그렇게 오래 서 있었다. 제법 시간이 흐른 후, 석진은 비로소 방금 전 커피숍에서의 욕구를 되살렸는지 눈을 감고 자신의 입술을 내 입술 위에 포개 놓았다. 딱딱해 보이던 석진의 입술은 의외로 아주 말랑했다. 그 부드러움이 도대체 낯설었다. 키스를 한다기보다는 지나치게 말랑말랑하고 부피가 큰 이물질이 돌연 입술에 와 닿은 느낌이었다. 커피 냄새가 아직도 남아 있는 내 입 안으로 석진의 뻣뻣한 혀가 성급하게 밀고 들어왔다. 정체불명의 욕구와 의지로 경직된 그의 혀가, 전혀 움직일 생각을 하지 않는 내 혀를 힘겹게 휘감았다. 석진의 노력에도 불구하고, 내 혀는 계속해서 아무런 반응도 하지 않았다. 정지된 상태에서 나는 석진의 혀가 좀 우스꽝스럽게 움직이고 있다는 생각을 했다. 석진의 혀는 격렬하지도 섬세하지도 않게, 상투적으로 동작을 반복할 뿐이었던 것이다. 좁은 입 안에서 이리저리 내 혀를 뒤적이거나 약간 힘주어 빨아들이는 두 가지 동작이 전부였다. 그래서 그런지, 석진의 혀도 이내 지치는 듯했다.

뭔가 이게 아니라는 생각이 들면서 갑자기 담배를 피우고 싶었다. 귀도 후비고 싶었다. 사라져 버린, 혹은 잃어버린 것은 키스가 아니라는 생각이 번득 스쳤다. 그렇다면 정녕, 내가 잃어버린 것은 무엇일까 곰곰이 생각해 보았지만 그것이 무엇인지 좀체 알 수 없었다.

내가 이런 상념 속에 매몰되어 있는 동안, 석진은 자신도 모르는 어떤 욕망에 떠밀려 안타까운 몸짓을 계속했다. 그러다가 갑자기 석진의 몸이 무겁게 내 몸을 짓눌렀고, 바로 그때 나는 어떤 소리를 들었다. 예리하고 날카로운, 만약 빛이 소리를 낸다면 그 소리를 닮았을 것 같은 그것은 아주 먼 곳으로부터 공기를 가르고 날아와 내 정신의 가장 깊숙한 과녁을 관통했다. 그 순간, 새 한 마리가 푸드덕 공중을 향해 기운차게 날아오른 것 같기도 하다. 나는 빛의 화살에 찔린 통증으로 잠시 휘청거렸다.

내 마음속에는 늘 어떤 과녁 같은 것이 있었다. 그것은 때로 나를 지켜 주면서 때로는 나를 옭아맸다. 그런데 석진의 몸이 나를 뚫고 들어와 그 과녁의 한복판을 관통하는 순간, 그것은 산산이 부서지면서 흔적도 없이 자취를 감추어 버리고 말았다. 언뜻 눈물을 흘렸던가? 그러나 아주 가뿐했다. 무슨 짓이든 할 수 있을 것 같았고, 무슨 짓을 해도 별 무리가 없을 것 같았다. 그냥 마음이 움직이는 대로 따라가는 것, 바로 그것이 정답일 수도 있겠다는 생각이 들었다. 그렇다면 과녁 따위는 더 이상 필요치 않을 것이다. 내가 나를 믿는 만큼 나는 자유롭게 행동할 것이고, 또 내가 나를 불신하는 만큼 시행착오를 거듭할 것이다.

21

　자정을 넘겨 집으로 돌아오자 나현우는 거실에서 비디오를 보고 있었다. 다행히 그는 현관에서 신발을 벗고 집 안으로 들어서는 나를 쳐다보지 않았다. 만약 그때 나를 보았더라면, 아마 그의 시선을 피했을지도 몰랐다. 석진과 함께 시간을 보내는 동안에는 조금도 죄책감을 느끼지 않았지만, 나현우를 보는 순간 문득 미안한 생각이 들었던 것이다. 나는 거실에 있는 나현우를 짐짓 모른 체하며 안방으로 들어갔다.

　화장을 지워야겠기에 화장대 거울 앞에 앉았다. 얼굴이 어딘지 모르게 지저분해 보였다. 찬찬히 들여다보니, 이유는 입술에 있었다. 루주가 입술 아래위를 더럽히고 있었던 것이다. 다소 어색한 섹스를 끝낸 다음 석진이 화장실로 들어갔을 때, 먼저 가겠다는 메모 한 장을 남기고 곧바로 호텔에서 나오는 바람에 미처 화장을 고칠 시간이 없었던 것이다. 나는 서둘러 그것들을 지우기 시작했다. 나현우가 안방으로 들어온 것은 바로 그때였다.

그는 나에게는 시선도 주지 않고 침대 쪽으로 향했다. 계속 냉담하게 굴면서 밤늦게 들어온 나에게 화를 내고 있다는 것을 알면서도, 나는 보통 때처럼 아는 체하거나 말을 걸지 않았다. 둘 사이에 문제가 발생했을 때, 나현우에 비해 성질이 급한 내가 먼저 어떤 식으로든 제스처를 취함으로써 문제를 풀어 나가는 경우가 대부분이었지만, 오늘은 왠지 그러고 싶지 않았던 것이다. 나는 천천히 화장을 지운 다음 욕실로 들어갔다. 그리고 아주 천천히 샤워를 했다. 내가 다시 안방으로 들어갔을 때 나현우가 잠들어 있기를 기대하면서 말이다.

밤에는 감지 않던 머리까지 감고 안방으로 들어가자, 나현우는 그때까지도 자지 않고 있었다. 팔베개를 하고 반듯이 누워 천장을 바라보는 나현우의 표정에 어딘지 심상치 않은 기운이 감돌았다.

「왜 이렇게 늦었어?」

역시 나현우는 나에게서 어떤 낌새를 발견한 모양이었다. 출판사 사람들과의 회식이라든가 필자와의 술자리 때문에 간혹 늦는 경우가 있었는데, 그럴 때는 오늘처럼 예민하게 굴지 않았던 것이다. 나는 약간 긴장하면서 한편으로는 쾌감을 느꼈다. 나로 인해 안달하는 법이 별로 없던 나현우가 지금 이 순간 나 때문에 초조해하고 있다는 사실이 야릇한 승리감을 안겨 주었다. 나는 싸움에서 유리한 고지를 차지한 자가 흔히 그러듯이, 느긋하게 여유를 부리며 나현우가 묻는 말에 얼른 대꾸하지 않았다.

「요즘 왜 그래? 남자라도 만나고 온 거야, 뭐야?」

평소의 나현우답지 않게 원색적이었다.

나현우의 입에서 남자 운운하는 말이 튀어나왔을 때, 겨드랑이에서 나도 모르게 진땀이 났다. 긴장하고 있다는 뜻이었다. 이런 경우 어떻게 해야 하나 잠시 생각지 않을 수 없었다. 아니라고 펄쩍 뛰며 거짓말할 생각은 추호도 없었고, 그렇다고 아무렇지도 않게 그렇다고 시인하기에는 너무 잔인한 것 같았다. 나는 계속 침묵을 지키며 적당히 넘어갈 수 있는 방법을 궁리했다. 그런데 나현우가 돌연 자극해 왔다.

「그래, 이해할 수 있어. 오로지 한 상대만으로 만족할 수 없는 것은 여자도 마찬가지일 테니까.」

묘한 여운과 의혹을 불러일으키는 말이었다. 그 바람에 갑자기 마음의 평정을 잃어버린 나는 날을 세우며 되물었다.

「방금 한 말, 무슨 뜻이야?」

「쓸데없이 돌려서 말할 필요 없이 솔직하게 얘기하자는 뜻이야.」

「그래, 좋아. 우리 솔직하게 얘기해 보자구. 나 오늘, 남자 만나고 왔어. 그러는 당신은 나하고 결혼한 이후 한 번도 다른 여자 만난 적 없어?」

솔직한 것보다는 유치한 쪽으로 흐르고 있다는 생각이 들었지만, 이미 엎질러진 물이었다.

「물론 있지.」

「김현진이야?」

진작부터 김현진을 떠올리고 있었던 나는 그 이름을 내뱉으며 바로 후회했다. 아니, 속이 후련했다. 늘 꺼림칙했던 이름이었고, 언젠가는 짚고 넘어가야 할 문제였다. 아니, 뭘 짚고 넘어가거나 하고 싶지도 않았다. 그냥 상황이 흘러가는 대로 흘러가 볼 따름이었다. 어차피 나는 마음속의 어떤 과녁을 이미 놓아 버린 상태가 아니던가.

내가 김현진을 거론하는 것으로, 그리고 거기에 대해 나현우가 이렇다 할 변명을 하지 않는 것으로 더 이상 할 이야기가 없다고 생각한 나는 그쯤에서 상황을 종료시키고 싶었다. 이후의 문제는 각자 알아서 생각해 볼 문제인 것이다. 그런데 나는, 그런 내 의지를 배반하고 또 물었다.

「그 여자와는 키스해?」

정말이지 그것이 궁금했다. 나와는 더 이상 키스하지 않는 나현우가 김현진이라는 여자와는 아직도 키스하는 사이인지 어떤지가 말이다. 그러나 내 질문을 액면 그대로 받아들이지 못하고 엉뚱하게 해석한 나현우는 생각지도 못한 말로 나를 놀라게 했다.

「섹스 따윈 중요하지 않아. 그건 일종의 교류 방식 같은 거니까. 함께 시를 이야기하고 싶은 친구가 있는가 하면, 섹스를 통해서 교감하고 싶은 친구도 있는 법이니까 말이야. 두 사람 사이에 익숙한 방법이 뭔가 하는 차이일 뿐이지.」

어이가 없었다. 나현우를 몰라도 너무 모르고 있었다는 생각이 들었다. 아니다. 생각해 보면 나현우는 처음부터 그런 사람이었다. 언제나 그는 한쪽 다리만 나에게 걸쳐 놓은 채 나머지 한쪽 다리는 다른 곳에 가 있었다. 따라서 그가 달라졌다고 말할 수는 없다. 문제가 있다면 우리의 결합 방식이 문제였을 것이다. 프랑스 사람들처럼 동거나 결혼이 아닌 팍이라는 방식을 택했더라도 결국은 마찬가지였겠지만, 아무튼 우리는 잘못된 방식으로 맺어진 관계라는 것을 인정하지 않을 수 없었다.

나는 완전히 자포자기한 심정으로 다시 물었다.

「그렇다면 우리의 교류 방식은 뭔데?」

264

「한마디로 요약하긴 어렵지만, 굳이 말하자면 함께 울타리를 만들어 가는 좀 각별한 친구 사이라고나 할까. 물론, 두 사람 모두 필요로 하는 울타리여야 하겠지만 말이야. 혼자만의 울타리로 세상을 견뎌 나간다는 것은 아무래도 힘들지 않겠어?」

나는 나현우의 말을 충분히 알아들었다. 그러나 거기에 동의하고 싶은 마음은 조금도 없었다. 울타리를 만들어 가는 데 있어서 필요한 노력은 생략한 채 울타리만 필요로 하는 그의 말은 그야말로 궤변에 불과한 것이었으므로. 나는 그의 비겁함과 뻔뻔함을 확 찢어 버리는 심정으로 차갑게 내뱉었다.

「그런 울타리 따위, 나에겐 필요치 않아. 그 울타리 밖으로 뛰쳐나가는 순간 곧바로 박살이 난다 하더라도 말이야.」

「이혼하자는 뜻이야?」

「마음대로 생각해.」

그때, 갑자기 나현우가 내 빰을 때렸다. 그리고 말했다.

「당신이라는 여자, 정말 지긋지긋하군. 어떻게 한 번도 져주는 법이 없어?」

돌발적인 사태였다.

결혼 초기, 더러 언쟁이 격해졌을 때 내가 두어 번 히스테리를 부리며 뭔가를 집어던진 적은 있어도 나현우가 폭력을 쓴 것은 이번이 처음이었다. 그가 비로소 위선의 탈을 벗어던진 것 같아 후련한 점도 없지 않아 있었지만, 뭔가 심상치 않게 돌아가는 사태에 약간 겁먹은 나는 한발 물러서며 냉담하게 말했다.

「그래, 더 이상 얘기하지 않는 게 낫겠어. 우리는 어차피 말이 통하지 않는 사람들이니까.」

말을 하고 보니 '말이 통하지 않는 사람들' 어쩌고 한 것이 또 꼬투리 잡힐 수도 있겠다 싶었다. 그러나 이미 엎질러진 물이었다. 아니나 다를까, 나현우는 내 말이 떨어지기가 무섭게 매서운 눈초리로 나를 쳐다보며 다그치듯 물었다.

「지금 그 말 무슨 뜻이야?」

나현우의 눈빛에서 또다시 폭력의 조짐을 읽은 나는 움츠러들며 얼버무렸다.

「내일 출근도 해야 하니까 이쯤에서 얘기를 끝내자는…….」

하는데 나현우가 내 쪽으로 바짝 다가들었다.

「사실은 그 뜻이 아니잖아. 말이 통하지 않는다며?」

나현우의 기세에 위기의식을 느낀 내가 뒤로 몇 걸음 물러서며 변명하듯 대꾸했다.

「당신이 먼저 나를 지긋지긋한 여자라고 몰아세웠잖아. 그런 말까지 하는데 우리 사이에 더 이상 무슨 말이 필요해.」

「그래서…… 그래서 지금 무슨 말이 하고 싶은 거야?」

내가 주춤하는 사이 드디어 확실하게 기선을 제압한 나현우가 내 몸을 서서히 벽 쪽으로 밀어붙이기 시작했다. 아까와는 달리 목소리를 착 낮춘 채 나를 추궁하는 나현우의 얼굴에 언뜻 야릇한 미소가 번졌다. 참을 수 없이 화가 나서 나를 몰아세우는 것이 아니라 나를 꺾기 위해 다분히 의도적으로 그러는 것이라는 사실을 나는 직감적으로 알아차렸다. 그래서 나현우의 기세에 이미 겁먹고 있으면서도 그가 내 입에서 다시 유도해 내려고 하는 이혼이라는 말만은 끝까지 하지 말아야지 생각하며 입을 꼭 다물었다. 밀리는 싸움이었지만, 너무 쉽사리 허물어져 버리고 싶지는 않았던 것이다. 하지만 이미 내 시선은, 잡아먹을 듯 노려보는 나현우의 눈을 피해 불안정하게 허공을 맴돌았다. 맹수의 발톱 앞에서 발발 떠는 한 마리의 토끼와도 같은 꼴이었다. 굴욕감과 수치심 때문에 고개를 떨구며 입술을 깨무는데, 나현우가 싸늘한 목소리로 다시 다그쳤다.

「말해 봐, 어서?」

나현우의 서릿발 같은 목소리에는 결코 물러서지 않겠다는 의지가 진하게 배어 있었다. 그리고 바짝바짝 조여들듯 다가서는 나현우의 몸에서는 폭력을 휘두르기 직전의 광기와 흥분 같은 것이 무섭게 피어 오르고 있었다. 제대로 한 대 때리면 머리통을 박살내 버릴 수도 있을 것 같은 나현우의 두 손이 주먹 쥐어진 채 부르르 떨리는 모습을 보면서 공포감을 느꼈지만, 이미 뒤로 물러설 수도 도망칠 수도 없는 상황이었다. 그렇다면 어디 한 군데가 부러지더라도 빨리 이 상황을 끝내 버리는 것이 지금으로서는 최선이 아닐까 하는 생각도 들었다. 대치 상태에서의 긴장감과 피로감 역시 나에게는 폭력의 공포를 능가할 정도로 위협적이었던 것이다. 결국 나는, 두 눈을 내리깐 채 길게 자란 나현우의 발톱들을 쳐다보면서 항복하듯 말했다.

「그래, 우리 이쯤에서 끝내.」

기어 들어가는 소리로 겨우 내뱉으며 나는 완전 자포자기한 심정이 되었다. 그리고 곧이어 나현우는 예상했던 대로 세차게 내 뺨을 올려붙였다. 무릎이 푹 꺾이며 온몸이 휘청했다. 그러나 나는 등을 벽에 기댄 채 몸의 균형을 유지하기 위해 애써 다리에 힘을 주었다. 비록 그 지경까지 가긴 했어도, 나현우 앞에서 무릎을 꿇고 주저앉는 처참한 모습까지는 보이고 싶지 않아서였다. 그것은 인간으로서의 마지막 자존심이었다. 그런데 나현우는 상대를 제압하고자 할 때는 확실하게 짓밟아 놓아야 오히려 후환이 없다는 말도 안 되는 전략을 맹신하는 사람처럼 그러고 나서도 두어 번 더 내 뺨을 때렸다. 그리고 비틀거리는 내 멱살을 거칠게 낚아채며 위협하듯 말했다.

「꼴같잖게 고상한 척하면서 사람 성질 돋우지 마!」

그때, 나를 그리고 자신을 그렇게까지 추락시키면서 나현우가 정녕 목적하는 바가 무얼까 하는 궁금증이 일었다. 확인하기 위해 나현우의 표정을 살펴보고 싶었지만, 생각과는 달리 나는 시종 고개를 떨군 채 두 눈을 감고 있었다. 그러자 나현우는, 몇 차례의 폭언과 폭력에도 불구하고 전혀 대거리를 하지 않는 내 행동을 완전한 항복이라 여겼는지 잡고 있던 멱살에서 손을 슬그머니 풀었다. 그리고 덧붙였다.

「함부로 행동하지 마. 누구를 만나고 다니건 그건 당신 자유지만, 만약 내 손에 걸렸다 하면 그날이 바로 제삿날인 줄 알아.」

결국 그거였다. 울타리 어쩌고 하며 처음에는 점잖게 나오다가 끝내 참지 못하고 나현우가 폭발한 것은 내가 남자를 만나고 왔기 때문이었다. 갑자기 웃음이 터져 나오려고 했다. 그리고 다리가 심하게 후들거렸다.

나현우가 쾅 하고 문을 닫고 거실로 나간 다음, 나는 무너지듯 그 자리에 주저앉아 허탈하게 웃었다. 갈 데까지 갔다는 생각이 들었다. 그러나 속은 후련했다. 나를 엉망으로 만든 만큼 나현우도 무너졌다. 그래서 우리는 비로소 완전히 벌거벗었다.

별안간 피로가 몰려들면서 잠이 쏟아졌다. 불을 끄고 침대에 누웠다. 진작부터 나현우를 포기하기로 마음먹은 이상, 앞으로 특별히 아플 일은 없을 것 같았다. 아니, 어쩌면 일곱 명 정도의 애인을 만들어 요일별로 그들을 만나면서 가볍게 살 수도 있을 것 같았다. 키스 따위에 연연해하지만 않는다면 말이다. 생각이 이쯤 이르렀을 때, 졸음이 참을 수 없이 몰려오면서 저절로 눈이 감겼다. 이불을 목까지 끌어당기며 잠속으로 빠져 들다가 문득 이런 생각을 한 것도 같다. 때로는 따뜻한 방과 이불이 날카로운 첫 키스보다 훨씬 더 유혹적일 수도 있겠다는.

자다가 한기를 느껴 눈을 떠보니, 어슴푸레 날이 밝아 오고 있었다. 울다가 잠이 든 것처럼 머리는 무겁고 마음은 침울했다. 담배라도 한 개비 피우면 기분이 좀 나아질 것 같았다.

베란다로 나가는데, 나현우가 거실의 소파에 웅크린 채 잠들어 있었다. 걸음을 멈추고 나현우의 얼굴을 물끄러미 내려다보았다. 모든 욕망이 정지된 그의 얼굴이 왠지 측은하고 안쓰러웠다. 그리고 추워 보였다. 소파 아래로 흘러내린 담요는 끝 자락만 간신히 그의 발목에 걸쳐져 있었다. 아무래도 얇아 보이는 담요를 들어 올려 그의 몸을 덮어 주고 나서 베란다로 나갔다.

베란다의 창문을 열고 뿌연 공기 속으로 담배 연기를 뱉어 내는데, 갑자기 눈물이 나왔다. 볼을 타고 주르르 흘러내린 눈물이 담배 연기를 뱉어 내느라 열려 있는 입 안으로 흘러 들어왔다. 눈물의 맛을 음미하면서 새벽 하늘을 올려다보았다. 푸르스름한 빛이 어둠을 걷어 내고 있었다. 또다시 하루가 시작되었고, 나는 더 이상 어제를 생각하지 않기로 했다. 그러나 눈물의 짠맛이 아직 입속에 남아 있어, 쉽게 기분이 가벼워지지는 않았다.

키스를 찾아서

초판 1쇄 발행일 · 2001년 2월 26일
초판 2쇄 발행일 · 2001년 3월 30일
지은이 · **박숙희**
펴낸이 · **임성규**
펴낸곳 · **문이당**

등록 · 1988. 11. 5. 제 1-832호
주소 · 서울시 성북구 동소문동 4가 111번지
전화 · 928-8741~3(영) 927-4991~2(편)
팩스 · 925-5406
ⓒ 2001 박숙희

홈페이지 http://www.munidang.com
전자우편 webmaster@munidang.com

ISBN 89-7456-160-3 03810

값은 표지 뒷면에 표시되어 있습니다.